転生陰陽師・賀茂一樹

~二度と地獄はご免なので、閻魔大王の神気で無双します~

赤野用介

Illustration hakusai

TOブックス

第一章 転生陰陽師

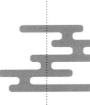

目次

てんせいおんみょうじ・かもいつき

Illustration hakusai
Design AFTERGLOW

第一章　転生陰陽師

プロローグ

『お前は、人違いで地獄に墜ちた』

晴れ渡った大空とは、このような姿だったのか。

それが記憶の片隅にすら残らないほど、無限の責め苦を受け続けた男は、生まれて初めて目にしたかのように、呆然と青空を眺め続けた。

『お前は、山中で逃げていた女を助け、それを追った男と揉み合いになり、共に崖から転落した。そして肉体の破片が混ざり、魂の取り違えが起きた』

男の空虚となった心に、裁定者の言葉が通り過ぎていく。

男が助けに入ったのは、キャンプをしていたときに悲鳴が聞こえたからだ。状況を見極めようと、迂闊にも一人で向かってしまった。

『取り違えた相手は、大量の拉致監禁、強姦、殺人などを行った。本来は、その者が大焦熱地獄に墜ちるはずだった。そしてお前自身は、地獄に墜ちる罪を犯していなかった』

大焦熱地獄とは、八大地獄で最下層とされる無間地獄の一つ上である。

堕ちる要件は、不殺生・不偸盗・不邪淫・不妄語・不飲酒、犯持戒人《はんじかいじん》を、全て破ること。

すなわち『殺人、窃盗、配偶者ではない者との情事、嘘等、飲酒、尼僧ないし童女への強姦』を全て行った者が堕とされる地獄である。

炎の刀で体の皮を剥ぎとられ、沸騰した熱鉄を体に注がれる世界だ。一つ上の地獄である焦熱地獄の一〇倍の責め苦を受ける。

責め苦を受ける期間は、四三京六五五一兆六八〇〇億年となる。

既に男は、どれだけ焼かれ続けたのか分からなくなっており、とうの昔に魂も擦り切れていた。

そんな壊れた空虚な魂に、裁定者は告げる。

『お前は、大焦熱地獄で穢れを浴び過ぎた。このままでは極楽浄土に行けないが故に、穢れの浄化が終わるまで、魂を輪廻転生させる』

穢れとは、神道や仏教の観念で、身体や魂が清浄ではない状態のことだ。

大焦熱地獄で浴びた穢れを極楽浄土に持ち込めば、強い穢れの耐性を持たない仏達は、続々と倒れていくだろう。故に裁定者は、男が本来は行けるはずの極楽浄土に迎え入れることを拒んだ。

『魂に染み込んだ穢れを抑え込むために、充分な量の気を与える。そして来世に限り、お前の記憶も残す』

記憶を保持したまま転生することは、人によっては嬉しい話かも知れない。

だが生きることは苦しみだ。そもそも男には、大焦熱地獄で受けた苦しみの記憶がある。極楽浄土に行けるはずが、なぜ再び苦しみを与えられるのか。

「………ころして……くれ、おまえのせい……だから」

男は残った魂の大部分を削って、魂を削り出すように訴えかけた。

『それは出来ない。そしてお前には、死後に受け入れる場所も無い』

はたして裁定者は頭を振って、否と告げた。

『輪廻転生した先は、妖怪変化が蔓延る世界だ。お前に染みついた穢れは、魔性の存在や妖怪変化を強大化させるが故に、穢れに気付いた者達からは狙われるであろう。だが高い呪力で邪を祓えば、その分だけ魂に染み込んだ穢れの浄化も早まる』

裁定者自身が穢れを浄化して責任を取れ、と、男は思った。

だが莫大な力で浄化すれば、そよ風を浴びただけでも消えそうな男の自我は、消えてしまうかも知れない。裁定者であろうとも、罪を犯していない者を殺したりは出来ないのだろう。

はたして裁定者は、男に要求を突き付けた。

『お前の魂が妖怪に喰われれば、吸収されて一体化する。そうなれば妖怪が引き起こす災厄の罪を共に背負って、再び地獄に墜ちるかもしれない。魂の穢れを浄化せよ』

あまりに一方的で理不尽な話だが、裁定者は厳格な表情を保ち続けており、決定を覆すようには見えなかった。

おそらく裁定者は、裁かれる側を対等だとは見なしていないのだろう。

「…………ゆるす……かわりに、にばいに」

不平を鳴らす無意味さを悟った男は、せめてもの抵抗として、与えられる気の量を倍化するように求めた。ほかに何を求められるのか、見当も付かなかったためだ。

はたして裁定者は、男の求めに応じた。

『よかろう。本来は与えられぬ力だが、私もお前を赦そう』

赦されるような罪は犯していない。

むしろ裁定者が裁かれるべきだ。

そのように男は思ったが、その訴えが無意味だとも理解していた。

アリに人権を認める人間は居ない。男と裁定者の関係は、まさにアリと人間だ。

管理する地獄に、罪が異なるアリが混ざったから、元の世界に戻す。

その際、大焦熱地獄で浴びた穢れを撒き散らして元の世界に悪影響が出ないように、気を補充して消毒しておく。

その程度の感覚なのだろうと、男は理解せざるを得なかった。

――せめて三倍や、四倍と言えば良かった。

そのように男は思ったが、二文字の『さん』や『よん』倍を口にする気力は、発声の時点で既に残っていなかった。

ならば五倍の『ご』と言えば良かったが、それを考える力も無かった。

要求がとおり、安堵して気が抜けた男は、そこでようやく力尽きた。

第一話　牛鬼と山姥

「あの閻魔大王、絶対に赦してないだろ」

一人の男が輪廻転生して、一四年が過ぎた。

今世の男は、賀茂《かも》一樹《いつき》という名前を得た。

父親の和則《かずのり》は、国家資格を持つ陰陽師の一人だ。一樹は弟子の立場で活動しており、未だ資格は持っていない。

前世と今世は、どちらも戦後に年号が二度変わっており、時代は概ね変わらないと思われる。

大きく異なるのは、輪廻転生した今世には妖怪や魔物が生息しており、それに対抗する陰陽師や魔法使いのような存在も居ることだろう。

今世の日本の人口は、前世よりも少ない八〇〇〇万人前後。

世界規模で同様に人類が減少しており、時代や技術が殆ど変わらないことから、今世で跳梁する妖怪や魔物の影響が大きいと察せられた。

何しろ日本が国土と主張する土地の三分の二は、妖怪の領域に属している。

そんな日本で、国家資格を持つ陰陽師は、約一万人。

陰陽師にはランクがあって、国際基準に合わせた和則のランクはＣ級だ。これは実力的には『中の上』と見なされて、相当に稼げる立場だ。

もっとも、一樹が手を貸すまでの和則は、Ｄ級陰陽師だった。

Ｄ級は『中の下』とされ、下級の妖怪を相手にすれば安定して稼げるが、和則は中級の仕事に拘って呪具に大金を使い、収支は赤字になりがちで、複数の借り入れで自転車操業に陥っていた。

そのため一樹の両親は、離婚している。

『給食費は未納で、一日の食事が給食だけの日もあった』

『給食に出たデザートなどを持ち帰り、妹に与えていた』

『道端に生えている草花の蜜は、意外に甘くて美味しい』

『空腹でふらつき、体育の授業は立っているだけだった』

そんな生活をしていたのだから、母親が離婚の判断に至ったのは無理もない。

一樹は、式神術を覚えるために父親の傍に居る必要があった。

裁定者は『高い呪力で邪を祓えば、その分だけ魂に染み込んだ穢れの浄化も早まる』と告げた。

一樹の魂に染み込んだ穢れが一〇〇万だとして、一樹の魂とは無関係な邪を一〇〇万祓ったところで、染み込んだ穢れは浄化できないだろう。

だが一〇倍の一〇〇〇万なら可能かも知れない。

妖怪に喰われて一体化しての地獄墜ちなど断固拒否で、一樹は陰陽術を覚えて邪を祓いたい。

そんな一樹が父親から離れることを拒んだ結果、母親は妹だけを連れて出ていった。

故に一樹は『貧しい転生先を選んだ裁定者』に対して、「穢れを浄化しやすい家に転生させろ」と、苦言を呈した次第だ。

「一樹、何か言ったか」

「言っていないよ」

和則が聞き咎めたので、一樹は問題ないと答えた。

現在は、依頼を受けている最中だ。故に、気を散らせた一樹が悪い。

息子を質した和則は、依頼人に向き直って、改めて礼を述べた。

「このたびは、賀茂和則陰陽師事務所にご依頼を頂き、誠にありがとうございました。それで相川さん、妖怪は『牛鬼』であるとか」

「そうさ。暴れ回って、凶暴なやつじゃよ。そこに川があるじゃろ」

依頼人である白髪の老婆が、手に持った細長い杖で指し示した先には、田舎の山奥を緩やかに流れる川が見えた。川幅は広く、水量も少なくない。水は透明で、川底の小さな石が色まで分かるほどに澄んでいた。

「その川を挟んだ向い側、杉林の手前に立っているのを見たよ。それはもう大きくて、頭の高さは二階建ての家の屋根くらいだったかね。うちには孫娘も居るんだ。早く、何とかしておくれよ」

山の地主である老婆は、しわくちゃな顔に、忌々しそうな感情を滲ませながら訴えた。

そして孫娘に向き直って、柔和な笑みを浮かべる。

「蒼依《あおい》、直ぐに何とかしてもらうからねぇ」

「はい、お婆ちゃん」

依頼人に付いてきた孫娘の蒼依は、『大和撫子』という言葉が似合いそうな少女だ。

大和撫子とは、女性を草花の撫子に例え、色白で黒髪、謙虚で礼儀正しいことなどを表わす言葉として使われる。

年頃は一樹と同じで、雪国を思わせる白い肌と、きめ細やかな黒髪を持ち、内向的で大人しそうな雰囲気を醸し出している。洋服よりも着物が似合いそうな古風な日本人の体型だが、それがより一層の謙虚さを印象付けている。

そんな、か弱い孫娘を見せられた和則は、依頼人の老婆に力強く答えた。

「お任せください。本当に牛鬼が出ても、大丈夫ですので」


牛鬼とは、牛の頭部に鬼の身体を持った怪物、あるいは牛の頭部に蜘蛛の身体を持った怪物だ。

清少納言の『枕草子』に「名恐ろしき怪物」として登場し、多くは川岸や海辺に現れて、人を喰う存在だと伝えられる。

枕草子における牛鬼は、地獄の獄卒である牛頭馬頭の『牛頭』を指す。

牛頭は、牛の頭に人間の身体だ。そして牛頭のまま、身体だけ鬼にしたのが牛鬼である。

江戸時代に描かれた蜘蛛の足を持つ牛鬼は、土蜘蛛退治で有名な源頼光が活躍する『丑御前の本地』の古浄瑠璃（江戸時代に流行った紙芝居）で、同じ頼光のために土蜘蛛と牛鬼を混同している。

本来の牛鬼は、牛の頭に鬼の身体である。

――川岸に現れるのは、合っているな。

一樹が学んだ牛鬼は、C級陰陽師が立ち向かえる相手ではない。

それは牛鬼の背丈が、二階建ての家の屋根に届く話からも想像が付く。

二階建ての民家の屋根であれば、全長八メートルに届く。

陸上生物で、最大級の大きさのアフリカ象の全高が、四メートル未満。老婆の話から考えた牛鬼の大きさは、アフリカ象の二倍以上だ。

牛鬼とアフリカ像の体格差を何かで比較するならば、人間と犬だろう。

身長一六〇センチメートルの人間と、体高七〇センチメートルのセントバーナードは、大きさを五倍にすると牛鬼とアフリカ象のサイズになる。

アフリカ象に対して、上から犬のように眺められるのが牛鬼の大きさだ。

――しかも牛鬼は、大きいだけではない。

牛鬼は鬼の身体を持った怪物で、身体は人間よりも強靱だ。さらに素手ではなく、巨大な棍棒を持った絵姿で描かれる。そして牛鬼に対峙するのは、アフリカ象ではなく、人間なのだ。

牛鬼と人間の大きさは、八メートルと一六〇センチメートル。

両者を五分の一にすれば、一六〇センチメートルの人間と、三二センチメートルの大きな靴だ。

人間の身体は細長いので、靴の形状は太い運動靴ではなく、細い女性用のパンプスだろう。

牛鬼の大きな手であれば、人間の胴体を片手で掴める。

牛鬼と人間の大きさからは、まるで戦いにならないと容易に想像できる。

牛鬼と戦いたければ、自衛隊の部隊かB級陰陽師を投入すべきだ。

それでも和則が依頼を受けたのは、一樹の莫大な呪力を知るが故だった。和則は一樹の力で、軽々とD級からC級に昇格した。

「一樹、牛鬼を探せ」

「分かったよ、父さん」

和則に指示された一樹は、懐から五枚の式神符を取り出した。

そして両手の上に乗せながら、呪を唱える。

『臨兵闘者皆陣列前行《りんぴょうとうしゃかいじんれつぜんぎょう》。天地間在りて、万物陰陽を形成す。生は死、有は無に帰すものなり。ならば死は生、無は有に流転するもまた理なり……』

臨兵闘者皆陣列前行とは、呪力を持つ九字だ。もともと九字は、中国の『抱朴子』という仙道書に載る魔を避けるところから来ている。

意味は『臨む兵、闘う者、皆、陣列べて前を行く』となる。

続く『天地間在りて、万物陰陽を形成す』は、『天地間の一切のものは、全て陰陽を為す』だ。

そして『生きる者は死に、有は無に帰す。ならば逆に、死から生、無から有も生まれる』と唱えている。無から有が生まれるのは、地球の生命の成り立ちを考えれば、おかしなことではない。

生命の循環は、理《ことわり》なのだと一樹は唱えた。

『……この者、木より流転し無の陰なれど、我が陽気を与えて生に流転せしむ。然らば汝、陰陽の理に基づいて、我が式神と成れ。急急如律令《きゅうきゅうにょりつりょう》』

有の木が、無の紙になるならば、無の紙が、有の式神になるのも、流転する陰陽の理だ。

一樹が言霊《ことだま》を唱えながら呪力を注ぎ込むと、式神符が五色の輝きを放ち、光の中から五羽の鳩が飛び出した。

五羽の鳩には、陰陽五行の力が籠められている。

陰陽五行とは、天の星にも、地に満ちる万物にも適用でき、四方八方の空間、過去から未来までの時間にも通じる世界の法則だ。

戦国時代の『陰陽主運説』で、『木』『火』を陽、『金』『水』を陰、『土』を陰陽半々と記した。

陰陽は循環するために、陰陽師は陽気を持つ男性も、陰気を持つ女性も、五行の全てを扱える。

男性が、金行や水行を使うと効果は落ちるが、一樹は例外だ。

一樹が持つのは、大焦熱地獄で浴び続けた穢れを十二分に抑え込める陽気、そして陽気と同量で得た裁定者の神気だ。多少の効果が落ちる程度など、全く気にしなくて良い呪力がある。

「牛鬼を探せ」

「「「「「ポポッポー」」」」」

世界に産声を上げた五羽の鳩達は、生みの親である一樹の命令を受けて、『臨む兵、闘う者、皆、陣列べて前を行く』が如く、一斉に飛び立った。

一樹が使用した紙は、中学校で情報の授業中に使えたコピー用紙だ。それに大量の呪力を籠めながら、授業用の筆と墨汁で、使役陣を書き上げている。

普通の式神符は、そんな風には作らない。

生漉《きず》きの和紙に、毛筆を使い、朱墨で書く。

そのほかにも、日取り選び、潔斎、鎮宅霊府神への祈願と供え物、入魂といった手順が必要だ。

それら一切を無視して、その辺の紙に莫大な呪力を籠めて式神符を作り出せてしまう一樹は、現世の陰陽師とは比較にならないほど呪力が高い。

もっとも一樹の場合、経費を安く上げるために、致し方なく安物を使っているだけだが。

そんな莫大な呪力こそ、和則が太鼓判を押す根拠であった。

目を見張って驚きを露わにした依頼人の老婆は、和則に質した。

「お子さんも陰陽師なんですかね」

「左様です。我が賀茂家は、非常に古い系譜でして……」

賀茂家は、平安時代末期の『今昔物語集』に、陰陽師である安倍晴明の師匠として登場する。

陰陽の世界では、暦道系の賀茂、天文道系の安倍として、二大宗家の一つとしても有名だ。

一〇世紀頃までの賀茂家は、従五位下くらいの下層貴族だった。

だが賀茂忠行、嫡子の天文博士・保憲の代になると隆盛する。

忠行は、式占《ちょくせん》によって、村上天皇（在位九四六年～九六七年）が竹籠に隠した水晶の数珠を形状や入れ物の姿まで、見事に言い当てた。

保憲は、父以上の力を持ち、暦博士、天文博士、陰陽頭を務めた。そして保憲こそが、かの有名な安倍晴明の師匠でもある。

もっとも賀茂家は、一〇〇〇年以上も前から実在した家柄だ。

直系以外も含めれば、日本中どこにでも子孫はいる。一樹の父である和則は、辛うじて中級陰陽師だが、家としては没落も甚だしい。

そのような歴史の流れを汲む一樹が、程なく声を上げた。

「牛鬼を見つけました。徒歩で二〇分くらいの場所です」

「ええっ、もうかい⁉」

依頼人の老婆は、驚きの声を上げた。

C級陰陽師への依頼でありながら、これほど早く見つかるとは、想像だにしなかったのだろう。

もっとも一樹には、老婆が驚く様がわざとらしく思えた。

――見つけた牛鬼は、ツバキの根に宿った神霊だった。

牛鬼は文献や伝承から、人を食い殺す悪鬼だとの先入観を持たれる。

だが牛鬼の伝承は様々にあり、その中には生まれて間もない頃に人間に助けられた牛鬼が、人に災いを為す悪霊を祓い、その後は神霊としてツバキの根に宿った話もある。

今世における妖怪変化は、概ね伝承のとおりだ。

したがって、人間に助けられたツバキの神霊が、人に仇為すのはおかしい。

それにも拘わらず依頼人の老婆は、牛鬼を『暴れ回って、凶暴なやつだよ』と宣《のたま》った。

「どうした、行くぞ一樹」

「あたし達も確認に行くよ。依頼人だからね」

父親に促された一樹は、依頼人の老婆と孫娘と共に、杉林の中へと踏み入った。


小鳥達の囀りが高らかに響き渡り、川のせせらぎが、微かに聞こえる。

山と主張するには、小ぢんまりとした、私有地の小山。そんな小山に林立する杉林を分け入り、藪をナタで打ち払いながら、一樹達は奥へと進んでいった。

見渡す限り広がる杉林は、かつて日本の電柱が木製だった時代に『お上のお達し』で大規模に植えられた、田舎にはよくある杉山の一つだ。

細長い杖を持ち、しっかりとした足取りで進む老婆は、自らが所有する山の由来を語り始めた。

「昔の電柱は、コールタールを塗った杉が主流だったんだよ。あんたは、知っているかい？」

「そうだったのですか、私は木製の電柱は、見たことがありません」

依頼人に丁寧な口調で答えながら、白髪の老婆は何歳なのだろうか、と、一樹は女性に対して失礼な疑問を抱いた。

「当時の日本は、電柱が杉だったんだよ。それで国中に電柱を立てて交換するためには、杉が沢山必要だって言われて、杉山を増やしたのさ」

それだけが理由とは限らないだろう。だが当事者ないし子孫の証言がある以上、杉林を増やした理由の一つであるには違いない。杉を電柱用の長さに育てるためには、数十年の歳月が必要だ。

杉の電柱としての耐用年数は一五年であるため、日本中の電柱を取り替え続けるためには、杉を育てる期間を計算に入れて、電柱の倍以上の杉が必要となる。

電柱が杉だった時代であれば、杉の需要を見込んで増やすのは、むしろ自然な流れだ。

「だけど、コンクリート製の電柱が登場して、杉は不要になったのさ。植えさせておいて、買い取れませんと来たものさ。全く、迷惑な話さね」

「それは大変ですね」

それは確かに困るだろう、と、一樹も理解を示した。

コンクリート製の電柱は、耐用年数が四〇年以上もあり、杉よりも管理が楽だ。何しろ育てなくて良いし、街中でも作れる。

すると国中の電柱がコンクリート製に変わって、杉は不要となる。

需要と供給が逆転して、不要となった杉が、日本中に溢れかえる。

古代から日本中に杉が溢れ返っていたのであれば、環境適応しているはずの日本人が、これほどスギ花粉で苦しむはずもない。

国策で大規模に増やして、手に負えなくなったのが、現在の大量にある杉林なのだろうかと一樹は考えた。


土地は、所有するだけでも税金が掛かる。

かといって土地を活用するために杉を売ろうにも、誰も要らないので、ろくに売れず、伐採するだけでも大赤字だ。

そのような土地は、負債と不動産を掛け合わせて、負動産とも呼ばれる。

そうした話を聞きながら歩くうちに、一樹達は牛鬼の下へと辿り着いた。

――やはり、ツバキの神霊だな。

山の片隅で、静かに咲く赤いツバキの花。

そのツバキから、一樹は自身にも宿る神気を感じ取れた。

気を感じ取る力に関して、一樹は他の追随を許さないと自負する。

何しろ大焦熱地獄で、無限に続くかと思われるほどの長きに渡り、膨大な陰気の存在に触れてきたのだ。

――こいつ自身に穢れは無い。暴れ回る凶暴な奴ではない。

一樹自身の経験を信じるか、初対面の老婆の主張を信じるか。

答えは、言わずもがなであった。

「父さん、俺が調伏してみる。凄く力の強い牛鬼で、勝てるとは限らないけれど、無理をしてでも倒さないと、依頼人さんが危ないからね。父さんには、式神の鳩を二羽付けるよ。最悪の場合、足止めにはなると思う。気を付けて」

一樹は、危険な相手に無理をする性格ではない。

現場でイレギュラーは発生するが、戦う前に勝てないかも知れないと分かっているならば、素直にそう言って一度逃げる。そして万全の準備を整えてから、再挑戦すれば良いと考える。

一樹が生み出した式神の鳩も、足止め程度の存在ではない。

あからさまに、おかしなことを言う一樹の意図を酌み取った和則は、しばしの間を置いて答えた。

「うむ、分かった」

和則と頷きあった一樹は、次いで依頼人に呼び掛けた。

「相川さんは、危ないので少し離れていてください。牛鬼を倒してみます」

「そうかい。それじゃあ頼むよ」

老婆と孫娘を下がらせた一樹は、陣を作成して準備を整えた。

ただし作ったのは、調伏ではなく、式神として使役するための陣だ。

式神の使役には、大別して三種類がある。

一つ目、鬼神・神霊を、呪力と術で使役する陰陽道系。
二つ目、異界より喚び出す護法神。(神社の稲荷、寺の金剛力士等)
三つ目、紙や木片に、自分や誰かの呪力を籠める道教呪術系。

鳩の式神は三つ目で、今回牛鬼に使うのは一つ目だ。

一つ目の式神を使役するには、術者が式神に、自らの呪力を与え続けなければならない。また式神が戦闘で力を消費すれば、その補充も行わなければならない。

そのため呪力の低い術者は、式神に力を与えるだけで、自らの呪力の大半を失ってしまう。

すると式神の維持と運用に掛かりきりとなり、式神を扱う以外の活動はまともに出来ない。そんなデメリットがあるために、式神使いは陰陽師の主流ではない。

二つ目の方法も、強い相手を異界から呼び出すために、相応の準備や対価が必要だ。一般的な陰陽師は、とても気軽には使えない。

そのため式神使いではない陰陽師は、一般的には三つ目である使い捨ての式神を多用する。

だが一樹は、強大な牛鬼であろうとも、使役するには充分な呪力を持っていた。

「それでは調伏します」

正しくは、調伏ではなく、使役である。

一樹は印を結び、老婆には聞こえないように、小声で呪を唱えた。

『臨兵闘者皆陣列前行。天地間在りて、万物陰陽を形成す。我は陰陽の理に則り、霊たる汝を陰陽の陰と為し、生者たる我が気を対の陽とする契約を結ばん。然らば汝、この理に従いて我が式神と成り、顕現して我に力を貸せ。急急如律令』

一樹が唱えながら陣に気を注ぎ込んでいくと、やがてツバキの根がある中心付近に霊力の渦が発生し、恐ろしくも厳格な顔付きの巨大な牛鬼の顔が現れた。

「おおっ、なんと強大な⁉」

おののいた和則が見上げる牛鬼は、二階の屋根に届きそうな巨躯だった。

牛鬼の姿形は、「名は体を表す」の言葉通りに『牛の頭に鬼の身体』で、凄まじく筋肉質だ。

ゴリラやチンパンジーの筋肉の質が、人間とは異なるように、鬼の筋肉も人間とは異なるのだろう。単なるマッチョな人間では有り得ない筋肉だった。

全身はツバキのように赤色で、腰蓑を巻き付けており、右手には巨大な棍棒を掴んでいる。

『民家ほどの大きさのゴリラが、巨大な棍棒を掴んで見下ろしている』

それに等しい光景であり、和則は思わず後退った。

これほど強大な牛鬼であれば、アフリカ象を倒すどころではなく、ティラノサウルスにも勝ち得るかも知れない。

ベテラン陰陽師の和則を怖じ気づかせた牛鬼は、流し込まれる陽気が契約に見合った時点で、一樹の影に飛び込んでいった。

刹那、呪力を流し込む対象を見失った陣が、強烈な突風と共に霧散した。

「きゃっ」

突風に煽られた蒼依が悲鳴を上げて蹌踉《よろ》めき、思わず座り込んだ。

それから僅かな沈黙が流れた後、小鳥の囀りと小川の潺《せせらぎ》が戻った。

突風が吹き荒れた周囲からは、ツバキの花が消えている。

一樹は依頼人の老婆に視線を合わせながら、報告を口にした。

「私の気と、我が家に伝わる秘術を以て、なんとか封印しました。私の気は尽きましたが、後日、牛鬼の記憶を見て、なぜ暴れていたのかを確認します」

「そんなことが出来るのかい？」

驚く老婆に向かって、嘘吐きの一樹は、力強く頷いてみせた。

「数日ほど気を溜めれば、確認出来ます。念のためですが、二体目は居ないですよね。私は、既に気が尽きて、父もC級陰陽師です。二体目が出ると……勝てません」

不安げな表情をのぞかせながら一樹が訴えると、老婆は口元を小さく歪ませながら答えた。

「そうかい。だけど安心して良いよ。牛鬼は、もう出ないからねぇ」

「それは良かったです。実は、もう歩くのも限界で」

そう言った一樹は、覚束無い足取りで老婆に背を向け、和則のほうを向いた。

「父さん、封印がおわ……」

一樹が発した言葉は、鈍い衝撃音が鳴り響いて掻き消された。

咄嗟に飛び退いた一樹が振り返ると、何処から取り出したのか、老婆は巨大な山刀を構えていた。

その山刀が、一樹の影から現れた牛鬼の棍棒と打ち合い、激しい火花を散らせていたのだ。

「小僧、なぜ分かったあぁ!?」

まるで刀のように巨大な山刀を振り回す白髪の老婆が、苛立ちも露わに叫んだ。

牛鬼を盾に飛び退き、向き直って印を結ぶ一樹は、老婆に答えない。

強大な妖怪に対して、わざわざ自分の戦闘に関する情報を与える者など、いるはずもない。

――人違いで大焦熱地獄に墜とされた俺は、冤罪が嫌いだ。

様々な人に多用される「嫌い」には、幅広い程度が存在する。

その中でも、一樹が冤罪を嫌う程度は、極めて深刻なレベルだ。だから相手が牛鬼だとしても、頭ごなしに悪鬼とは決め付けない。

何ら証拠を提示せず、善性であるはずのツバキの神霊を悪しき様に罵った老婆に対して、一樹は強い不信感を抱いていた。

――――それと妖気は感じ取れる。

一樹は大焦熱地獄で、責め苦を行う鬼達の気を知覚し続けた。

故に視覚で追わずとも、妖気を感じ取れるようになっている。

警戒していたところに、背後から急速に迫ってくる妖気があれば、迎撃するに決まっている。

一樹は依頼主が妖怪でも頭ごなしに否定しないが、斬り掛かって来たなら敵である。

「さしずめ人を襲う妖怪が、対立する妖怪を弱らせるために人間の陰陽師をぶつけて、漁夫の利を狙ったか。老獪な妖怪だ……お前は、山姥だな？」

一般人が山姥に持つイメージは、一体どのようなものだろうか。

一．山に住む老婆で、迷い込んだ旅人に一晩の寝床を貸し、旅人が寝静まった夜中に襲う姿。

二．三枚の御札に登場するような力の強い化け物で、寺の小僧が逃げながらお札の力で退けようとするも、全てを跳ね除けて追いかけてくる姿。

三．金髪に肌を黒く塗ったガングロの出で立ちで、世紀末に渋谷や池袋を闊歩した女子高生。

山姥の姿は、福岡市博物館が所有する『百怪図鑑』（佐脇嵩之・一七三七年刊行）では白髪で、伸びて乱れた蓬髪で、顔がしわくちゃな老婆が、ボロボロの着物を纏って細長い杖を持つ姿だ。

これは有名な『画図百鬼夜行』（鳥山石燕・一七七六年刊行）にも影響を与えており、多くの日本人が知る山姥の原典となっている。

依頼主の老婆は、ボロボロの着物を古い衣服に変えれば、全ての特徴が一致していた。

さらには山刀を生み出して、人間に襲い掛かってきた。

ここまで完璧に一致するならば、山姥と考えるのが妥当だろう。

はたして老婆は、口元を裂けるように吊り上げて、深い笑みを浮かべた。

「よく勉強しておいでだねぇ。感心だよ、坊や。ご褒美に喰ってやろうかね」

醜悪に笑う老婆に向かって、一樹は不快な表情を返した。

「山姥は、山の女神とも言われるが、お前は女神には見えないな」


一説によれば、山姥の由来は、日本神話に登場する山の女神イザナミだとされる。

イザナミとは、天地開闢の際に兄であり夫でもあるイザナギと共に生まれ、神々が作り出したオノゴロ島に降り立って、日本列島を形成する多数の子を産んだ女神だ。

数多の子を産んだイザナミは、迦具土神《カグツチノカミ》を産んだ際、陰部に火傷を負って亡くなり、日本最古の書である『古事記』によれば比婆山に葬られた。

そして夫のイザナギが、妻イザナミを黄泉の国へ迎えに来た際、悲劇が起きる。

『地上へ帰るために、相談するから、覗かないで』

約束を破ったイザナギが覗いた先のイザナミは、身体が腐乱しており、蛆が湧いていたのだ。死体を見られたイザナミは夫の愛を失い、追い縋るが、三度振り切られてしまう。

その腐乱した姿が、醜女の山姥となった。

そして三度振り切られた話は、三枚の御札の物語に影響を及ぼした。したがって山姥は、醜い姿に成ったイザナミであり、三度振り切られた逸話が山姥の話となったとされる。

夫に捨てられたイザナミは、呪詛を投げた。

『一日に一〇〇〇人殺す』

するとイザナギは言い返した。

『産屋を建てて、一日に一五〇〇人の子供を産ませる』

やがて夫に捨てられたイザナミ、すなわち伊邪那美命《イザナミノミコト》は、黄泉国を支配する黄泉津大神《ヨモツオオカミ》となる。

山姥が人間を襲っているのは、自分を捨てた夫への恨みからだ。

山姥の由来には、姥捨てで山に捨てられた老婆という説も存在するが、そんな老婆は若い男性を襲って食えるほどの力は無い。

したがって山姥は、女神イザナミ説が、最も整合性が取れている。

「山姥は、零落した山の神で、神の由来はイザナミの成れの果てとされる。一日に一〇〇〇人殺すと呪ったイザナミが、実際に一〇〇〇人殺すために分割した女神だ。だが敢えて言うが、夫婦喧嘩で他人に八つ当たりするな」

山姥に背後から山刀で襲われて、八つ当たりで殺され掛けた一樹には、それを言う資格があるはずだ。

だが批判された山姥は、一樹の至極真っ当な考えを一喝した。

「黙れ、小童《こわっぱ》！」

怒れる山姥は、巨大な山刀を振りかぶり、再び襲い掛かってきた。

煌めく山刀の一閃が、牛鬼の棍棒で弾き返された。

身体ごと弾かれた山姥は、軽やかに宙を回転して、両脚で木の幹に着地した。そして木を蹴り飛ばして、反動で再び飛び掛かってくる。

対する牛鬼は、棍棒を振るって山姥を叩き返した。

一樹の目から見て、牛鬼の神霊と、一日一〇〇〇人殺すべく分体となったイザナミの力は、概ね拮抗していた。

だからこそ人間の陰陽師をぶつけて、人間を守る存在である牛鬼を弱らせようとしたのだろう。人を守るツバキの神霊に、由来に相反する人間への攻撃を行わせれば、弱るのは道理だ。

そんな山姥の想定外は、牛鬼を式神として使役した一樹だ。

神霊で式神の牛鬼は、霊的な存在であるため、傷を負っても呪力で復活する。使役者の一樹が呪力を送り続ける限り、牛鬼は無限の体力と回復力を持つようなものだ。

そして戦いの場に居るのは、牛鬼と山姥だけではない。

陰陽師の一樹は、虚空から別の式神を喚び出す。

『カヤ』

一樹が呼び掛けて手に収めたのは、和弓だった。

元は東京都川口村（現・八王子市）の「たたみが原」に出た『頬撫で』という妖怪で、夜中に傍を通ると青白い手が伸びてきて、頬を撫でた。昔、咄嗟に刀で斬り返した侍が居たが、翌朝調べてみるとカヤの木に刀傷が付いており、血のようなものが流れ出ていた。

山梨県にも同様の話が伝わるが、正体は歳月を経たカヤの木が、妖怪化したものだ。

以前、陰陽師の和則に「撫でられると気持ち悪いから調伏してくれ」と依頼が来て、一樹が霊体の部分を使役して解決した。和則が中級に拘るため、カヤの木はD級の力があったが、問題なく使役できた。

使役後は、一樹の呪力によって顕現し、身体を弓、枝を矢、繊維を弦として役立っている。

漆を塗っていない白木の弓は、陰陽道では妖怪を祓う儀式の道具でもある。弓の弦を引き鳴らせば、魔を祓う効果があるのだ。

一樹は白木の弓を構え、漆を塗っていない白弦を引き絞り、離して鳴らした。

『鳴弦《めいげん》』

裁定者からせしめた一樹の神気が、陰陽術に乗って戦いの場に響いていく。

「ぐぎゃあああっ」

神気を浴びた山姥が、肌に熱湯を浴びせられた様に苦しみ出した。そこを牛鬼の棍棒に攻められ、防戦一方に追いやられる。

「おのれ、忌々しい小童め」

堪らず山姥は呪詛を吐いたが、一樹は一切取り合わず、虚空に星形の呪術図形を描いた。

『セーマン』

陰陽道には、代表的な呪術図形が二つある。それは安倍晴明からきた星形を描くセーマン、蘆屋道満からきた横五本縦四本の九字を描くドーマンだ。

星形の呪術図形・セーマンは、正式には晴明桔梗と呼ばれる五芒星で、陰陽五行と星辰信仰の意味があり、破邪や厄除けの効果を持つ。呪術として使用する際は星形の中央に一点を加えるが、矢や術を中央から放てば済む。

星形を描くことに慣れている一樹は一秒で描けるので、戦闘では重宝している。

虚空に浮かんだ印に牽制された山姥は、一樹に襲い掛かる隙を見出せなかった。

すると山姥は、一樹を罵倒した。

「牛鬼も人を喰うと知られているのに味方するなんて、とんでもない陰陽師だね！」

「……何だと」

一樹は俯くと、弓の弦を引き絞り、離して振るわせた。

『鳴弦』

一樹が振るわせた弦が、突如として世界に悲鳴を上げる。

震撼する空気が、一樹の呪力に染め上げられて形を変えていく。

「な、なんだいっ!?」

無色だった世界に、大焦熱地獄の穢れが染み込んだ一樹の魂が、一滴落とされた。

それが世界にとっての猛毒であることは、もちろん一樹には分かっていた。本来であれば、軽々しく使って良いものではない。だが――、

世界を覆う空気が、まるで水を溢された紙であるかのように、一樹の色へと染まっていく。

夜空を照らす星のような淡く綺麗だった白色の世界に、灼熱と血に染まる濃い赤色が混ざって、世界は危機感を抱いたかのように真っ赤な色に塗り変わっていった。

おぞましく変容した世界には、おぞましい住人達が存在する。

「おれは……」

人には、絶対に許せないことがある。

一樹は、大きく息を吸い込んで、呪詛と共に吐き出した。

「冤罪が嫌いだ」

「ひいいいっ」

牛鬼に冤罪を掛け、輪廻転生して果たす一樹の陰陽師としての生き様を罵った山姥の行為、言葉は、一樹の逆鱗に触れた。

思わず悲鳴を上げて飛び退いた山姥の足元からは、亡者の手が無数に湧き出していた。

ボロボロになった血の通わない真っ白な手が、山姥を掴もうと、あるいは救いを求めようと、必死に伸びていく。それらは、大焦熱地獄から逃れようとする亡者の手だ。一度掴めば、手がもげようとも、身体が千切れようとも離さない。

その苦しみを一樹は知っており、襲われる山姥も本能で危険を知覚した。

山姥は、無数に伸びてくる手から必死に逃れようとした。

もはや牛鬼など、相手にしていられない。亡者の手を呼び出した一樹のような不可解な相手にも、近寄りたくはない。

故に山姥は、傍観者となっていた和則に飛び掛かった。

山姥はB級の力を持ち、和則の資格はC級に過ぎない。

互角の力を持つ牛鬼でも、おぞましい力を持つ陰陽師の一樹でもなく、C級陰陽師の和則を人質に取ろうと図ったのだ。

和則は一樹の父親で、一樹に対する人質に出来る。

一樹を封じれば、使役した牛鬼も大人しくさせられる。

山姥が和則に襲い掛かった直後、和則に付いていた二羽の鳩が両者に割って入った。

もう一人の傍観者となっている蒼依の瞳には、一羽が祖母の山刀を防ぎ、もう一羽が祖母に取りついて激しく燃え上がる姿が映った。


「うぎゃあああ、あああぁっああっ！」

咽の奥から絞り出すような、おぞましい山姥の絶叫が杉林に響き渡った。

痛みを絶叫に変えて、少しでも発散しようとしたような、生命の危機を声高に叫ぶ声が上がる。

山姥に襲い掛かったのは、一樹が和則に付けていた二羽の鳩だった。より正確には、五行のうち

土行と火行の属性を持たせた式神達である。

土行の式神は、土陣を生み出して、山姥の山刀を防いだ。

火行の式神は、焦熱を生み出して、山姥の全身を焼いた。

山姥は必死に転げ回り、全身に絡み付いた炎を消そうと藻掻き苦しむ。

だが一樹が籠めた莫大な呪力は、そもそも人間を由来としていない。山姥であろうとも、容易に耐えられるものでは無かった。

苦しむ山姥に対して、和弓を番えた一樹が追い打ちの矢を射た。

『火行ノ祓』

引き絞られた矢が、ビュウンッと力強い音を立てて山姥に飛んでいった。

射られた矢は、頬撫での妖怪の枝だが、一樹の呪力で顕現している。山姥の山刀が打ち払おうとした瞬間に燃え上がり、山刀を持つ山姥の手を焼いた。

「ぐぎゃあああっ」

苦悶に表情を歪めた山姥に、牛鬼が棍棒で容赦なく追撃を加える。

山姥が振り回す山刀は、一樹に焼かれながら、牛鬼に何度も打ち据えられていった。

やがて山姥に対する勝利を確信した一樹は、周囲を見渡して孫娘の蒼依に警告を発した。

「鳩は五羽を生み出して、まだ三羽が残っている。抵抗するなよ」

イザナミが一日一〇〇〇人を殺すために分体を増やしているのだとすれば、蒼依も祖母と同レベルの強さを持っている可能性がある。実際に蒼依の陰気は強く、一樹は蒼依に対しても警戒した。

対する蒼依は、三羽の鳩が周囲を囲む姿を視界に捉えながら、硬い表情で頷いた。

木の枝に飛び乗って逃れた山姥は、忌々しげに叫んだ。

「おのれ、小童め！」

山姥に罵倒された一樹は、あからさまに不満げな表情を浮かべて言い返した。

「頬撫では、手を伸ばす妖怪だ。お前が陰陽師を誘い込んだら、式神で反撃されただけだろう」

正論を説いたところで、それが通じる相手であれば、八つ当たりで一日一〇〇〇人を殺すという発想になるはずもない。

一樹は、続けざまに告げた。

「聞け、山姥！ 俺の気をお前に焼き付けた。俺に近付けば、感知した俺の式神達が襲い掛かる。それが嫌ならば、日本から去れ。そうすれば、俺も追えない」

山姥は一樹と式神達を睨み、孫娘の蒼依にも素早く視線を送った。

対する一樹は、右手を胸元に引き上げ、印を結んで威圧し返す。

「俺は、お前を殺せる。お前は、俺を殺せない。強い者が勝つ。失せろ」

一樹が警告すると、山姥は一歩下がり、二歩下がって、ついには背後の杉林に飛び込んで逃げ去っていった。

緊迫した空気が数十秒続いて、やがて弛緩した。

山姥は、一樹に負けて逃げ去った。これは千年以上の長きに渡って繰り返されてきた、陰陽師と妖怪変化との有り触れた戦いの一幕である。

山姥の逃亡と、息子の勝利を確信した和則は、一樹に質した。

「一樹、どうしてトドメを刺さなかった。呪力は、未だ沢山あっただろう」

あと三〇枚も飛行できる鳩の式神を使えば、山姥を逃がさず倒せていた。そして一樹には、それを容易く行えるだけの呪力もあった。

理由を問う和則に対して、一樹はやむを得ざる事情を話した。

「生徒が使えるコピー用紙が、一人五枚だった。だから式神符は、五枚しか無かった」

呪力が満ち溢れていても、追撃する手段が無い。

そのように一樹が説明すると、和則は躊躇った後、息子に告げた。

「学校から、くすねてきなさい」

人を殺して喰う山姥を倒すために、公立中学校……すなわち税金から、コピー用紙を拝借する。それは公益性と費用対効果で、社会的には許されるかもしれない。だが子供に、窃盗を指示する父親は、如何なものだろうか。

一樹は首を横に振って、否と答えた。


かつて一樹が行かされた大焦熱地獄は、五戒とされる『不殺生・不偸盗・不邪淫・不妄語・不飲酒』を破った者が堕とされる世界であった。

陰陽師として戦う以上、敵対する妖怪を殺したり、戦いで嘘を吐いたり、儀式で清酒を飲んだりするかも知れない。既に山姥に対しては、牛鬼の記憶を見られると嘘を吐いた。

だが窃盗は、人生で一度も行わなくても良いかも知れない。

人生における善行と悪行を見比べるのが裁定者であろうから、善行が多ければ問題ないだろう。

だが悪行にひた走っても、少なくとも窃盗をしていなければ、大焦熱地獄には堕とされない。

それは一樹にとって、極めて重大事項であった。

「父さん。頼むから、もっと稼いで、紙くらい買ってくれ」

「……うむ」

和則が妻に離婚されたのも、無理からぬ話であろう。

情けなく言い合う親子に対して、捕まった蒼依は、困った表情を浮かべた。


「それで、わたしはどうなるのですか」

コピー用紙を巡って情けなく言い争った一樹に向かって、気を取り直した蒼依が質した。

蒼依の周囲は、一樹が生み出した式神三羽が取り囲んでいる。

それらは山姥の不意打ちを防ぎ、逆に全身を焼いた式神達の片割れだ。五羽を同時に生み出している以上、残る三羽も、先に使った二羽と同等の力を持つだろうと予想できる。

三羽を突破しても、山姥と打ち合っていた牛鬼が控えている。

一樹自身も和弓と術を使い、和則の側には山姥を防いだ土行の式神が未だ残っている。

今すぐ逃げても、四羽の式神に追われて殺されるか、祖母のように印を付けられて日本中を追い回されるだろう。蒼依の進退は、窮まっている。

一樹は油断なく身構えながら、蒼依に質した。

「これから質問を行う。冤罪を掛けたり、誤解したりしないために、弁明の機会も充分に与える。山姥に従属して、俺達を山中に連れ込んだ時点で、質問への拒否権は無い。正直に答えてもらう」

山姥は『うちには孫娘も居るんだ。早く、何とかしておくれよ』と、一樹達を催促した。

その場に同席し、反論せず嘘の出汁にされていたのだから、少なくとも消極的には、一樹達を騙して誘い出す行為に協力している。

誘い出した先で殺そうとしていたのだから、殺人の従犯と見做して良い。

はたして蒼依は、拒否する素振りを見せず、しおらしい態度で頷いた。


「それでは質問する。そもそも山姥は、白髪で、伸びて乱れた蓬髪で、顔がしわくちゃな老婆が、ボロい衣服を纏って、細長い杖を持つ姿で現れる」

それは山姥が、イザナギに捨てられたイザナミの分体だからだ。身体が腐乱し、蛆が湧いた醜悪な姿故に、イザナミは夫の愛を失った。

だが蒼依は顔立ちが整い、黒髪も美しい、色白の少女だ。

髪は一本一本が艶やかで、雪の結晶が陽光を浴びたかのように儚く煌めく。肌は新雪のように白く、若くて瑞々しい。このような姿であれば、夫の愛を失わず、山姥にも成らない。

したがって一樹は、蒼依が山姥ではないと考える。

「だが、お前は美人で、山姥の特徴と一致しない。一体、何者だ？」

一樹は前世を持つが、魂は大きく損耗している。

故に精神は年齢に近く、同級生くらいに見える女子に正面から美人だと言うのには、若干の羞恥があった。

僅かに躊躇った後に口にして、自ら発した言葉に照れをのぞかせた一樹に対して、蒼依はホッと一息を吐いてから答えた。

「山姥の孫です」

羞恥を誤魔化すために渋い顔を浮かべる一樹に対して、蒼依は語った。

「日本各地にいる山姥は、山姥の子孫です。山姥の血を引く人妖が、自ら殺した人を食べると、山姥になります」

――――イザナミが分体を送り出した伝承に鑑みれば、可能性としては有り得るか。

女神イザナミは、夫イザナギに「一日一〇〇〇人殺す」と呪詛を吐いた。

そしてイザナギと共に生み出した日本に、自らの分体をバラ撒いた。

イザナギとイザナミは、本州、四国、九州などを生み出した。

山姥の伝承も、その範囲にある。

だが北海道や沖縄を除く日本の大部分に散ったとは言え、一日一〇〇〇人を殺し続けるのは容易ではない。『踏み入れば必ず殺される山』に、一体誰が入っていくだろうか。

過去の陰陽師が討伐に赴いて、分体の山姥を減らした山もあるだろう。

だからイザナミの呪詛を達成すべく、分体の山姥達は子孫という手駒を増やして、不足分を補おうとしたのだ。

――山姥に、別の意味で襲われた男達がいるわけか。

その光景を想像しかけた一樹は、おぞましさに身体を震わせて、想像を振り払った。

そして気を取り直して、もっとマシなことを考えようとする。

「生前のイザナミは、女神だった。伊邪那美命と呼ばれ、名前に美しいという文字も入っていた。美しい娘が生まれるのは理解した。山姥に至る前の、山姫という存在か」

「はい、そうなります」

山姥には美人も存在して、その場合は『山姫』として扱われる。

イザナミの逸話が存在しながら、なぜ美人なのか、一樹は理由が理解できていなかった。

蒼依の話を聞き、美しい山姥である山姫が存在する理由に得心した一樹は、次の疑問を尋ねた。

祖母と孫娘の間に居るはずの母親についてだ。

「母親はどうした」

祖母を撃退された恨みだと言って襲い掛かられれば、堪ったものではない。

一樹にとって、命に関わる問題であり、家庭の事情であろうと知らねばならぬことだった。

蒼依は、若干躊躇った後に答えた。

「私を作って、用済みとなった人間の父が、祖母に食べられました。父を食べるように言われた母は、祖母に逆らって、殺されました」

重い話を聞いた一樹は、不機嫌そうに眉を顰めた。

父親を祖母に殺されて、逆らった母親も殺された話など、不快であるに決まっている。

質問を続けなかった一樹の代わりに、蒼依は自ら説明した。

「母は、まだ山姫でした。日本は戸籍や身分証がしっかりしているので、土地や家を所有するにも、子孫を増やすにも、辻褄が合っていないと駄目ですから。うちは六〇歳くらいまでは、山姫として人間に紛れ込みます」

山姥の手の込み様に、一樹は驚きつつも感心した。


六〇歳くらいまで人間の社会に紛れ込めば、その後に山姥となっても、人間には分からない。

山姥がしわくちゃでも、六〇歳以上であれば、役所も外見に触れたりはしないだろう。

そうやって山と子孫を保ちながら、安定して人間を喰ってきた訳だ。

一〇〇歳を超えるくらいまで生きれば、妖怪に襲われて死んだことにでもする。そうして家や子孫を保つ使命から離れて、日本中の山々で人間を喰うことに専念する。

「現代社会で人間を殺し続けるために生み出した、世代交代のサイクルか」

夫婦喧嘩で、そこまでするなよ……と、一樹はイザナミの執念に呆れ果てた。

もっとも神が人間の都合に合わせるなど有り得ないとは、輪廻転生の経緯で理解しているが。

「だが、どうして父親は殺された。人間社会に溶け込むなら、もっと生かしておいたほうが、都合が良かったんじゃないか」

「わたし達は人を喰う存在で、人肉を食べたり、生気を吸ったりしないと駄目らしいです。母は、かなり弱っていました」

蒼依から山姫の生態に関する重要な話が出て、一樹は話の続きを促すべく、黙して頷いた。

「たまに祖母が食事に混ぜていましたけれど、人間の父と仲の良い母は嫌がっていました。だから祖母が、それを治そうとして、父を殺したんです」

「それは酷い話だ」

人間を喰わない原因を取り除こうとして、それ自体には成功したが、夫を喰わせようとしたのが拙かったのだろう。

山姥は夫を嫌いだが、山姥になる前のイザナミは夫に愛がある。

せめて殺すだけにしておけば良かったのだ……とは言い切れないが、祖母の山姥が母親のために父親を殺した理由も、母親が反発した理由も、一樹は概ね理解した。

そして改めて、蒼依の様子を観察した。

蒼依の肌は色白で、僅かに赤みを帯びており、不健康そうに見える。

「お前も、あまり人間を食べていないのか」

「でも祖母が食事に混ぜますし、少しは食べているはずです。それに祖母が山姥だと分かっていて、隠していました。どうしますか？」

粗方の事情を聞き終えた一樹は、押し黙って考えた。

正式な陰陽師は父親だが、山姥や山姫に対処できる力は持たない。

対応するのは、一樹自身だ。

――未成年が保護者に従属するのは、責められない。

事情を話せば、母親同様に蒼依自身も殺されるのだから、言えないだろう。

祖母の山姥に従属して、山中に引き込む出汁に使われた蒼依の事情は、情状酌量の余地がある。

将来は兎も角として、山姥が居ない現在の蒼依は、殺さなければならない凶悪な妖怪ではない。

問題は、蒼依が気を必要とする部分にある。

それを調達していた祖母は一樹が追い出した。

一樹は正当防衛だと自認するし、反省も不要と考えるが、結果として蒼依は餓死するか、自ら人間を襲うしかない状態に陥った。

『山姥の血を引く人妖が、自ら殺した人を食べると、山姥になります』

そのように蒼依は説明した。

中学生の美少女から、白髪の山姥に変貌すれば、蒼依は人間社会に居られなくなる。

すると山中に逃げ込み、人を喰いながら生きていくことになる。

蒼依の事情を理解した一樹は、結論を出した。

「分かった。結論を伝える。山姫のお前を俺の式神にして、気を与える。それで人間を食べずに済むから、山姥にならず、人の生活を続けられる。対価は式神としての従属。それで良いな？」

蒼依は生者だが、伊邪那美命の分体たる山の神で、陰陽道系で使役できる存在に含まれる。

確認した一樹に対して、蒼依は否定的な言葉を口にした。

「人間が式神にしようとすると、直ぐに気が尽きると思います……」

だから式神にするのは不可能だと言おうとして、山姥と互角に戦った牛鬼を従えた事実を思い出した蒼依は、口を噤んだ。

「現状で、お前は殺されるほどの罪は犯していない。だが放置すれば餓死か、山姥化だと知った。もしも山姥化するのであれば、見逃した陰陽師の責任になる」

一樹は蒼依を見逃せない理由を説明した。

蒼依を殺せば、地獄に墜ちる罪を一つ満たすかも知れない。意図的に放置して山姥化に至らしめれば、どのような罪になるのか。それらにも鑑みて、座視は出来なかった。

「俺を引き込んで襲い掛かった祖母に、お前は従属して協力した。故に陰陽師として、妖怪に対する式神化の判断を下す。この件に関して、拒否権は無い。俺の気が足りずに倒れれば、運良く逃げられたと思えば良い」

「はい、分かりました」

呪力に関して半信半疑の蒼依は、それでも式神化の話には素直に従った。

一先ずの理解を得た一樹は、その場で陣を整えると、牛鬼に対したときのように、蒼依に式神契約を行った。

『臨兵闘者皆陣列前行。天地間在りて、万物陰陽を形成す。我が氏は賀茂、名は一樹、理を統べる陰陽師也。我は陰陽の理に則り、山姫たる相川蒼依を陰陽の陰とし、我を対の陽とする契約を結ばん。然らば汝、我が与える気に従い、我が式神と成れ。急急如律令』

五行陰陽において男性は陽、女性は陰とされる。

一樹が呪を唱えながら、陣を介して山姫の蒼依に気を注ぎ込んでいくと、やがて蒼依に神気が宿り始めた。

輝きを放つ自らの身体を見回した蒼依は、驚きに目を見張った。

「本当に、出来るんだ」

『汝、我に従いて、我が式神と成れ……すまないが、これからは俺を家族と思ってくれ。山姥化しないように最善は尽くす』

一樹が重ねて告げると、蒼依は驚いた表情を浮かべた。そして、まるで結婚した妻が夫を立てるような古風な言い回しで返答した。

「不束者ですが、どうぞ宜しくお願いいたします」

第二話　見習い陰陽師と式神

「主《あるじ》様、朝ご飯が出来ましたよ」

山姥を撃退した一樹は、式神にした山姫・蒼依の家に引っ越した。

蒼依は生者で、常時顕現している。

そのため使役者の一樹は、気を与え続けなければならず、同居に至った。

あらかじめ大量の気を与えて力を節約させれば、消費し切るまでは保つだろう。

だが気を消費するごとに会いに行く手間や旅費が必要だ。それを惜しむと、蒼依の気が途中で尽きて餓死か山姥化するし、その場合は明らかに使役者である一樹の責任となる。

それらにより、一樹は多少の心理的な抵抗を抑え込み、開き直って一緒に居る結論に至った。

『俺と一緒に暮らしてくれ』

まるでプロポーズである。

はたして蒼依は、開き直った一樹に上目遣いで目を合わせながら、微笑んで答えた。

『はい、分かりました』

かくして一樹は、蒼依と一緒に住むことになったが、住居は蒼依の住んでいた家になった。

賀茂親子が住んでいたのは、築四〇年は経っている家賃四万円台の激安アパートだ。

そして蒼依は、山姥が所有するリフォーム済みの立派な日本家屋に住んでいた。

蒼依を和則の激安アパートに同居させるわけにはいかない。

そのため一樹は、経済的に困窮している父親の金銭的な負担を減らす意味もあって半ば独立し、住民票を移して中学校も転校した。実態は、式神の家に居候である。

一樹は、人生で初めて手に入れた自室を出ると、リビングへと向かった。

二階建ての日本家屋は、一階部分が６ＬＤＫで、そのほかに応接間などもある。

二階部分は４ＬＤＫで、つまりは田舎の広い住宅だ。

応接間には鷹の剥製や絵画が飾られており、庭には大きな納屋や作業場もあって、人を解体できそうな道具も沢山置かれていた。

家の駐車場は車八台が同時に駐車できる広さで、一樹は人を招き入れて喰う山姥の家らしい造りだと、妙に納得した。

かつて山姥が一階に住み、蒼依と両親は二階に住んでいた。

そして両親が殺された後、蒼依は一人で二階に住んでいた。

現在は一樹と蒼依が二階で暮らしており、山姥が住んでいた一階は手付かずとなっている。

山姥が追い出された今でも、蒼依は祖母が住んでいた一階に居ることは嫌がっている。


同居に至った件について、蒼依は全く嫌がっていない。

何しろ一樹は、蒼依にとって祖母からの解放者であり、家族との生活の復活者だ。

『両親を殺した祖母と同居し、人を誘い込む手伝いをして、いずれ山姥化する未来』

『一樹と同居して、気を得て人間を喰わずに生きて、そのまま人として生きる未来』

一階を嫌がる行動に鑑みて、蒼依は後者を選択すると一樹は予想する。

だが気を得なければ生きられない蒼依は、主体的には行動できなかった。

式神化したときは企図していなかったが、一樹が発した「これからは俺を家族と思ってくれ」との言葉も、蒼依にとって失われた家族との生活の復活になった。

蒼依が喜んでいるであろうことは、一樹に出される料理の手間などで明らかだ。

今日の朝食は、一汁三菜の和食だった。ご飯に汁物、主菜となる焼き魚、副菜が茄子南蛮で、副々菜がほうれん草のお浸しだ。それが一樹と蒼依の二人分、並べられている。

「もっと多いほうが良かったですか。ちょっと分からなくて」

「大丈夫だ。朝は、焼いた食パンにバターを塗った程度だった。ありがとう。美味しそうだ」

一樹が感謝の言葉を述べると、蒼依は嬉しそうに答えた。

これでも蒼依の料理は、一樹が抑えさせたほうである。

最初に蒼依がカレーを作ったとき、ご飯ではなくナンを生地から作っていた。

強力粉や薄力粉を入れて混ぜ、塩、砂糖、バター、ドライイーストを加えて、ぬるま湯を少しずつ注ぎながら混ぜた。

そしてサラダ油を加えて繰り返しこねて、濡れ布巾をかけて一時間ほど発酵させ、ナン生地を作って、両面を軽く焼いていた。

自分で食べるだけなら、そこまで手間を掛けない。

「おかわりも、有りますから」

「分かった。でも程々で良いからな」

一樹は新しく用意された箸を使って朝食を摂《と》り始めた。

一樹が相川家に住む名目は、相川家の山に住み着いた妖怪から、相川家を守るためということにした。

その依頼は、依頼主の老婆からC級陰陽師の賀茂和則に対して、正式に行われている。

だが老婆は陰陽師が到着する前に、孫娘に「もう一度だけ森を見てくる」と言って姿を消した。

そして到着した陰陽師が孫娘の話を聞いて森に入ったところ、何かが戦った痕跡があった。


そのような形で、老婆に対しては蒼依が特別失踪届を出している。

ほかの陰陽師も入って現場検証が行われ、確かに妖気は確認された。

正式に依頼が出された記録があり、初対面の国家資格を持つ陰陽師と、当事者の家の孫娘の証言とが一致しており、現場検証でも確認されたので、これ以上は疑う余地が無い。

「もしも山姥がノコノコと出てくれば、『これは依頼主を喰った山姥だ』と主張するから、そのときは口裏合わせを頼む」

食事時にする話ではないが、早めに伝えておくべきことであろう。

一樹が対処方法を話すと、蒼依は疑問を尋ねた。

「もしも祖母が全てを話したら、どうしましょうか」

すなわち蒼依が山姥の孫であり、山姥になりかねないという話だ。

なにしろ山姥は、夫に振られて「一日一〇〇〇人殺す」と宣うような相手の分体である。自暴自棄になって、周囲を巻き添えにする可能性は、無いとは言えない。

一樹は箸で焼き魚の身をほぐしながら、山姥の捨て身に対する方法を語った。

「そのときは、蒼依が山姥ではなく、神気を備えた山姫だと説明する」

陰陽師には、妖気と神気の判別くらいは出来る。

輪廻転生時、一樹の気を倍加させた裁定者……本人は閻魔大王とは名乗っていなかったが、閻魔大王は地蔵菩薩の化身だ。

地蔵菩薩は疫病や悪霊を防ぐ神であり、その気は神気である。

それを送り込まれる蒼依は、まさに神気を備えている。

神気を備える山の女神は、当然ながら陰陽師協会の討伐対象には指定されていない。

人を守る神を討伐するなど不遜であり、陰陽師のほうが人の敵になってしまう。

「俺が気を送る限り、人を喰わずに済む。そして神気を備えていけば、神性を得て山姥ではなく、山の女神に至る。まあ、俺の式神のまま一緒に暮らすわけだが」

「別に、それで良いですよ」

蒼依の返答に対する解釈に迷った一樹は、沈黙して箸を進めた。

なお山姥が抱え込んでいた財産は、一年ほどで蒼依に相続される予定だ。

蒼依は既に両親の財産を相続しており、死んだ祖父から相続した母の預金があったため、生活に困ることはない。

それに対して一樹は、護衛の名目は兎も角として、実態は完全に居候だ。

式神の主として、威厳の無さにも程があった。

「今後の話だが、俺は正式な陰陽師になろうと思う」

「正式な陰陽師ですか？」

聞き返された一樹は、厳かに頷いた。

陰陽師は、試験に合格すると与えられる国家資格だ。

日本のライセンスは国際基準に沿い、上はS級から、下はF級まで、七段階で統一されている。

一樹は見習いで、未だ正式な資格を持っていない。

「合格者は毎年五〇〇人以上で、収入は上であるほど稼げる」

実入りが良い分だけ、命の危険もあって、一定の殉職者も出ている。

高齢になった陰陽師が現場に出られなくなり、資格が人数外の退役陰陽師に切り替わる時期は、六〇歳が目安とされる。

一六歳で合格して六〇歳まで活動すれば四四年間。毎年五〇〇人を受からせれば二万二〇〇〇人の陰陽師がいる計算だが、日本には一万人しか陰陽師が居ない。

つまり半数以上の陰陽師は、定年を迎えられずに引退ないし殉職している。

それでも自身の穢れを祓うためには、一樹には選択の余地が無い。

魂に染み込んだ穢れを祓わなければ極楽浄土に行けず、浄化するまで輪廻転生を続けるだろう。

だが安穏としていれば、どこかの時点で妖怪に喰われ、吸収されて一体化する恐れがある。

そうなれば妖怪が引き起こす災厄の罪を共に背負って、再び地獄に墜ちるかもしれない。そして一樹の本能が、「もう地獄は、絶対に嫌だ」と拒絶している。

裁定者は、『高い呪力で邪を祓えば、その分だけ魂に染み込んだ穢れの浄化も早まる』と告げた。

だから一樹は今世において、魂に染み込んだ穢れを浄化するために、強大な妖怪変化を調伏する依頼が舞い込むような陰陽師とならなければならない。

より上位の陰陽師となって、大型の依頼を熟していけば、下位の陰陽師が沢山の依頼を熟すよりも効率的に穢れを祓えるだろう。今世で穢れを祓ってしまうには、相応に仕事が舞い込む陰陽師になるしかなかった。


「試験は夏にある。それまでに試験用の式神を使役して、準備を整える。だから、すまないが……金を貸してくれないか」

貧乏な転生先に送り込んだ裁定者に向かって、一樹は呪詛を送った。

「主様は、わたしにご不満ですか？」

一樹に質した蒼依の表情は、初めて会った日のように蒼白となっていた。

――どうして不安になっている。

不安の原因を考えた一樹は、蒼依が自身の式神であることを思い起こした。

蒼依が居ながらほかの式神を求めるのは、蒼依が役に立たないと言っている風に捉えられかねない。

式神として役に立たないのであれば、蒼依は一樹から一方的に気を受け取っている立場になる。

一樹が気を与えるのを止めれば、蒼依は自身の存在を保つための気を得られない。

その状態が続けば、いずれ人肉を喰わなければならなくなる。

なるべく生気が薄れていない新鮮な死肉を喰うか、自ら殺した人間を喰って山姥に変化するか、死にたくなければ二択であろう。

一樹が蒼依を見捨てれば終わりであり、これは対等な関係ではない。

言葉を重ねる必要性を痛感した一樹は、蒼依に語り掛ける。

「蒼依のことは、一生手放さないから安心しろ。俺のことは、家族と思えと言ったはずだ」

直ぐに不安を解消する必要性を感じた一樹は、蒼依に対して直接的な強い言葉を重ねた。

言った張本人が押し黙り、頬を朱に染めた蒼依も追及しなくなり、食卓には沈黙が流れた。


「ところで、式神を増やす理由だが」

テレビを付けて、そちらに注目している風を装って誤魔化した一樹は、やがて気を取り直して説明を始めた。

「あ、はい。どうぞ増やしてください。お金でしたっけ。金庫から出しますね」

一樹が恥ずかしい思いをして放った言葉は、効果が抜群であったらしい。先程とは打って変わって、蒼依は話も聞かずに全肯定した。

「五〇〇万円くらいなら直ぐに渡せますけれど、それで足りますか」

「いや、説明するから聞けって。それに大金過ぎる！」

思わずツッコミを入れた一樹は、蒼依に言い聞かせるように説明を続ける。

「牛鬼は八メートルの巨躯で、屋内の依頼では使えない。普通に生活している蒼依は、式神だとは言えない。俺が安定して依頼を受けるためには、屋内でも使えるような、ほかの式神も必要だ」

屋内に妖怪が出て調伏を依頼されるような場合、巨大な牛鬼は建物を壊してしまう。

一樹自身は、カヤの木の妖怪である頬撫でを使役しており、弓を使える。だが弓は、屋内で使用する武器ではない。

蒼依は屋内に入れるが、式神だと言えば人間としての生活に支障を来す。

現状であれば、屋内の依頼はほかの陰陽師に回されるだろう。

「はい、どうぞ。お金は三〇〇万くらいですか」

一樹が説明したところ、全肯定状態の蒼依は大金を出そうとした。

蒼依は料理と異なり、常識や金銭感覚には、極めて疎い。

杉林を植えた頃の話をしていた山姥に育てられており、常識はあるが一〇〇年ほど昔のものだ。

式神化したときに「不束者ですが」と言ったが、現代人はそんなことを言わない。

金銭感覚のズレに関しても、蒼依の家が山姥の一族であったことから、概ね察せられる。

すなわち周辺に住む人間や、喰った人間の財産を奪い、済し崩しに自分達一族のものとしてきた。

足りなければ、大金持ちの家でも襲って奪えば良かった。

何百年も前に奪った土地は、現代では誰かに貸せば自動的に金が入ってくる。そんな一族に生まれて、金に困ったことがなければ、まともな金銭感覚など身に付こうはずもない。

一樹は蒼依が詐欺などに引っ掛からないか、不安を抱いた。

「ところで蒼依は、どれくらい戦えるんだ」

式神としての貢献問題が出た一樹は、ふと気になって蒼依に尋ねた。

牛鬼と山姥は、同程度だった。『国生み』や『神生み』と呼ばれた女神イザナミの分体であり、山姥は生半可な強さではない。それでは山姥の前段階である山姫は、如何ほどか。

一樹は気になったが、蒼依の答えは不明瞭だった。

「分かりません。主様の気を頂く前は、そこまで強くなかったと思います。主様に力を頂いてからは、力が上がって、祖母と同じくらいの力に成った気がしますけれど」

蒼依は神気を発して、山姥が妖刀の山刀を生み出したように、手元に一本の矛を生み出した。

それは薙刀ほどの長い柄に、先端が両刃の剣となった矛だった。

「イザナミが、日本を作ったときに混沌を掻き混ぜたとされる天沼矛《あめのぬぼこ》か」

「分からないです」

分体が持つ模造品であろうと、途方もない品だ。

山姥が死者寄りになったのに対し、生者の山姫である蒼依がイザナミ寄りになったのだろうかと一樹は考えた。

「だったら蒼依は、なおさら式神としては出せないな。元々出す気は無いが、目立ちすぎる」

牛鬼の棍棒と打ち合えそうな矛を見ながら、一樹は断言した。

牛鬼も蒼依も、式神として軽々しくは使えない。

一樹の場合、調伏の現場に大量の式神符を持ち込めば解決するが、国家試験では、それが通用しないと考えられる。

立派な道具の持ち込みで試験に受かるのであれば、金とコネのある人間ばかりが合格して、全体的な陰陽師の質が下がるからだ。

妖怪を倒す陰陽師を増やす試験で、役に立たない陰陽師ばかり受からせては、本末転倒である。

そのため一樹は、有り余る呪力で霊符を自作しても、持ち込みは制限されると考えた。

陰陽師の国家試験に際し、試験用の式神を持たなければならない。

式神使いが式神を持つのは、流石に本人が持つ霊能の内であろう。

「俺は呪力が強くて霊符も作れるから、式神が無くても下級なら受かる。だけどF級陰陽師に認定されても、ろくな仕事が来ない。最初から良い評価を取っておきたい」

全力を出して、同業者や妖怪に手の内を曝け出すのも問題がある。

協会に所属する陰陽師達は、お友達同士ではなく、顧客を取り合う同業他社のライバルだ。

隣り合う飲食店、密集するコンビニエンスストア、道路を挟んで向かい合うガソリンスタンド。

いずれもライバルに対しては、何らかの対策をするだろう。

だから一樹も全ては公開しないが、相応に客を呼ぶために、品揃えの良いコンビニ、看板メニューのある飲食店、タイヤ交換も受け付けるガソリンスタンドなのだと示す必要はある。


一樹が説明すると、蒼依は納得の表情を浮かべた。

「どんな式神を増やすのですか」

蒼依と同じく、一樹の式神となる存在だ。

調伏の現場では共闘するかも知れず、蒼依も関心を持った。

「怨念系を呪力と術で縛るのが作り易くて強いが、それは嫌だしなぁ」

「怨念系ですか？」

式神について詳しくない蒼依は、怨念系という言葉に疑問符を浮かべた。

言葉通りに捉えれば、恨む霊を使役することだと考えられる。

だが一樹の説明は、蒼依の想像よりも残酷なものだった。

「例えば、犬神の式神を作る場合は……犬を顔だけ出して土に埋めるか、何かに縛り付ける。そして口がギリギリ届かないところに食べ物を置いて、餓えで、食べ物に欲望を集中させる」

思わず息を呑んだ蒼依に、一樹はさらに残酷なことを口にした。

「何度か食べ物の種類を変えて、置き直すなどして、犬を嬲り苦しめる。そして食べ物に首を伸ばしたところで、首を斬り落とし、怨念を封じて敵方に送り込む。それが犬の式神の作り方だ」

これは一樹が考えたのではなく、実際に陰陽道系の呪術書に載っている基礎の儀式だ。

恨みを深くするほど怨念が強くなるので、使役者の呪力が弱くても、強大な式神を使役できる。

「残酷であるほど恨みが強くなって、強い式神になる。ただし術を破られると、術が解けて自由になった式神に復讐されるハイリスク、ハイリターンの式神術が、怨念系だ」

物語に描かれる『式神を倒された使役者が苦しむ姿』は、解放された怨念が、一番恨み深い相手に仕返しをするからだ。

術を破られた場合、術を破った敵と、返ってきた怨念系の式神から二重に襲われて、使役者は危機に陥る。

なにしろ術を破られた時点で、相手の戦闘力を読み間違えている。その状況で最も強力な怨念系の式神まで敵方に付くと、使役者は殺されかねない。

他方、紙に呪力を籠めて作る道教呪術系では、式神が破られても怨念は返って来ない。

一樹が紙で作る鳩の式神は、自身の気を陰陽で流転させて、変化させて飛ばしている。

自分の気を使って生み出すので、一樹に対する怨念は存在せず、術を破られても自分に襲い掛かってくる訳がない。

理屈を理解すれば、道教呪術系で怨念が返ってくる訳がないと分かる。

「俺は怨念系をやったことが無いし、やる意志も無い。危ないし、道義にも反するから」

「安心しました」

断言した一樹の態度に、蒼依は心底安堵した。

一樹が使いたいのは、一樹自身の気で作った紙の式神か、蒼依や牛鬼のような使役者と友好な関係にある式神だ。

前者は完全に知り尽くした安全な道具であるし、後者は自己判断で使役者を助けてくれる強力な味方となる。

「優先的に使役したいのは、人を助けた逸話のある鬼神や神霊だ。そういった存在は、使役者を助けてくれる。一応、目星も付けている。八咫烏《やたがらす》だ」

八咫烏とは、『古事記』では高御産巣日神《タカミムスビノカミ》が、『日本書紀』では天照大神が、神武天皇に遣わしたとされる三本足のカラスであり、導きの神だ。

すなわち、人を助けた逸話のある鬼神や神霊であった。

「八咫烏は、神武天皇を熊野（和歌山県南部～三重県南部）から、大和国（奈良県）を流れる吉野川の末流まで導いた。だから、その辺りに現れることは分かっているのだが……」

生憎と蒼依の家からは、距離が離れすぎている。

「それで旅費が必要になるのですか」

「孵卵器と撮影機材、飼育費も貸してほしい。資格を取って、仕事をして、ちゃんと返すから」

一樹は陰陽師として活動するにあたり、父と同様に借金から始めたのであった。

◇◇◇◇◇

「電車とかインターネットとか、現代社会は便利だな」

蒼依から金を借りた一樹は、ネットショッピングで孵卵器などを手配した。

それから数日で準備を整えると、八咫烏を使役すべく、電車で奈良県に赴いた。

八咫烏が目撃されるのは、熊野（和歌山県南部～三重県南部）から、大和国（奈良県）を流れる吉野川の末流までだ。

すなわち三重県南部の熊野市から、奈良県南部の吉野町までの範囲に出現する。

さらに細かく絞れば、『日本書紀』では神武天皇が東回りに進んでいるため、東側に出現すると考えられた。

捜索対象の八咫烏は、三本足のカラスだ。

その物珍しさから、スマホで撮影して「Twittor」に写真を載せる層は、それなりにいる。

そうしてSNSにアップロードされた写真とコメントから、日付や位置情報を確認した一樹は、奈良県の吉野郡天川村にある弥山《みせん》まで赴いた。

珍しい写真を載せる人々のおかげで、既に八咫烏の巣は特定している。

「八咫烏って、一羽だけじゃないんですね」

一緒に付いてきた蒼依が、空に浮かぶ白い雲を眺めながら呟いた。

雲の位置は、蒼依が見上げる高さには無い。一樹と蒼依は、標高一八九五メートルの弥山を登ってきた。

行者環《ぎょうじゃがえり》トンネル西口までタクシーで来て、徒歩で二時間半を掛けて、奥駈道出合《おくがけみちであい》、弁天の森、聖宝ノ宿跡を越えながら、目的地周辺である弥山小屋に達した。

人が道を作った場所ではあるが、弥山は妖怪の領域に属している。

だが、おどろおどろしい雰囲気が漂っているのではなく、山の上の神社に足を踏み入れたような清浄な空気が漂っている。

――――まるで神域だな。

山を覆う空気に触れた一樹の肌は、人界から人外の世界に切り替わった感覚を得た。

弥山小屋の標高は一八七六メートルで、雲は同じ目線の高さや下にも存在している。

澄んだ空気を吸いながら、一樹は八咫烏に関する想像を述べる。

「一羽しか来なかったとしても、カラスなら繁殖するだろう。名前もヤタガラスだし、見た目もカラスだし、ちょっと足が三本生えているだけだ。カラス界ではイケメンで、メスのカラスにモテたかもしれない」

現代の八咫烏は、神武天皇を導いた八咫烏の子孫の可能性がある。

普通の生物と魔物の交配は良くある話で、それは人間と魔物の間にすら起こり得る。

例を挙げるならば、『鬼の子小綱』だ。そこでは鬼の男と、人の女との間に、子供が生まれた。

八咫烏の足が三本有ったとしても、長距離を飛べて力も強ければ、野生ではカラスのメスからモテた可能性がある。

最初の八咫烏が、雌雄のいずれであったのか、一樹は知らないが。

「写真のカラスの種類、ハシブトガラスでしたよね。ハシブトガラスと子供を作ったのかな」

蒼依の想像通りだろうと一樹は考える。

日本に多いカラスが、ハシブトガラスとハシボソガラスの二種類だ。

古来、ハシブトガラスが森林に生息し、ハシボソガラスが人里近くに住んでいた。

近年は都会に進出してきたが、神武天皇の時代における奈良県の山林であれば、ハシブトガラスの可能性が高い。

「おそらく、そうだと思う」

ハシブトガラスは、あまり人間から好かれていない。

食性は雑食とされ、動物や昆虫、木の実など様々なものを食べる。

嘴が鋭くて、生きたネズミや子猫を突いて肉を引き裂くこともあるほどだ。

人間が出したゴミを漁って撒き散らし、電柱の上に巣を作って糞を落とし、鳴き声が騒音となり、子育ての時期には人間を攻撃することもある。

農作物にまで被害も出すので、害鳥と認識される。

かつて神武天皇を導いた八咫烏の子孫でも、現代の八咫烏の習性は、ハシブトガラスに近い。

そのため人に害を与える妖怪変化の一覧に加えられており、積極的な討伐対象ではないが、調伏しても構わないとされている。

「捕獲シーンは載せられないが、八咫烏の卵を確保して、それを孵卵器と陽気で育てて、式神にする。それをYouTuboにアップロードして、再生回数を稼いで、集客に使うつもりだ」

資格取得後の集客は、現代の利器で補おうと一樹は考えていた。

「YouTuboで、集客ですか?」

首を傾げる蒼依に向かって、一樹はYouTuboを用いた集客効果を説明する。

「ああ。ヒナの飼育は、再生数を稼げるジャンルの一つだ」

YouTuboには、様々な動物の飼育動画が載っており、安定した再生回数を獲得している。

「飼育対象が妖怪であれば、再生数は上がるだろう。そして知名度が上がれば、直接依頼が来るようになる」

依頼が沢山来れば、美味しい依頼は自分で確保して、そうでない依頼は陰陽師協会を紹介してほかに回す手が使えるようになる。

無名な一樹の父親・和則は、常に斡旋される側で、美味しくない依頼ばかり受けていた。

それを踏まえた一樹が、対策を考えたという次第だ。

自分で依頼を受けるにしても、陰陽師協会を通して協会に正式な手数料を支払えば、契約と支払いのトラブルを避けることが出来る。

様々な観点から、八咫烏は一樹が式神にするのに最適だった。

「再生回数は、多いかもしれません。ですが批判は来ませんか？」

蒼依が懸念したのは、カラスに見える八咫烏を卵から育てることに対する批判や、妖怪を育てることに対する批判だった。

妖怪に対しては、動物愛護法や、鳥獣保護法は適用されない。

つまり三本足の八咫烏であれば、カラスとは異なるので、一樹が育てて式神にしても法的には問題ない。

妖怪の式神化に関しても、特に規制する法律は無い。

陰陽師が式神を使って妖怪を倒すことには、公益性が認められるためだ。

式神は術者の道具であり、道具が被害を与えれば持ち主である使役者が罪に問われるが、それは包丁で人を刺すのと同様の話である。

「法的には問題ないが、念のため八咫烏の卵の確保シーンは、アップロードしない。都合の悪いところも切り取って載せる」

再生数を稼いで行けば、やがて有名になって、直接依頼が来るようになる。

「それで卵から育てるんですね」

「まあほかにも、卵から育てれば親だと思って従うとか、色々あるからな」

卵から育てれば、式神が怒って術者を殺しに掛かるリスクは、限りなく低くなる。したがって一樹は、八咫烏を卵から確保しようと考えた。

ハシブトガラスの巣作りは、三月中旬から四月頃。

寒い地方や高所は少し遅れるが、奈良県の山中であれば、一般的な季節から大きく外れることはない。産卵は四月下旬から五月上旬頃で、産卵後は二〇日ほどで孵化する。

タクシーには、海外製の自動孵卵器と大型バッテリーを載せており、蒼依の家には雛の餌も用意してあって、後は卵を確保するだけである。

掛かった費用は、一樹の借金ではなく、蒼依への借り一つとなった。何を要求されるか戦々恐々としつつも、一樹は恐怖を振り払い、弥山小屋から八経ヶ岳へ向かって歩き出した。

「蒼依は、体力は大丈夫か」

「こう見えても、山姫ですから。陽気も頂いていますし」

登山中、念のために一樹が確認すると、蒼依は平然とした様子で答えた。

むしろ気は多くても普通の人間である一樹のほうが、体力的には怪しい。

普通の男子中学生……あまり良い食事をして来なかったために、並の体力だと自負する一樹は、汗を拭いながら、普通の登山者よりも時間を掛けて、目的地である八咫烏の巣に辿り着いた。

「結構居るな」

離れた場所から双眼鏡で覗き込んだ先、高い針葉樹の幹と太い枝の隙間に、八咫烏の巣は作られていた。

抱卵しているのは、いずれも一般的なハシブトガラスのメスだが、複数の巣に餌を配っているのは、三本足の八咫烏だ。

成猫や子犬などを運び込み、鋭い嘴で子犬の腹を引き裂き、臓物を抱卵するメスに与えていた。

子犬の首には、赤い首輪が付けられている。

このようにペットなども襲うことが、神鳥の子孫でありながら、妖怪の一種にも数えられ、人間から保護されていない所以である。

目の前の光景に関して、一樹は一般人のようには気にならなかった。

眉を顰めたくなる酷い光景は、冤罪で堕とされた大焦熱地獄で存分に味わった。

この世の残酷とされる全ての光景は、一樹にとって、ぬるま湯にすらならない。

それに動物が肉を食べるのは、生きるために必要で当たり前の行為だ。それどころか神々すらも、神饌という供物で、海川山野の幸を食べている。

人間が牛や豚を食べるのと同様に、卵を温めているメスに、オスが食べ物を運んでいるだけの光景で、どうして残酷だと思えるだろう。

そもそも牛肉は良くて犬肉は駄目という風習は、神武天皇の時代にはなかっただろう。

食文化は同じ人間でも多様で、時代によっても変化する。

日本では肯定的な捕鯨文化は、欧米では否定的だ。

逆に犬食文化は、日本では否定的だが、西アジアでは肯定的である。

日本人が捕鯨文化を認めろと言うならば、西アジアの犬食文化も認めなければならない。

一樹は相手の食文化を受け入れる考えを持つ。

ただし、調伏や卵を奪う行為を後から他人に非難されないために、八咫烏が人の飼う子犬を襲って喰う映像は撮っておく。


一樹達が確認した八咫烏の巣は、一ヵ所ではなかった。

「三ヵ所もあるんですね。一つの群れなのでしょうか」

山姥の孫でもある蒼依は、YouTuboでは配信不可能な光景にも、あまり気にした様子を見せなかった。巣を確認して、映像を撮るのにも協力してくれる。

「八咫烏の群れは、ライオンの群れに近い感じかも知れないな。それより、あの光景は大丈夫か」

念のために一樹が確認すると、蒼依は首を縦に振って頷いた。

「ご飯を食べるのは、当たり前ですよね」

蒼依は所有する山に出るイノシシを獲って解体し、料理にして一樹に出したことがある。

イノシシは投石で殺していたが、そのように蒼依の感性は、普通の女子中学生とは若干異なる。

山姥の食事でも人間を食べるのは嫌がるが、それは蒼依を育てた母親が拒んでいたこと、それに端を発して祖母が両親を殺したことにあると考えられる。

確認を終えた一樹は、八咫烏に向き直った。

「さてと、イケメンを滅するか」

一樹が口にした半分は、卵を奪う罪悪感を解消するための冗談だ。

そもそも人間が飼う子犬を攫って喰う妖怪相手に遠慮は無用だが、これは気持ちの問題だ。

気持ちを切り替えた一樹は、虚空から式神を召喚した。

『カヤ』

和弓となった頬撫でを掴んだ一樹は、次いで神霊である牛鬼を自らの影から召喚した。

『出でよ、牛鬼』

二階建ての民家まで届く全長八メートルの巨体が、巨大な棍棒を持って現れると、ハーレムのメス達に食事を配っていた八咫烏のオスが、警告の鳴き声を発し始めた。

『牛鬼、ゆっくりと歩み寄れ……鳴弦』

一樹が指示を出すと、牛鬼が棍棒を構えながら八咫烏の巣に歩み寄っていく。

威嚇する八咫烏に対して、一樹は和弓を鳴らした。

ビイインッと弦の音が響き渡り、それに乗った一樹の呪術が、飛行していた八咫烏の身体を打ち据えた。

『…………鳴弦…………鳴弦』

体勢を崩された八咫烏は空中で羽ばたき、必死に立て直そうとするが、一樹が弓を鳴らすたびに、何度も打ち据えられる。

二度、三度と弾かれ続けた八咫烏は、攻撃する一樹と、巣に迫る牛鬼を交互に見て、ついには鳴き声を上げながら逃げ出した。するとメス達も一斉に羽ばたいて、逃げていった。

「八咫烏の鳴き声は、逃げろという警告だったのかも知れないな」

「賢いんですね」

カラスは賢く、車道にクルミを置いて車に割らせる動画もよく上がる。人を個体識別することも出来て、執拗に襲ったりもする。

「あいつらが戻ってくる前に、卵を回収してしまおう」

一樹は牛鬼を使って、高所にある八咫烏の巣三ヵ所から、合計一〇個の卵を手に入れた。

そして卵を回収用のキャリーバッグに入れて、天川村の弥山を後にした。

一〇個の卵を持ち帰った一樹は、予備も含めて二個調達していた鳥用の人工孵卵器に移した。

「陽気を送るほうと、神気を送るほうに分けるか」

八咫烏は妖怪にカテゴライズされているが、神鳥ともされる。

どちらを送るのが正解なのか分からなかった一樹は、二種類に分けた。

そして八咫烏が何行に寄っているのかも不明だったため、呪力は卵一つ毎に、陰陽五行の木火土金水で性質を変えることにした。

全く同じ条件で育てると、失敗したときには全滅して、式神無しの国家試験になる。失敗しても全滅しないように、条件に幅を持たせたのだ。

「主様、撮影用のカメラは、どこに置きましょうか」

蒼依がカメラを持ってきたので、一樹は部屋の片隅を指差そうと右手を振った。

すると右手が、傍に寄っていた蒼依の胸元に当たった。

胸元の柔らかい感触が、一樹の右掌に伝わる。咄嗟の状況に強張った一樹は、さらに右手を握るように閉じてしまった。

事態の悪化に焦った一樹は、慌てて右手を離して思考を高速回転させた。

――――これは不作為だ。

すなわち何も無かった振りをすれば良いのか、それとも謝れば良いのか。

横目で蒼依の表情を窺った一樹は、上目遣いで睨む蒼依を見て、素直に謝った。

「……すまん」

蒼依がスリムなのは、食べたくないものを食べなかったからだろう。

あまり肉付きが良いとは言えない蒼依だが、女子の身体は、一樹が想像していた以上に柔らかかった。

「主様。使役者の感情は、繋がっている気を介して式神に伝わるみたいですよ。少しですけれど」

「………………本当にすまん」

上目遣いで睨まれ続ける一樹は、邪念を振り払うべく、八咫烏の育成について思考を巡らせた。

カラスの巣立ちは、遅くとも八月。

そのくらいまでの世話は必要だが、学校がある一樹は掛かりきりになれない。

蒼依も同じく学校に行くので、世話を出来ないタイミングは一樹と被る。

「俺と蒼依が居るときは二人で世話をして、学校に行っているときは、父さんに頼もうと思う」

話題を変えようとした一樹に、蒼依も応じた。

「分かりました」

和則であれば、子供の一樹に対して不利益なことはしない。

『一樹以降の賀茂家に、代々引き継がれていく式神達』

八咫烏の世話は、賀茂家の力を高めることに繋がる。

故に賀茂家の当主にして再興を望む和則は、喜んで八咫烏を世話するだろう。

手伝ってもらう依頼料は、一樹が蒼依から借金した。和則も金を稼がなくてはならないからだ。

「進学するためには、真面目に学校に通わないといけないからな」

引っ越した一樹は、蒼依と同じ公立中学に通っている。

現在は中学三年生であり、高校進学の費用に借りるアテが出来た一樹は、高校には進学するつもりだった。

「受験勉強、お手伝いしますので、頑張ってくださいね」

「ああ、そっちも頑張る。偏差値が高いらしいけど」

蒼依の家は、市町村合併で隣接する花咲《はなさき》市に吸収合併された田舎村だ。

公立高校の選択肢は複数あって、偏差値ごとの普通科のみならず、専門高校と呼ばれる農業高校、商業高校、工業高校も一校ずつ存在する。

私立高校も複数あるが、地元では花咲学園高等学校が第一選択肢に入る。

高校は義務教育ではないが、中卒の陰陽師だと、依頼人から侮られて不利益を蒙る。そのため一樹も、程々には真面目に勉強していた。


「生まれるまでは孵卵器がやってくれるから、気を送るだけで良いけどな」

人工孵卵器は、一時間毎の転卵や温度・湿度調整など、孵化に必要なことを全て行ってくれる。

孵卵器の温度と湿度は一定に保たれており、孵化の二～三日前からは転卵を止めて、湿度を上げて、孵化を全自動で行ってくれる設定だ。

一樹が行わなければならないのは、一樹自身の気を送ることである。

与える気の量が大きければ、妖怪変化としての力が強くなる。

それに一樹の気で育てて式神化すれば、一樹の気を八咫烏の力に変換するとき、損失も小さくなる。

八咫烏の寿命は不明だが、ハシブトガラスは飼育下で約二〇年とされる。

カラス達が生きている間は、蒼依のように生きたままの式神契約をして、カラス達が死んだ後に一樹が生きていれば、神霊として牛鬼のような契約に切り替える考えだった。

◇◇◇◇◇◇

それから二〇日間で、神気を送ったほうから五羽の雛が孵った。

「沢山孵りましたね」

蒼依は優しい声で、言外に「これで良いのですか」と問うた。

「五羽とも孵るのは、予想外だった」

問われた一樹は、戸惑いつつ正直に答えた。

送る呪力を陽気と神気に分けたため、一〇個のうち半数は駄目になると思っていた。

妖怪に神気を送っても育つ訳がないし、逆に神鳥には神気以外を送っても育つ訳がないからだ。

さらに野生でも、人工の孵化でも、全ての卵が孵ることなど有り得ない。

そのため一樹は、五個のうち、二個から三個ほどの卵が孵る光景を思い描いていた。

二羽までなら、両肩に乗るだろう。

三羽なら、頭に乗られて何とかなる。

だが五羽は、一体何処に乗るのか。

一樹は自身が案山子になって、伸ばした両手に二羽ずつ乗せる光景を妄想した。

そんな一樹の困惑に構わず、ヒナ達は「ピヨッピヨッ」と鳴きながら、物音がするたびに口を開けて餌を強請ってきた。そして満腹になると、口を開けなくなる。

一樹は餌を強請られるたびに、条件反射的に給餌して、気も与え続けた。そして糞の始末もして、八咫烏のヒナ達を育て始めた。

孵化するまでの二〇日間に飼育方法を調べていなければ、大変なことになっていただろう。

蒼依も八咫烏達を可愛がっており、二階にある四部屋のうち、一部屋を八咫烏達用の部屋にしてもらった。

さらに蒼依は自分の部屋に連れて行って、ヒナの世話をしてくれたりもする。

蒼依の部屋から物音が聞こえてきて、同じ二階に住んでいる一樹は、今夜も蒼依が世話をしてくれているのだと認識した。

「母親代わりだな」

和則に任せている時間を除けば、一樹と蒼依の世話の割合は、蒼依のほうが若干多い。

一樹が依頼したのではなくて、蒼依が率先してやってくれているのだが、八咫烏達も一樹と蒼依を両親のように認識している。

八咫烏達が自分でそう言った訳ではないが、和則に対するよりは懐いているので、親馬鹿の一樹は、そのように認識している。

「はぁ、疲れた」

子育てをしているような状態の一樹だが、蒼依が八咫烏達を自室に持ち込む時間は、一樹の管理下から離れる。

一樹は風呂に入って寝ようと、風呂場に赴いた。

そして洗面所の扉を開けたところで、湯上がりの蒼依と鉢合わせした。

普段は日に当たっていないのではないかと不安を覚える色白の肌が、風呂で血行が良くなったらしく、仄かに赤みを帯びて健康な色になっていた。

「すまんっ」

一樹は慌てて後ろを向いて、扉を閉めた。

普段の一樹は、蒼依に声を掛けられてから風呂に入る。

だが最近は、八咫烏達の世話で時間帯が不規則になっており、一樹は蒼依の迷惑にならないように音で判断していた。

洗面所を施錠していなかったことを責めるのは、酷だろう。

蒼依の家は二世帯住宅で、蒼依は実質的に二階で一人暮らしだった。

ここは蒼依の家であり、蒼依がルールで、そこに押し掛けたのは一樹である。つまりは有罪である。一樹は蒼依が服を着て、判決を下しに来るのを待った。

だが蒼依を待つ間、女性らしい体付きの白い肌は、思い起こさざるを得なかった。

『……主様。気で繋がっているので、考えていることが少し伝わるって言いましたよね』

気が必要なはずの蒼依から、繋がる気を逆流させての意思伝達があった。

――こんなに明確に、意思を伝えられるのか。

今まで人型の妖怪を一度も使役した経験が無かった一樹は、蒼依の鮮明な意思伝達に戦慄した。

そして、自分の罪が重いらしいと自覚せざるを得なかった。

『責任、取ってください』

まさか裸を見られたから「もうお嫁に行けない」という古風な話だろうかと、一樹は戦いた。

杉の木が電柱だった時代の話をしていた山姥に育てられた蒼依は、本気で言っているのかも知れない。判断が付かなかった一樹は、だが答えを返した。

『式神化したからには、一生面倒はみるつもりだ』

自分のほうが、世話になっている状態だと一樹が自覚したところで、感情のいくらかが伝わることを思い出した。

意図せずに本音が伝わったらしく、蒼依からの追及は止んだ。

「早々に、意図しない感情の伝達をカットする訓練をしよう」

初めて人型を使役した一樹は、使役できない父親からは教えられておらず、自身に足りていない部分を自覚した。

そのようなトラブルにも見舞われつつ、一樹は八咫烏の育成を続けた。

そしてついにYouTuboにて、『見習い陰陽師が八咫烏を育て始めました』とタイトルを付けて、ピヨピヨと鳴く八咫烏達の動画をアップロードし始めた。

五羽に対する困惑も載せると、コメントでアホだと言われつつも、励ましのメッセージも送られて、炎上せずに再生回数が増えていった。

その中で、八咫烏達の名前を尋ねるコメントが投稿されていた。

『山田次郎　六時間前
養育、お疲れ様です。
ところでヒナ達には、名前を付けてあげましたか。
いつまでもヒナ達だと、困ると思います。
それではこれからも頑張ってください』

付けた名前は、性質に影響を与えるために、かなり重要だ。

一樹は悩んだ挙げ句、五行から五神を選んで付けた。

「木行の青龍、火行の朱雀、金行の白虎、水行の玄武、土行の黄竜にする。五羽に与える気も、五行で分ける。そうしたら俺にも、見分けが付くからな」

土行は麒麟とされることもあるが、麒麟は人を傷つけないことや、八咫烏が空を飛ぶことから、黄竜を選択した。

一樹は八咫烏の数が五羽で良かったと、心から思った。

もしも六羽や七羽であれば、麒麟や鳳凰と名付けただろうが、五行を超えてしまうために、与える力が被ってしまう。

それに数が多いと掌握しきれなくなって、戦闘指揮も行き届かなくなる。戦うために入手した式神であるのに、多すぎて使えなくなっては、本末転倒である。

「強そうな名前ですね」

「そうだな。でも、どれくらい強くなるのかな」

八咫烏は、『古事記』では高御産巣日神が、『日本書紀』では天照大神が神武天皇に遣わしたとされる導きの神だ。


高御産巣日神は、天地開闢のときにあらわれた五柱の神々の一柱だ。創造の神であり、神々の住まう高天原《たかまがはら》から、地上である葦原中国《アシハラノナカツクニ》に、神を降ろす神だとされる。すなわち、神である八咫烏を地上に降ろせる。

天照大神は、日本神話の主神、太陽神、皇祖神などとされる。神々の住まう高天原を治める日本神話の主神であるため、こちらも神である八咫烏を地上に降ろすに相応しい力と立場を持つ。


各神話に鑑みるに、八咫烏の潜在能力は非常に高い。

神霊である牛鬼や、イザナミの分体である山姥に、神格で劣ることは無いだろう。

そこへ一樹が、地蔵菩薩（閻魔大王）の神気を注いで誕生させたのだから、薄まった血と神格も相応に取り戻せたのではないか、と、一樹は予想した。

――――妖怪に負けて殺されるよりは、勝ってくれたほうが良いか。

資格を持っていない見習いの試験に持ち込むには、いささか強すぎる気がしなくもない。

だが八咫烏自体は、日本に生息しており、大した力は持たないとされる。

人々の先入観や、印象を覆すのは容易ではなく、使役したところで悪目立ちする式神ではないと判断した一樹は、名付けた青龍、朱雀、白虎、玄武、黄竜の五羽を予定通りに育てていった。


カラスの成長は、人間よりも遥かに早い。

ヒナ達は一ヵ月で、若鳥と見違えるほどに成長した。

「「「「「カァーッ、カァーッ」」」」」

未だ少し高めだが、鳴き声は既に「ピヨッピヨッ」ではなくなった。

元が八咫烏とのハーフだからか、それとも給餌や水に鳥用の栄養補助食品を混ぜたからか、通常のカラスに比べて身体も随分と大きくなっている。

知能も普通のカラスよりは高く、人間の顔を見分けて行動を変えたり、紙コップ二個のうち片方に餌を隠して当てる遊びを覚えたりと、賢さも少しずつ身に付けてきた。

プールで水浴びしたり、餌を洗ったりと、カラスの習性も持っているが。

一樹は遊びついでに、放つ気の種類を合図として、集合、追跡、観察、攻撃、撤退を行う練習もさせた。

八咫烏達が飛べるようになると、鳩の式神を出して追わせたり、攻撃させたりする訓練も行った。

そして八咫烏達が充分に育った頃、陰陽師の国家試験が迫ってきた。

「……森で捕まえた小鬼を振り回して遊ぶのは、止めなさい」

一樹は、『多分』育ったはずの八咫烏達を引き連れて、国家試験に臨んだ。

第三話　陰陽師国家試験

「日本の陰陽師国家試験は、夏に三次試験までの三回がある」

八咫烏達の世話で付いて来た蒼依に向かって、一樹は予定を説明した。

・一次試験　呪力測定（推薦者は免除）
・二次試験　霊符呪術（下級合否）
・三次試験　対戦試合（中級合否）

「昔は、二次試験と三次試験だけが行われていた。だけど受験者が多くなり過ぎて、足切りの一次試験が作られたんだ」

陰陽師は、妖怪変化を調伏しなければならない。

したがって調伏できない人間は、そもそも陰陽師に成れない。

それを確認するのが一次試験であるため、D級以上の陰陽師の弟子として一年以上の活動をしている人間は、最低限の足切りを免除される。

「ちなみに俺は、父さんから推薦を貰っている」

D級以上の陰陽師を推薦者に出来るならば、コネで妖怪変化を調伏できる。

陰陽師協会や、妖怪に襲われている人が問うのは、『調伏できるか、できないか』の結果だ。

コネであろうと、妖怪変化を『調伏できる』のであれば、それで良い。

本人が祓えなければ、推薦した陰陽師に責任を取らせて調伏させれば良いだけだ。そのための推薦制度である。

「そうなんですね」

和則が一樹を推薦した件について、蒼依は感心した様子を示した。

その様子から一樹は、蒼依からの評価がよろしくない和則の威厳は、僅かでも上昇しただろうかと、期待半分諦め半分で考えた。

和則が低評価なのは、借金や陰陽師としての実力のせいだけでなく、八咫烏が巣立ちするまでの世話をするために、現在同居していることが不満だからかも知れないと一樹は考える。

一樹達が住んでいるのは蒼依の家なので、本来であれば蒼依の意思が最優先される。

だが八咫烏達が成長して、常に誰かが見ている必要が無くなるまでは、補助者が必要だ。

だから一樹は、父親が役に立っていると説明して、蒼依にお許しを願い奉る次第である。

――――おのれ閻魔大王。

一樹は人生で何度目になるか知れない恨み節を呟くと、受験資格や日時を説明した。

「受験資格は、中学三年生以上。ただし、陰陽師として活動できるのは一五歳以上。そして二次試験は、八月一日にある」

陰陽師国家試験は、中学三年生から受験できる。

それは高校進学率が高くなかった時代、中卒で陰陽師として働く者が居た頃の名残だ。

だが現代では、陰陽師の大多数も高校に進学している。

そのため中学三年生の見習いは、高校受験を優先して、陰陽師国家試験は高校入学後にする者も多い。

見習い達が国家資格の取得を先送りする理由は、高校受験を優先するほかにもある。

それは国家試験が単なる合否に留まらず、D級からF級までの格付けも同時に行うからだ。

一五歳前後の一年は、男女のいずれも呪力の成長が終わっておらず、伸びが大きい。

そのため一年遅らせて受験したほうが、呪力が増して順位も上がる。


『下級陰陽師は、昇格が難しい』

未成年、かつ資格取得から三年未満の下級陰陽師は、妖怪調伏の現場に単独で出され難い。

単独で出して負傷すれば、師匠や事務所が指導内容を問われるからだ。

それに師匠や事務所側も、弟子や従業員を引退や無駄死にさせたくはない。

どれだけの手間暇を掛けて育成してきたのか、そして苦労して人材を確保したのかを考えれば、軽々しく使い捨てられるような人材では無い。

そのため師匠に付かせたり、複数の陰陽師で組ませたりする形となるが、そうなると活躍しても一人の仕事ではないために、昇格するのは難しくなる。

一年早く資格を取ったために、その後に何年も昇格できないことは、少なからず起こり得る。

一年以内の昇格も不可能ではないが、最初から一つ上に格付けされたほうが楽だ。

結論として受験時期を一年遅らせるのは、真っ当な選択肢の一つである。

だが一樹は、中学三年生での受験を選択した。一つには確実に上位の成績で受かるからで、もう一つは経済的な事情からだ。

七月七日生まれの一樹は一五歳になっているので、合格すればすぐに活動できる。

「それじゃあ行ってくる」

「行ってらっしゃいませ」

蒼依に見送られた一樹は、先月に足切りを終えた二次試験会場へと赴いた。


二次試験会場は、大規模イベントで有名な施設の東展示棟を借りて行われる。

縦横九〇メートルのフロアが六つあって、一つのフロアが教室一二六個分に相当する。

一つの教室に生徒三〇人が入るとすれば、一フロアだけで三七八〇人を収容できる次第だ。

陰陽師協会が借りたのは、六フロア。

そのうち三フロアは、霊符の作成会場で、机と椅子が並んでいる。

残る三フロアは、作成した霊符を用いる、実技会場となっている。

年齢による引退や、殉職によって、陰陽師協会は毎年五〇〇人以上の陰陽師を補充しなければならない。

五〇〇人以上という合格の目安に対して、七四八二人も集まった二次試験の受験者に混ざった一樹は、指定された席に座ると、スピーカーから流れる試験の説明を聞いた。

『まずは、注意事項を説明する。会場には多数のカメラが設置されており、ライブ中継されていて、全国民が君達を見ている。不正が判明すれば、失格・資格剝奪の上、五年間の受験資格停止となる。不正は慎むように』

全国民から常時見られており、録画再生もされるとなれば、不正のしようがない。

注意事項を周知した試験官の放送は、試験内容へと移った。

『二次試験の内容は、符呪だ。君達には、守護護符を作成してもらう』

符呪とは、陰陽道の呪文を書き付けた、霊符呪術のことである。

お寺や神社で出される御札や御守りの本家は、陰陽道なのだ。

仏教では、梵字や真言を入れて御札を作るが、そんな御札の起源は、『大随求陀羅尼経に、大随求菩薩の真言を書写して持っていれば、様々な利益がある』とされるところから来たと言われる。

神道では、神璽《しんじ》など簡単なものが多いが、明治以前の複雑なものは陰陽道の所産だ。

陰陽道で使われる急急如律令は、中国の漢代の公文書などに使われていたもので、これが修験道や密教と融合して、梵字を加えたり、神仏や絵、九字や星形を加えたりしたものとなっていった。道教では、星辰信仰の影響で梵字や神仏の名は書かずに、円で星を表わし、線で形作ったものを使って、悪霊や災いを除く霊符を作る。

すなわち霊符は、仏教、神道、陰陽道、道教、修験道、密教のいずれであろうとも、修行した人間には作れる品だ。

逆に、霊符すら作れない人間など、陰陽師協会には不要である。

一樹の机には、予め陰陽師協会が用意した、生漉き和紙一〇枚、毛筆、朱墨が置かれていた。

『霊符は、朱墨で書いてもらう。試験時間は、三時間。その間に六枚を作成して、隣の会場に移動して実技を行う。その場で結果が数値化されて、夕方にはホームページで合否も発表される予定だ』

アナウンスを聞きながら、一樹は霊符の歴史を思い起こした。

かつて霊符は、しばしば朱で書かれていた。墨汁が朱ではなくとも、赤い紙に書かれることもあった。

古来では、朱は仙薬とされた水銀から取り出された丹《たん》であった。

水銀を用いなくとも、朱粉や朱砂を『にかわ』という低品質のゼラチンで練り固めた朱色の墨はあって、それらは生き物を使うために気を含むとされていた。

朱で書いていたことには、明確な意味がある。

霊符を単なる墨で書くと、それらの効果が無いので効力が落ちる。

霊符作成には気・知識・技術の全てが求められ、大量生産できず、制作費が高くなり、一般人が軽々しくは持てない。

世の中には、単なるコピー用紙で作る男も存在するが、それには莫大な呪力を使っている。

――余った和紙と朱墨、分けてもらえないかな。

『それでは二次試験を開始する。はじめ』

一樹が阿呆なことを考えていると開始の合図が流れて、受験生達が一斉に筆を手にした。

一樹も筆を手に取り、朱墨に浸して、紙に呪言を書き連ねていく。

二次試験の受験日である八月一日は、陰陽道で八朔の日とされる。

朔日とは、月の最初の日であり、八朔の日であれば八月一日となる。

かつて陰陽師は、八朔の日には八朔札という御札を作り、禁中などに献上していた。

その習わしが、現代の陰陽師国家試験に受け継がれて、二次試験で御札を作る形になった。

――三時間で六枚の守護護符は、一般的には中々厳しいな。

一樹はスラスラと書き連ねながら、試験の厳しさに思いを馳せた。

最低限の道具は揃っており、日取りも良くて、受験生達は潔斎で身を清め、鎮宅霊府神への祈願や供え物もしてきたはずだ。

受験生達は、試験前に少なくとも数日は、準備期間を費やしている。

だが事前準備を行った上で、後は入魂するだけであっても、三時間で六枚の守護護符を作るのは難しい。

入魂には、気を移動させなければならず、心身への負担が大きいからだ。

――紙に入魂して効果を保たせるのは、普通に放つよりも難しい。

呪符に気を封じて、効果を長期間保たせるのは、普通に力を放つよりも遥かに高度な技術だ。

魂を注いで一枚を作るだけならば、全員がそれなりに出来る。

だが二枚となれば、二倍どころではない負担となって、精度も落ちる。

全力疾走を立て続けに行わされるようなもので、効果が下がらないことは有り得ない。

なお実技試験で使うのは三枚で、余った三枚は三次試験の試合に進んだ上位の一〇〇人だけが使用する。つまり国家試験だけであれば、二次試験を通れば済む。

そのため三次試験を諦めて、四枚から五枚に呪力を集中して、大して気を込めない『外れの札』が、二次試験で使われないことを祈る受験生もいる。

勿論一樹は、全てをきちんと作るつもりだが。


――取り敢えず五行のイメージで、五枚作るか。

一樹は一枚目の守護護符に、火行の守りを封じ込めた。

イメージしたのは火行で育てた八咫烏の朱雀で、灼熱の炎が如き気を注ぎ込んで、万難を押し返す力を籠める。

そして符に朱雀の姿を大雑把に書いて、一枚目を一〇分で書き上げた。

小鬼を振り回して遊ぶ若鳥だが、霊符に描く八咫烏には、特別な意味がある。

熊野の神の使いが八咫烏であることは、広く知られる。『鎮宅霊符縁起集説』（一七〇八年）によると、熊野の神は妙見菩薩であるとされる。

妙見菩薩は、七二種の護符を司る鎮宅霊符神と習合されている。

すなわち『八咫烏は、霊符神の使い』でもある。

霊符と八咫烏との関係は、熊野のほかにもある。日本の霊山である富士山は、陰陽道色が強い。富士山が誕生したとされる御縁年の庚申《かのえさる》の年は、陰陽道の庚申信仰から来ている。

そして富士山修験道における符呪『お身抜《みぬき》』や『おふせぎ』を集めた書は、『三足ノ烏の巻』や『烏ノ御巻』の名で残される。

一樹は陰陽道の神である牛頭《ごず》大王の牛王宝印を施しながら、八咫烏を霊符に描き込んでいく。

牛王宝印は二系統あって、文字を造形的に書くことと、神使である動物を組み合わせて社寺の名を形作ることだ。

後者は熊野大社の烏を使うと効果的だが、これがまさに八咫烏である。

受験生の一体どれだけが、入魂の意味と手順を正しく理解して、呪力を籠めているのか。

手順に沿って宝印を正しく施しながら作れば、霊符には呪術が篭もり、発動の際には特別な力を放つ。所詮は紙である霊符に籠められる呪力には限界があって、それを補うのが呪術だ。

これは霊符作成の試験であり、問われているのは呪力だけではない。

安倍晴明の師匠にして、二大宗家の一家である賀茂家は、呪術に長けている。

なぜなら二家で、陰陽道を世襲の技能としていた時代があるからだ。

ほかの陰陽家とは、積み重ねてきた歴史の長さがまるで違う。

さらに八咫烏達は、一樹が卵から孵して、気を送って直接育てた。ここまで条件を揃えられた受験生は、間違いなく一樹だけだ。

朱雀を育ててきたように符へ気を籠めた結果、一樹が作成した守護護符は淡く輝いていた。


――どれくらい強いのかは、ちょっと分からないな。


一樹には、受験生の中で最高の霊符を作った確信はある。

受験生どころか、現役の上級陰陽師であろうとも、莫大な陽気と神気を併せ持つ賀茂家の一樹を超える霊符など作れないだろう。

だが効果の程は、分からない。なぜなら一樹は、これまでの人生において一度たりとも、生漉きの和紙や朱墨を使用したことが無いからだ。

普段から鳩を描いているのは、作るための素材が悪いために、八咫烏の呪など籠められなくて、妥協しているのだ。

小分けの鳩は使い勝手が良くて慣れたが、試験で数枚を描くならば八咫烏だろう。

火行の護符を作った一樹は、次いで木行の青龍をイメージして符を作り、金行の白虎、水行の玄武、土行の黄竜と書き連ねていった。

元から鳩の式神符を書くので、梵字は書き慣れている。

鳩と八咫烏は同じ鳥なので、大雑把な絵も似ている。

さらに段々と書き慣れて、一枚の制作速度が早くなっていった結果、五枚の守護護符は、合計四〇分ほどで書き上がった。

一樹が育てている八咫烏は、五羽だ。

そして試験では、六枚の守護護符を作らなければならない。

五枚の守護護符には、育てている八咫烏五羽のイメージを注ぎ込んだ。

ここから残り一枚を作成するにあたって、一樹は同じ八咫烏を重複して描くことを躊躇った。

一羽だけ多く描けば、その八咫烏だけを差別して優遇している形になってしまう。それは非常によろしくない。

その様に考えた一樹は、最後に残った一枚に、意地悪そうな裁定者を描くことにした。

――あいつも一応は地蔵菩薩の一体だから、神仏に含まれるだろう。

一樹は裁定者に対して、良くない感情を持っている。

冤罪を掛けた件に関しては、二倍の気を得て手打ちとしたので、追及したりはしない。理不尽と思っていても、自分で手打ちとしたのは事実である。

だが、両親が貧乏で離婚するような家に輪廻転生させた件については、納得していなかった。

一樹が話した際「邪を祓って、魂の浄化を進めろ」と言っておきながら、活動に支障を来すレベルの非常に貧しい家に転生させるとは何事だと、恨み辛みを持っている。

一日の食事が給食だけだったことは何度もあったし、陰陽師の試験を受けに来ながら、今までの人生で朱墨を使った経験が一度も無いのも酷い話だ。

そんな裁定者であればこそ、ついでの一枚で適当に描いても心苦しくはならない。

強大な力を有するが冷酷。

一樹は六枚目の霊符に私的な感情を込めながら、最後の守護護符を作り終えた。


「終わりました」

毛筆を置いた一樹は、手を挙げて試験官の一人を呼び、作成終了を報告した。

「まだ時間は残っていますよ」

残っているどころか、三時間あるうちの一時間も使っていない。

念のために確認した試験官に対して、一樹は問題ないと言い返した。

「大丈夫です。完成していますので、次の実技試験をお願いします」

試験官は強ばった表情を浮かべると、カメラの前で中身が空の箱を差し出した。

「それでは、こちらの箱に守護護符を入れてください」

「はい、六枚入れます」

一樹は一枚ずつ順に式神符を入れると、箱を閉じて、封をした。そして二人は受験生や試験官の視線を浴びながら、実技会場へと移動していった。

その様子は、カメラの先に居る国民にも広く見られていた。

試験を実況している掲示板では、一樹の行動が取り上げられた。

◇◇◇◇◇◇

【生中継】陰陽師国家試験について語るスレｐａｒｔ８８１

１：名無しの陰陽師
・ここは陰陽師国家試験について語るスレです。
・中継映像は公式サイトから見てください。
・荒らし、煽りは徹底スルー。構うあなたも荒らしです。
・注意が必要なときは一人まで（専ブラ導入、ＮＧ登録推奨）
・次スレは＞＞９００を踏んだ人がお願いします。
・テンプレは＞＞２－６あたり
前スレ　陰陽師国家試験について語るスレｐａｒｔ８８０
https://www.1ch.net/test/read.cgi/medium/11423454/
本スレ　陰陽師について語るスレｐａｒｔ６４５３
https://www.1ch.net/test/read.cgi/medium/11423945/

2：名無しの陰陽師
【陰陽師のランクまとめ】
Ａ級陰陽師　　　八名　上の上
Ｂ級陰陽師　　六四名　上の下
Ｃ級陰陽師　四〇〇名　中の上
Ｄ級陰陽師　一六〇〇名　中の下
Ｅ級陰陽師　三〇〇〇名　下の上
Ｆ級陰陽師　四九二八名　下の下
※人数は、陰陽師協会が掲げる大まかな目安。
※階級一つの差は、種族が異なるレベルで大きい。

3：名無しの陰陽師
【国際的な強さの目安】
Ｓ級＝魔王、竜種
Ａ級＝大魔、サイクロプス、トロール、大天狗
Ｂ級＝大鬼、オーガ、ミノタウロス
Ｃ級＝中魔、マンティコア、グリフォン、天狗
Ｄ級＝中鬼、リザードマン、タラスクス

Ｅ級＝小魔、ホブゴブリン、オーク、小天狗
Ｆ級＝小鬼、ゴブリン、コボルト
※強さは目安、特殊個体は階級が変わる。

４：名無しの陰陽師
【陰陽師に期待される役割】
Ａ級陰陽師　上の上。切り札
Ｂ級陰陽師　上の下。各都道府県の現場統括者
Ｃ級陰陽師　中の上。実戦部隊長、中鬼調伏
Ｄ級陰陽師　中の下。リーダー格
Ｅ級陰陽師　下の上。一人前、小鬼調伏
Ｆ級陰陽師　下の下。呪符作成、清めの儀式
※現場に出ない偉い人は、引退した陰陽師達。

５：名無しの陰陽師
【よくある質問　その一】
Ｑ１　どうして妖怪変化は人間を襲うの？
Ａ１　奴等にとっては、人間の気が御馳走です。

Ｑ２　現代兵器で倒せないの？
Ａ２　実体が無い相手には、銃弾の物理が効きません。
Ｑ３　どうして陰陽師は倒せるの？
Ａ３　霊体に呪法を用いた気を当てると、効くからです。

６：名無しの陰陽師
【よくある質問　その二】
Ｑ４　実体があれば、銃器で倒せるんだよね？
Ａ４　妖怪も妖気で強化するので、銃でも危険です。
Ｑ５　気で強化された妖怪だと、陰陽師も危なくない？
Ａ５　陰陽師も気で強化したり、術を使ったりします。
Ｑ６　どうやったら陰陽師になれるの？
Ａ６　合格者のほぼ全員が、陰陽師に弟子入りしています。
Ｑ７　おっさんだけど、陰陽師に成れますか？
Ａ７　気の量次第です。死にかけた経験はありますか？
テンプレ以上

７：名無しの陰陽師

>>1−6乙彼

8：名無しの陰陽師
流石に試験期間中は、スレの消化が早いな

9：名無しの陰陽師
今日だけで6スレだ。二四時間チャット状態だな

10：名無しの陰陽師
試験を中継しているんだから、殆ど実況になるだろ

11：名無しの陰陽師
世界的に見れば、日本は平穏だよな
パリ周辺なんて、フランス軍とリザードマンの市街戦だし

12：名無しの陰陽師
市街戦するくらいなら、人間と妖怪で住み分けろよ

13：名無しの陰陽師
フランス軍＝装甲車2万両、火砲八〇〇門＋核弾頭五〇〇発
自衛隊＝装甲車二七〇〇両、火砲三〇〇門
フランスには、フランスのやり方がある

14：名無しの陰陽師
D級は、急に難易度が上がるよな
だから中級になるんだろうけど

15：名無しの陰陽師
実際のところ、人間より強い小鬼ってどれくらい強いの？
ゴブリンを動物に例えるとどんな感じ？

16：名無しの陰陽師
海外情報だけど、F級のゴブリンで野生のチンパンジーくらいの握力
つまりゴブリンの群れは、チンパンジーの群れくらい
チンパンジーの握力は約三〇〇ｋｇｆで、成人男性の平均は五〇ｋｇｆ
しかもゴブリンは武器を持っている

つまり俺達は、ゴブリンにすら絶対に勝てない

17：名無しの陰陽師
三日前に奥多摩で出た小鬼が、完全に忘れ去られた件について

18：名無しの陰陽師
巣穴に連れ去られなかっただけマシだと思う

19：名無しの陰陽師
鬼が妖気で強化するのは反則だよなぁ
そんな魔物に陰陽師をぶつけて勝てるの？

20：名無しの陰陽師
陰陽師も霊符呪術を使うから
逆に使えない人間は、陰陽師に成れない
二次試験は、それを作れるのかを確認する試験

21：名無しの陰陽師

>>17
都民ニキ、ちーっす
全ての日本人が東京に住んでいるわけじゃないからな？
お前ら、鳥取に中鬼三体が出たときは全く騒がなかっただろ
東京都で何か起きたときだけ騒ぐなよ

22：名無しの陰陽師
鳥取なんて砂丘しかないだろ
砂漠に中鬼が出たからって何だよ
砂でも掛けて、埋めておけば良いだろ

23：名無しの陰陽師
お前に頭皮が薄くなる呪いを掛けた

24：名無しの陰陽師
日本には陰陽師が多いから、多少は安心感がある

25：名無しの陰陽師

スレ乱立しすぎ
【超大型新人】今年の五鬼童を見守るスレｐａｒｔ３
【美少女】超大型新人な双子姉妹を語ろうｐａｒｔ２【投入】
【だが】陰陽師国家試験に現れた可愛い双子について【貧乳】
【陰陽師】双子の姉と妹はどちらが優秀なのか【国家試験】

26：名無しの陰陽師
試験が終わったら五鬼童の総合スレに移るだろ
だが中継動画を見たら、ガチの美少女だった

27：名無しの陰陽師
結果が出るまでは盛り上がるだろうな

28：名無しの陰陽師
（´・ω・｀）人（´・ω・｀）ナカーマ

29：名無しの陰陽師
五鬼童は宣伝なんていらないのにね

30：名無しの陰陽師
Ａ級　五鬼童義一郎（当主）
Ｂ級　春日弥生（当主の姉）、五鬼童義輔（当主の弟）
春日一義（当主の甥）、春日結月（当主の姪）
五鬼童義経（当主の長男）、五鬼童義友（当主の次男）
五鬼童凪花（当主の長女）
新人　五鬼童沙羅・紫苑（当主の姪・双子）←今ここ
今後　五鬼童凪紗（当主の姪・天賦の才という噂）

31：名無しの陰陽師
最速で受験して首席でＤ級合格
それから直ぐに推薦でＣ級昇格
直系は二〇歳までには、Ｂ級昇格
本家の当主であれば、Ａ級昇格
なお試験の時点で、Ｃ級の実力はある模様

32：名無しの陰陽師

ほかの分家も実力者揃いというか、そもそもの血統がヤバイ

33：名無しの陰陽師
今年の首席と次席の最有力候補だよな
というか殆ど確定事項だけど

34：名無しの陰陽師
おい、中継を見ろ
五七分で霊符呪術の作成を終えた奴が居るぞ！

35：名無しの陰陽師
流石に、早すぎじゃね？
まだ三分の一の時間も経ってないぞ

36：名無しの陰陽師
試験は三時間以内で六枚
合否は三枚の耐久圧力と耐久時間の合計
作成速度を上げることに意味は殆ど無い

37：名無しの陰陽師
同じ成績のときは、早く提出したほうが順位は上
でもメリットは、それだけしかない
作った霊符は三次試験でも使うから、手抜きは危ないぞ

38：名無しの陰陽師
常識的に考えて、二時間以上も早く切り上げる奴は居ない
早く作る意味が皆無に近い
むしろ早く作ると悪い結果になる

39：名無しの陰陽師
単に目立ちたいだけの奴なんだろ
これは確実に目立っている……悪い意味でな

40：名無しの陰陽師
でも二次試験に進んでいるから
足切りされない呪力があるか

中級以上の陰陽師の弟子だぞ

38：名無しの陰陽師

あ、双子ちゃんの顔がこわばった

◇◇◇◇◇◇

「嘘だろ、早過ぎないか」

試験会場に入った一樹は、当然ながら注目を浴びた。

本来であれば時間が足りないはずの試験が、僅か三分の一未満で終えられたのだ。

会場に居る試験官達が一斉に注目して、続々と周囲に集まって来る。そして一樹は、会場に用意されていた実技試験用の機械五〇台のうち、わざわざ中央にある一台まで案内された。

実技試験用の機械は、五〇トンの圧力を掛けられる油圧プレス機だ。

案内した試験官は、守護護符を入れた箱を台の上に置くと、一樹に指示を出した。

「それでは開封してください」

指示された一樹は、箱から六枚の守護護符を取り出して、テープで印を付けられているテーブルの上に並べておいた。

するとプレス機の前に居た二人の実技試験官のうち若手側が、三回サイコロを振って、一、四、六の数字を出した。

――サイコロが六までだから、六枚を作らせたのかな。

一樹が適当に予想する中、機械の前に居た実技試験官によって、一枚目の朱雀、四枚目の玄武、六枚目の閻魔大王をイメージした三枚の守護護符が選び取られた。

「残る三枚を箱に入れて、サインした紙を貼って、封をしてください」

一樹は選ばれなかった三枚を箱に入れると、テーブルに置かれていた封印の紙に名前を書き、それを箱と蓋の間に二枚貼って封印した。

「それでは実技試験を開始する」

案内した試験官に代わり、プレス機の前に立つ若手側の実技試験官が、試験の説明を始めた。

実技試験の内容は、作成した守護護符の効果を確かめるものだ。

試験には、守護護符とプレス機、そして鰹節を使う。

鰹節とは、言わずと知れた海を泳ぐカツオを食品に加工したものだ。

カツオを蒸して干し固め、黴付けと、日干しを繰り返してカチカチに固めて作る。


――一〇〇〇円もしないだろうけど、勿体ない。

一樹が二時間も早く来たからか、それとも手順を確認するためか。

三名の実技試験官のみならず、会場に居る一〇〇名の実技試験官、その他のスタッフも集まり、一樹の試験を見守り始めた。

大勢の人達と、複数台のライブカメラが見守る中、若手側の実技試験官は鰹節を三本取り出して、その先端を削り取ると、三枚の守護護符に封入した。

もう一人いる年配の実技試験官は、若手側試験官の監督を行っている。

実施者が年配側で、監督役が若手側であれば、実施者が何かしらの不正を行っても、若手側は口を出せないかも知れない。実施者を若手、監督者を年配にした協会の差配に、一樹は納得した。

今年一人目の実技試験だからか、試験官はカメラに向かい、試験内容を口頭で説明した。

「守護護符は、持ち主が受ける衝撃を代わりに引き受けてくれる。これより鰹節に圧力を加え、耐えられる最大圧力で、何秒保つのかを試験する。耐えられた圧力と時間が、受験者の成績となる」

陰陽道では、大祓《おおはらえ》で川に流す人形は、流した者の一部として扱われる。

人形に罪や穢れを背負わせて流し、罪や穢れを流している。

かの有名な『丑三つ時に五寸釘で人形を打つ呪い』も、呪いを掛けたい相手の髪などを入れた藁人形に、相手の魂を籠めて呪っている。

守護護符は、それらと同じ理論で所有者を守ってくれる。

予め、自身の身体の一部である髪や爪などを守護護符に入れておき、本体が衝撃を受けると、代わりに衝撃を引き受けてくれるのだ。

試験に使う鰹節は、生き物のカツオであり、守護護符で守れる。所詮は魚一匹であり、加工済みの鰹節は生き物ではなく食べ物なので、残酷だという考えにもならない。

なお試験で使われた鰹節は、世間からの勿体ないという批判対策で、食品用のポリ袋に入れて受験生に渡される。

受験生は持ち帰って食べても良いし、邪魔なら捨てても良い。ようするに、陰陽師協会から受験生個人への責任転嫁である。


「それでは、一回目の圧力を掛ける」

先端が欠けた鰹節が、五〇トンの油圧式プレス機の上に乗せられて、プレス用の金属板が降りてきて、圧力が加わり始めた。

一トンが一〇〇〇キログラムで、体重五八キログラムの人間一七人分。

そして五〇トンは、体重六トンのアフリカ象八頭分となる。

まずは三〇〇キログラムの圧力から始められたが、鰹節は小揺るぎもせず、鰹節の先端を封入された守護護符も、まるで変化する様子が無かった。

一〇秒後、圧力が六〇〇キログラムに変わり、その様子がデジタルで表示される。

さらに一〇秒後には一トンに変わり、それから一〇秒後には三トンに変わり、一〇秒刻みで六トン、九トン、一二トンと上がっていく。

守護護符は、淡く輝き始めて、その光が次第に強くなっていった。

そして守護護符の気に守られた鰹節は、完全に圧力に耐えていた。


「凄い、一体どうなっているんだ」

「一枚だけで、もう例年の合格者のトップクラスだぞ」

周囲を取り巻く試験官達が、驚きの声を上げた。

未だ試験中ではあるが、試験官達が声を上げても、既に提出済みの守護護符の効果には影響を及ぼさない。

例年の合格ラインの目安は、三〇〇キログラムの圧力に三枚で合計三〇秒を耐えることだ。F級の小鬼がその程度の力であるため、最低限それくらいは耐えなければならない。

上位の一〇〇人に入りたければ、六〇〇キログラムの圧力に三枚で三〇秒以上を耐える必要がある。そんな合格ラインに対して、一樹は既に耐えられる圧力が遥かに突き抜けていた。

守護護符の試験は受験生同士の相対値ではなく、どれだけの圧力に何秒耐えたかの絶対値だ。

この後に実技試験を行う全員が、一樹より良い成績を出しても、一樹の合格は確定している。

カメラで中継されていることを想起した一樹が、平然とすました表情を作る中、担当している実技試験官が一樹に尋ねた。

「何トンまで耐えられるのか」

守護護符を立派な素材で作った経験が無い一樹は、答えを知る由もない。

だが今後の客引きのためには、インパクトが大きいほうが良いだろうと考えた。

「測定限界の五〇トンでやってみてください」

「よし、五〇トンだ」

ゴクリと、生唾を呑み込む音が聞こえてきそうな程に静まり返った会場で、プレス機が圧力を掛ける音だけが聞こえてきた。

おそらく会場の外側、インターネット上では、実況掲示板などで盛り上がっているだろう。

動画の切り抜きは禁止されているが、勝手にアップロードする人間は居る。

そちらに宣伝効果を期待した一樹は、デジタル表示されている圧力計の数値が次第に上がって行くのを見守った。


「…………五〇トン」

表示されている圧力は、五〇トンにまで到達した。

守護護符は赤く輝きながら、未だに鰹節を守り続けている。機械に繋がって、デジタル表示されているカウントは、一〇秒、二〇秒と過ぎていった。

――――頑張れ、頑張ったら森の小鬼を振り回して、遊んでも良いぞ。

内心でエールを送ったとき、一樹は朱雀をイメージして作った守護護符から、「マジで？」と、嬉しそうな反応が返された気がした。

そして守護護符の気が逸れた瞬間、プレス機が鰹節を押し潰した。

「……あっ」

鰹節はバキバキと割れて、潰れた木のような姿に成り果てていく。

赤い中身がさらけ出されて、かつて魚であったことも見て取れた。

「五〇トン、二三秒です」

守護護符に籠めた気は、無言で見詰める一樹から、フイッと目を逸らしたような反応を示した後、霧散して消えていった。


若手側の実技試験官は、計測結果を述べたきり押し黙った。

僅かな時間、会場で声を発する者は無く、広い空間が静まり返った。

「あと二枚、残っていますよ」

沈黙に耐えかねたのか、あるいは興味が湧いたのか、一樹に対応する二人の実技試験官とは別の試験官が声を掛けた。

すると、一樹の実技試験を担当する若手試験官が気を取り直して、次の守護護符を手に取った。

「次の守護護符を確認する。残りの護符も、五〇トンで行って良いのか？」

実技試験には、六枚作成したうちの三枚が使われる。

これは一枚だけ偏って強い符を作成して、それが選ばれることを運に任せるようなことをされないためだ。

三枚を試せば、残る三枚が全て手抜きであったとしても、少なくとも三時間で三枚は作れると分かる。下級陰陽師の合否であれば、それだけで充分だ。

「五〇トンで問題ありません」

一樹が頷くと、試験官は二枚目の式神符と鰹節をセットして、最初から五〇トンで圧力を掛け始めた。

実況掲示板では、なぜ一トンや三トンを飛ばすのかという意見も書き込まれていた。だが単位のトンを、キログラムに直して考えるようにと諭されていた。

五〇キログラムの物体を二三秒持てる人間に、一キログラムの物体を一〇秒持てるのかを試す意味はあるだろうか。

もちろん手抜きの守護護符を混ぜているのなら、話は異なる。だが二枚目の式神符は、一枚目よりも強いと一樹は自負していた。

二枚目の守護護符は、一樹が玄武をイメージして作っている。

五神の一柱として知られる玄武は、亀の体に蛇が巻き付いた姿だ。

玄武の強固さは、亀だから硬いのとは、本質が異なる。

中国の創世神話に出てくる人類を創造した女神の女媧《じょか》は、人の頭に蛇の身体という蛇身人首である。

女媧と、兄または夫とされる伏羲《ふっき》は、南陽漢代画像磚において、蛇の尾が玄武と絡み合って書かれている。蛇の身体であるため、立つために大亀の足を用いていた。

かつて往古のとき、天を支える四極（四本の大黒柱）が欠け、九州（中国の全国土）が裂けて、世界が業火と洪水に襲われた。猛獣と鷲鳥が人を啄み、末期的な状況へと至った。

女媧は、陰陽五行の『白、黒、赤、黄、青』である『五色の石』を練って天を補修し、大亀の足を断って四柱に代えて、天を支えた。業火の元凶である黒龍を殺し、芦灰を運んで洪水を止め、世界を救った。

すなわち玄武の足とは、天を支える四柱だ。

それを分かった上で、玄武を明確にイメージした一樹は、神力を守護護符に注ぎ込んでいる。

「計測を開始する」

五〇トンのプレス機が、畏れ多くも玄武の背中に圧力を掛けてきた。

『その背には、世界すらも乗る』

一樹は言葉には出さず、内心で念じた。

玄武を記して神気を籠めた守護護符は、その神気を玄武の由来や力に変換して放つ。世界を支える玄武が、たかだかアフリカ象八頭程度の圧力に押し潰されるはずもない。

一樹と試験官達、そしてライブ映像を映している人々が見守る中、プレス機に押された鰹節は、微動だにせず姿形を保ち続けた。

「……一〇秒……二〇秒」

一分が経過して、鰹節を介して玄武に圧力を掛け続けたプレス機は、ついには押し負けたように歪みが生じてしまった。

「二枚目の試験を終了する。五〇トン、一分以上だ」

立ち会っていた実技試験官によって、機械のほうが測定限界を超えたと判断された。

そして鰹節の姿は保たれたまま、二枚目の試験は終了となった。

「そんな、馬鹿な」

「五〇トンで小揺るぎもしないなんて、絶対に有り得ない」

「一体どうなっている。歴代最高だぞ」

周囲を取り囲んだ一〇〇名の試験官達は、各々が一樹が作った守護護符の異常性を理解して驚愕した。

制作時間一〇分で、このレベルの強大な守護護符を作れるのであれば、一万枚の作成を依頼して全ての陰陽師に持たせれば、殉職者が激減するだろう。

勿論、圧倒的に格上の妖怪が相手では、一分耐えるだけでは死んでしまう。

だがB級以下同士で、互角程度までの相手であれば、おそらく確実に勝てるようになる。

顧客を取り合うライバル同士でもあり、符を渡せば術式や気の籠め方を隅々まで調べられるため、売ってくれと言われて売れるはずもない。

それでも欲しいと思った試験官達は、大多数に及んだ。そう思わなかった試験官達は、試験結果に半信半疑だった者達だけだ。

「機械のほうが壊れていたのかも知れない。機械自体を変えて、三枚目を測定すべきだ」

ついには周囲の試験官達から、物言いが入った。

一樹を担当する年輩の実技試験官は、物言いを行った別の試験官に厳しい表情を向けた後、一樹に質した。

「実技試験官の役務にて問う。一枚目と二枚目では、なぜ差が出たのか」

問われた一樹は、「一枚目の朱雀が、小鬼で遊ぶことに気を取られたからです」とは、答えなかった。説明が長くてややこしくなるし、一樹の評価を上げることにも繋がらない。

一瞬迷った一樹は、しれっと相手が誤解する言葉を吐いた。

「符に刻む呪を変えました。録画のカメラでも確認出来ると思います」

それが二三秒で一枚目が破れた原因ではないが、差が出たのは事実である。もっとも一樹は、相手を意図的に錯誤に陥らせているが。

「なぜ作る内容を変えたのか」

「様々な効果の符を作れるほうが、汎用性が高いと思いました。詳細につきましては、一子相伝です」

一子相伝とは、自分の子供の一人だけに全ての奥義を伝えることだ。

各陰陽師には家の秘術があり、それを他家が詳らかにしろとは言えないので、追及できないだろうと一樹は考えた。

なお一樹の父親が教えたのは一般的な知識であって、一子相伝でも何でもない。

一子相伝を始めるのは、一樹の代からということになる。

もしも追及があれば、そう言い張れば、とりあえず嘘ではない。

「よろしい。機械を変えて、三枚目の符を試す」

年配の試験官が指示すると、若手試験官が残った一枚の護符と鰹節を手にして、一樹を促しながら隣の機械へと移動した。

周囲の試験官達もゾロゾロと移動を開始して、隣にあったプレス機をぐるりと囲んでいく。

「それでは三枚目の試験を行う。五〇トンで良いのだな？」

「はい、大丈夫です」

若手試験官は生唾を呑み込むと、プレス機を操作して鰹節への圧力を掛け始めた。

一樹は、閻魔大王をイメージして作った符にエールを送る。

――よし、お前は適当に潰れろ。

極めて私的な感情から、一樹は三枚目の守護護符にぞんざいな扱いをした。

一枚目と同程度ほど保ってから潰れてくれれば、一樹としては充分だった。

玄武の符が守護に効果的であったならば、「亀の玄武は、守りの効果が高いのでしょう」などと、一般に分かり易く説明すれば済む。

そして閻魔大王を書いた護符の効果が薄ければ、「まあ、大した神ではないのでしょう」などと言って終わりだ。

一樹が冷然と、そして周囲が戦々恐々と見守る中、プレス機が三本目の鰹節に触れた。

刹那、守護護符に「対象を守れ」と籠めた閻魔大王の神気が、陰陽五行の火行へと流転した。神気は、瞬く間に煉獄の炎と化して膨れ上がり、五メートルほどの塊となって試験会場に顕現した。

「うわあああああぁっ⁉」

円となって取り囲んだ周囲の試験官達が、一斉に後退って離れた。

他方、守護護符から顕現した神気は、全長五メートルほどの閻魔大王の姿を模していた。

その神気が、鰹節に圧力を掛けるプレス機に向かって、ゆっくりと歩み寄っていく。

一樹が声を掛ける間もなく、閻魔大王を模した神気がプレス機のパンチ部分と土台を両手で掴んで、引き離すように上下へと力を込めた。

すると「ズガン」と、重くて鈍い音が、会場に響き渡った。

すぐに何かが噛み合わなくなった軽い音が続き、プレス機が空回りを始める。

閻魔大王を模した神気は、プレス機に乗せられた鰹節を優しく摘まんだ。鰹節を大切そうに取り出すと、守護護符の元へと運び、静かに添えるように置く。

閻魔大王を模した神気は、鰹節を乗せた若手の実技試験官を向いて険しい表情で一睨みし、右脚を振り上げて、勢い良く振り下ろした。

「ぐうっ」

怒りを乗せた神気が会場に吹き荒れ、気圧された若手試験官と、背後に居た一〇名前後の試験官が一斉に仰け反った。

放たれた神気は消えずに、一〇〇名の試験官達の間を吹き抜けて、広い会場を走り抜けていく。

恐ろしい形相で試験官を睨め付けた神気は、次いで一樹に向き直った。

「守護護符よ。汝は、護るべき対象を護りきった。疾く失せよ」

術者の一樹は、すかさず神気に命じた。

すると神気は頷いて、役目は果たしたとばかりに堂々と霧散して、消え失せていった。

一樹を批評していた試験官達は、誰もが言葉を失って、沈黙していた。

――――威圧されて、震え上がっているな。

神気が顕現したのは、一樹にとっても予想外だった。

一樹自身が改めて考えれば、閻魔大王本人の神気を籠めたために、神気が閻魔大王の姿を現したのだと説明が付く。

だが試験官にとっては、現状は全くの意味不明だ。

神々しくも恐ろしい何かが現れて、どうすれば良いか分からずに、ひたすら畏れを抱いている。


そんな試験官達の姿に、一樹は「受験生の自分から何かを言わないといけないのだろうか」と、役割を訝しんだ。だがおかしな護符を作ったと誤解されて、試験を失格にされては堪らない。

受験生の一樹は、自ら説明を始めた。

「私は、色々な守護護符を作れます。一枚目は、汎用性の高い符。二枚目は、護りに特化した符。そして三枚目は、地蔵菩薩の化身たる閻魔大王であり、神仏です。試験に立ち会いいただき、ありがとうございました」

相手に反撃する呪いの符ではなく、あくまで神仏を描いた守護護符だと言い張った一樹は、一礼して見せた。そして三枚目の符が壊したプレス機を見ながら考える。

――――コレは、もしかして俺が弁償するのか？

下手をすると、借金が増えてしまう。

一樹は蒼依への弁明に頭を抱えながら、実技試験を終了した。

中継を見守る国民、そして実況掲示板は、大変な騒ぎになっていった。

◇◇◇◇◇◇

【生中継】陰陽師国家試験について語るスレpart886

934：名無しの陰陽師
【二次試験　霊符作成】
一位　賀茂　一樹　五〇トン　※測定不能
二位　五鬼童　沙羅　一八トン　四一秒
三位　五鬼童　紫苑　一二トン　三二秒
四位　不破　惣司　六トン　四五秒
五位　橋波　龍志郎　三トン　四八秒
※測定不能＝二三秒　＋上限時間（機械故障）＋機械破壊

935：名無しの陰陽師
（゜Д゜）ポカーン

936：名無しの陰陽師

（゜Д゜）ポカーン

937：名無しの陰陽師
（゜Д゜）……
（⊃Д⊂）ゴシゴシ
（；゜Д゜）……

938：名無しの陰陽師
すまん、基本的なことを聞きたいんだけど
五〇トンって、どれくらい凄いの？

939：名無しの陰陽師
A級常連の五鬼童家が負けるとか、マジでワケが分からない

940：名無しの陰陽師
二位から三位がいつもの五鬼童、四位から五位がいつもの陰陽大家で、
一位だけは、なんかバグっている感じ

941：名無しの陰陽師
バグっているのは、マジでそうだと思う
一人だけB級を超えているし

942：名無しの陰陽師
二番目と三番目で実技試験会場に来た双子ちゃん
一位の結果を見て唖然としていたな

943：名無しの陰陽師
俺らのほうが唖然としたわ
そして試験官は気絶したわ
試験官も陰陽師の関係者だろうに

944：名無しの陰陽師
一位の賀茂一樹は動画も投稿している
今年五月から投稿開始
八咫烏五羽を卵から育成している
https://www.YouTubo.com/watch?v=1580IObejio-vaspo

９４５：名無しの陰陽師
動画ﾄﾝクス
まあ何回も貼られているけどな

９４６：名無しの陰陽師
五〇トンの威力とか、全く想像が付かない

９４７：名無しの陰陽師
守護護符って、
攻撃に反撃したり、相手を脅したりするの？

９４８：名無しの陰陽師
守護護符が反撃するわけないだろアホ
と、昨日までの俺なら言っていたわ

９４９：名無しの陰陽師
＞＞９４６

巨大なイリエワニが噛む力が五〇〇キログラムくらい
だから一トンで一〇秒を耐えられれば
ワニに一〇秒くらい噛まれても全然大丈夫……多分

950：名無しの陰陽師
噛まれたまま、水中に引き込まれたら終わりだろ

951：名無しの陰陽師
ワニとD級のリザードマンを互角と考えたら
D級陰陽師には一トンで一〇秒耐えられる護符は必須

952：名無しの陰陽師
リザードマンがワニと互角な訳ないだろ
あいつらパワーがワニ並な上に
武器が使えて、集団戦も可能だぞ

953：名無しの陰陽師
しかもリザードマンは、水陸両用型で、

川からも平気で侵攻してくる凶悪さ

954：名無しの陰陽師
リザードマンがD級とか甘過ぎだよな
あいつらC級くらいの厄介さだろ

955：名無しの陰陽師
リザードマンの皮膚は、
鱗が板になった鱗板で防御力も半端ない

956：名無しの陰陽師
拳銃程度は、鱗板で簡単に弾かれるからな

957：名無しの陰陽師
でもC級って、マンティコアとかグリフォンだろ
そいつらはリザードマンなんて餌にするんだけど

958：名無しの陰陽師

ランク一つは一〇倍の人数差って言うからな
959：名無しの陰陽師
D級中位が一トンなら、C級中位は一〇トンなの？
960：名無しの陰陽師
全ての能力が一〇倍にはならない
攻撃力も、防御力も、敏捷性も一〇倍だと、
人数が一〇倍居ても勝てる訳無いじゃん
961：名無しの陰陽師
圧力が増えると、呪力の消費量も跳ね上がる
三トンに耐えられる護符を作れれば、C級相当の呪力があるらしい
962：名無しの陰陽師
C級が三トンとして、
それを超えている連中は、どうなっているの

963：名無しの陰陽師
五〇トンとか、マジでワケが分からない

964：名無しの陰陽師
霊符に籠められる呪力にも限界がある
一〇トン超えの護符は、普通の人間が作れるレベルじゃない
絶対に神とか鬼とか宿している

965：名無しの陰陽師
今年の一位って、賀茂姓でしょ
陰陽師で安倍と並ぶ二大宗家じゃん
子孫かは知らないけど、系譜なら人間だぞ
途中で妖の血と混ざったのかは知らない

966：名無しの陰陽師
賀茂の一族なら、納得だわ

967：名無しの陰陽師

賀茂って、先祖が安倍晴明の師匠でしょ
安倍より強くても驚かないぞ
陰陽師としての血統は、
一二を争うレベルだわ

968：名無しの陰陽師
別に直系とは限らないだろ
血は混ざっているかも知れないけどさ

969：名無しの陰陽師
生まれながらの超絶ハイパーエリートだったか
陰陽師って、血統ばっかりじゃないか
つまらん、成り上がりのA級は居ないのか

970：名無しの陰陽師
小鬼から竜が生まれないように
血統を無視して化け物は生まれないんだよ
呪力は遺伝要因が強いんだから仕方がない

971：名無しの陰陽師
俺等の役に立つなら良いじゃん
超期待の大型新人枠に入れておこう

972：名無しの陰陽師
あの守護護符を作ってくれるだけでも
期待値は満たしてくれる

973：名無しの陰陽師
八咫烏五羽を育てた動画を見たけど、
若鳥で五行の術を使っていたぞ
術のほかにも明らかな異常値

974：名無しの陰陽師
護符と同じくらいヤバいのか
そうだろうとは思ったけど

975：名無しの陰陽師
先祖返りで、安倍晴明の師匠レベルの強さなら、それくらい出来るかもしれない
安倍晴明なら、もっと出来るだろうし

976：名無しの陰陽師
『八咫烏が小鬼を狩ってきた』って動画を見てみろ
猫がネズミを持ってくる感覚で
八咫烏が小鬼を運んでいるから
ちなみに、三番目まである

977：名無しの陰陽師
うわ……いらねぇ

978：名無しの陰陽師
その動画のコメント欄、
中鬼が混ざっていますよってツッコミがあって、
「いいね」が、付きまくっているぞ

979：名無しの陰陽師
＞＞978
ワロタw

980：名無しの陰陽師
最近生まれたばかりの式神で
リザードマンと同じD級を軽く狩るとか
賀茂一樹
人外リスト入りで

981：名無しの陰陽師
今回みたいな結果を見ていると、
受験資格と活動開始の年齢制限は、
取り払ったほうが良いと思うわ

982：名無しの陰陽師
どうして？

９８３：名無しの陰陽師
上位の五人は、一年前に試験を受けても合格しているだろ
それで活躍すれば、その分だけ妖怪の犠牲者が減るじゃん

９８４：名無しの陰陽師
確かに陰陽師に成れる人間は、最初から相応に高い呪力を持っているよな

９８５：名無しの陰陽師
最近卵から孵した式神で、中鬼すら狩る奴も居るしな

９８６：名無しの陰陽師
陰陽師の系譜か、天賦の才覚を持つか、
幼少時に死の淵を彷徨って呪力が上がるか、
妖怪変化に触れて才覚に目覚めている集団
一五歳でなくても妖怪くらい祓えるよな

９８７：名無しの陰陽師

陰陽師に成る人間は、一五歳未満でも妖怪変化を祓える
逆に祓えない人間は、二〇歳になったところで祓えない
一五歳で区切る意味は無い

９８８：名無しの陰陽師
だったら、どうして一五歳以上なの？

９８９：名無しの陰陽師
労働基準法で、一五歳未満の就労が禁止されているからじゃない？

９９０：名無しの陰陽師
そろそろ次スレ移動だな……埋め

９９１：名無しの陰陽師
芸能人の子役は、働いても良いんだよな
公益性は明らかに妖怪退治のほうが高いけど

９９２：名無しの陰陽師

危険か否かが判断材料になるんじゃない？

993：名無しの陰陽師
一五歳で確実にC級以上の五鬼童が
D級のリザードマンに負ける姿は全く想像できない

994：名無しの陰陽師
いや、五鬼童以外もいるからリスクはある
ただし、今回の首席君は除く

995：名無しの陰陽師
一五歳未満の問題は、ちゃんと抜け道もあるぞ
陰陽師の弟子なら労働契約にならない
得られる賃金は、お察しだけど

996：名無しの陰陽師
親の仕事を手伝う場合もセーフだな
労働基準法の第一一六条第二項に定められる範囲だ

そちらも対価はお察しだが

997：名無しの陰陽師
単独で依頼を受けたければ一五歳以上だけどな

998：名無しの陰陽師
守護護符、売ってくれないかなぁ
絶対に高くて買えないだろうけどさ

999：名無しの陰陽師
守護護符は間違いなく非売品
あれは奉納されるレベル

1000：名無しの陰陽師
俺、1000を取ったら、
可愛い狐っ子に告白するんだ

1001：1001

このスレッドは１０００を超えました。

新しいスレッドを立ててください。

第四話　五鬼童家の調査

二次試験の結果が発表され、試験を受けた七四八二人中五五八人が合格した。

陰陽師協会側が「毎年五〇〇人以上は受からせたい」と目標を掲げており、それが達成可能な試験難易度にしているため、概ね計画通りである。

このうち下位の四五八人が、そのままF級陰陽師に認定された。

そして上位一〇〇名は、暫定的なE級陰陽師に認定されている。

三次試験は上位一〇〇名に対して行われ、合格すれば中級とされるD級陰陽師に認定される。


「さて、どうしたものかな」

二次試験が終わった夜。

今回の国家試験で責任者を務める男、A級陰陽師にして五鬼童家の当主である五鬼童義一郎が、二人の副責任者を集めて質した。

態度が気軽いのは、副責任者の一人が実姉の春日弥生で、もう一人が実弟の五鬼童義輔だからだ。

姉弟間で私的に会うときにまで、堅苦しい言葉は使わない。

国家試験の責任者が偏るのは、陰陽師として力がある家が持ち回りで行うからだ。今回を含む三年ほどは、五鬼童の担当となっている。

姉は結婚して苗字が変わったが、元は五鬼童という苗字のB級陰陽師だった。

総責任者を務める義一郎がA級で、副責任者の一人である義輔はB級。

五鬼童家は、一家で総責任者と副責任者二名を揃えられる陰陽師の大家だ。

「どうしたも、こうしたも、ないだろう。儂の娘達が二位と三位になったのは残念だが、そんなものは実力だ。兄者、全て公正にやれば良いのだ」

ガッシリとした体格の義輔が、堂々と宣った。

三次試験は、受験生同士で直接戦う対戦試合が行われる。

中級陰陽師になれば、大口の依頼が入り、強い妖怪との実戦も増える。対戦相手に負けるような人間には、強い妖怪との戦いに駆り出される中級資格は与えられない。

成績上位者のキャリアを下級で開始させたくない陰陽師協会は、一位と一〇〇位、二位と九九位という形で、対戦相手を上と下から順番に選んでいる。

また成績の下位者には、下級から下積みを経験させたほうが、以降の成長を期待できると考えている。

相手に一〇分耐えられるか、相打ちで引き分けた場合、両者共にE級だ。

勝った五〇名以下、合格者の一〇分の一以下だけが、最初から中級となる。

三次試験は、対戦相手を数値化できないために、点数が付かない。

そのため勝った五〇名は、二次試験の成績順で序列が定まる。

一樹の場合は、三次試験で一〇〇位の相手と対戦して、それに勝てばD級陰陽師の資格を得られると同時に、陰陽師国家試験の首席合格者となる。

総責任者の義一郎に対して、慣例に沿って公正にやれと返した義輔に口を挟んだのは、二人の姉の弥生だった。

「そういう話ではないのですよ、義輔。同い年で、沙羅や紫苑に勝てる賀茂一樹は、人間ではない。それでは、正体は何か。それを懸念しているのです」

弥生が指摘した『賀茂一樹の正体』なる問題に、義輔は押し黙った。

一樹と同い年で受験した義輔の双子の姉妹、沙羅と紫苑は二位と三位だったが、二人が負けるのは異常である。


五鬼童とは、前鬼・後鬼という鬼神達の子孫の家系だ。

前鬼・後鬼は、元は生駒山地に住んで、人に災いを為していた。

そこで修験道の開祖である役小角《えんのおづぬ》が、鬼神達の五人の子供を隠して、子供を殺された親の悲しみを伝えたとされる。鬼神達は改心し、以降は役小角に従うようになった。

役小角は、『古事記』（七一二年）に登場した神の一言主を、『日本霊異記』（八二二年）で使役した逸話すら持つ天上の存在だ。日本八大天狗を上回る力を持った別格の天狗でもあり、石鎚山法起坊の名も持っている。

その弟子の前鬼は、後に日本八大天狗の一狗、大峰山前鬼坊となった。

すなわち五鬼童とは、神すら従えた修験道開祖の弟子にして、鬼神と日本八大天狗の血を引く家柄である。

強大な妖怪二系統の血を引く五鬼童は、気の内包量が尋常ではない。

かの有名な陰陽師の大家、賀茂一族の系譜が相手であろうとも、人間を相手に気の量で負けるはずがないのだ。


「賀茂家であるならば、術式で負けても恥ではありません」

役小角は賀茂の一族で、賀茂役君小角とも呼ばれる。

五鬼童の先祖であった前鬼・後鬼の師匠の出身家である賀茂家なればこそ、五鬼童家が術式で負けても恥とはならない。だが問題は、術式とは別の所にあると弥生は考えた。

「ですが三枚目の守護護符に籠められた気は、一枚で沙羅や紫苑に匹敵しました。あれは、人間の力では有り得ません」

「……そうだな」

義輔は娘である双子の姉妹、沙羅と紫苑の力量を思い浮かべた。

五鬼童は、優れた子孫になる血筋や力量の相手を配偶者に選んでいる。

そして修験道の開祖から直接受けた修験を基に、一三〇〇年以上も修行方法を練りながら試行錯誤してきた。五鬼童が正しく修行すれば、一五歳で並の天狗であるC級に届き、落ちこぼれでなければ二〇歳までにはB級へ届く。

義輔は本家の次男だが、兄に何かあれば当主を代われる経験と力は持っており、その可能性も踏まえて結婚相手も選んでいる。娘の沙羅と紫苑は、五鬼童本家と比べても遜色ない血統だ。

二次試験では沙羅が紫苑に勝ったが、それは気質の違いが出ただけだ。

姉の沙羅は、落ち着いた性格で、気質が鬼神寄りの防御型だ。

鬼神には、『鬼神に横道なし』という言葉がある。小手先の曲がったことはせず、正面から堂々と受けて立つ。

妹の紫苑は、勝ち気な性格で、気質が天狗寄りの攻撃型だ。

天狗とは、天の犬である。日本では天の狐ともされるが、その名のとおりに天を駆け、敵を打ち払っていく。

攻撃型の紫苑でも、鬼神と八大天狗の血統による呪力量で、相応の結果が出る。そして防御型の沙羅が作る護符は、まさしく人外のレベルだ。

総責任者の義一郎は、改めて告げた。

「五鬼童が、同い年の『只の人間』に呪力で負けるなど、有り得ない。賀茂一樹は、鬼神と八大天狗の血統を上回る何かが混ざっている。それはどのような怪異の力か。それが陰陽師協会に食い込むと一体どうなるのか。さて、どうしたものか」

同じ言葉を繰り返した義一郎は、試験の不正を行いたいのではなく、突然現れた謎の存在をどうすべきか、それを問うているのだと告げた。

人ならざる血が入っていようとも、陰陽師協会は気にしない。

五鬼童も鬼神と大天狗の子孫であるし、かの有名な安倍晴明も、母親は『葛の葉』という気狐だ。純血の人間で無ければ陰陽師に相応しくないと言うならば、日本の陰陽道を支えてきた安倍晴明と、その子孫達の功績も否定される。

五鬼童家も鬼と天狗の血を引いており、A級陰陽師には気狐なども属している。

故に、妖怪の血を引いていようとも、陰陽師として不適格とはならない。

だが賀茂一樹が何者であるのかは、五鬼童にとって関心事項であった。ましてや、自分達が責任者を務める試験に来たのであれば、尚更である。

一体何を懸念しているのか、弥生は具体的な展開を義輔に説明した。

「賀茂一樹が悪性であって、B級に昇格して、都道府県の現場統括者になったとします」

「……うむ」

「すると担当する都道府県内の依頼は把握できるので、邪魔な陰陽師が居れば、大妖を投じて邪魔者を始末できます。そしてエリア内に、一般人を喰う妖魔の地を作るかもしれません」

それは陰陽師協会にとって、存続に関わるほどの危機だ。

五鬼童直系の一人程度が悪性であっても、陰陽師協会は妨害できる。だが、互角の相手ならば防げるが、格上の相手となると困難だ。

賀茂一樹は、既に沙羅と紫苑を上回る成績を上げている。将来のB級は確定的だが、B級に留まらない可能性も大いにあった。

「A級に至る可能性も、大いにあるでしょう。これが悪性であるならば、協会としても、五鬼童としても、看過できません」

そのように弥生は、締め括った。

前鬼・後鬼の子孫である五鬼童は、修験道の霊峰である大峰山麓の下北山村前鬼に修行者のための宿坊を開いた。そして一三〇〇年を超える今でも、役行者との約束を義理堅く守って、宿坊を続けている。

五鬼童に生まれた男子の名前には、必ず『義』が入るほどに、五鬼童は義理深い一族でもある。

義輔は目に理解の色を宿して、弥生と義一郎の話に納得した。

「話は分かった。だが、どうやって善悪を確認する。我らが問うたところで、試験に落ちるようなことを言うはずがないぞ」

指摘された義一郎も、陰陽師国家試験を受験しに来た相手に対して、問答で聞き出せるとは思っていなかった。

お前は悪性かと問うて、悪性だと答える妖怪は山ほど居るが、それは自分が圧倒的に有利な状況で相手を舐《ねぶ》るためだ。

陰陽師協会を訪ねて来て、自分が邪悪な妖怪だと宣う阿呆は居ない。

「問答ではなく、戦いで気質を見る。陽気や神気で戦い、その中で見せる人間性が善性であれば、一先ず善性で良かろう。悪性であれば、程度によって様々に対応する」

「賀茂一樹は一位だ。一〇〇位の奴と戦っても、何も引き出せんぞ」

対戦相手の変更は不可能だ。

あくまで慣例の対戦相手選定であり、ルールとして明確に定まっている訳ではないが、二位と三位に五鬼童が居るときに勝手な変更は出来ない。

護符の作り方が上手いからといって、実戦で強いとは限らない。

だが五鬼童は、一樹の動画も軽くだが、確認している。

使役している八咫烏五羽が小鬼達を狩っており、その中には中鬼も居て、少なくとも五羽それぞれがD級以上の力は持っていた。すなわち陰陽師としての一樹の実力は、D級五体を超えている。

D級とは、西洋ではリザードマン並の強さだ。

一樹に対する一〇〇位の対戦相手が、どれほどの力量であるのかは不確定だが、格闘技の世界一位でもD級を相手に物理では勝てない。そして気が強ければ一〇〇位になるはずもなく、敗北は必至だった。

「最後にエキシビションマッチを組めば良い。一位の賀茂一樹と、二位と三位の沙羅と紫苑の二人とを同時に対戦させるのだ。それを受けて勝つのなら、五鬼童でC級に推薦するという条件で」

「成程」

説明を受けた義輔は、大いに納得した。

日本陰陽師協会は、『日本の陰陽師達が、日本の妖怪変化を効率的に祓う』ために組織される団体だ。

組織で活動すれば、全都道府県に守りの薄い地域が生じず、人々の犠牲が減少する。

そのために、使える新しい陰陽師を選んで格付けするのが陰陽師国家試験であり、使える強い陰陽師に高いランクを与えるのは試験の趣旨に沿う。

そして今年の陰陽師国家試験の責任者は、五鬼童家である。

首席に良い人材が居たから、一つ上のランクで推薦するというのは、対象者が自家と無関係であれば問題視されることではない。

「賀茂一樹には、予め総責任者の私から伝えておく。義輔は、沙羅と紫苑に説明しておいてくれ」

「だが賀茂一樹が受けるか？」

「わざわざ動画を投稿して、試験で目立っているのは、早く上に行きたいからだろう。金か、地位か、名誉か、何れであろうと、せっかく与えられた機会を逃すことはあるまい」

「……分かった。沙羅と紫苑に話しておく」

かくして一樹と、五鬼童家の双子との対戦が、試験に組み込まれた。

「ところで二人とも、鰹節を二本ずつ持ち帰ってくれんか。うちは双子で、六本になった。流石に喰えん」

「「…………」」

運営側の五鬼童が、鰹節を廃棄していますとは言えない。

義輔の力強い眼差しに見詰められた姉と兄は、二本ずつを引き受けた。

◇◇◇◇◇◇

二次試験が行われた三日後の八月四日。

蒼依と八咫烏五羽を連れた一樹は、対戦試合が行われる三次試験の会場へと赴いた。

八咫烏五羽は、大型鳥用のキャリーバッグ二個に分けて入れている。そして一樹と蒼依で、一つずつ運んできた。

ハシブトガラスの重さは五五〇グラムから七五〇グラム。大型鳥用のキャリーバッグと合わせても二キログラムほどで、中学三年生が持ち運べる程度だ。

くわえてタクシーで移動したので、道中で職務質問されるようなことも無かった。

「三次試験は、見学できるんですね」

「試験会場は、練馬区の光が丘公園に変わるからな。凄く広いぞ」

光が丘公園は、練馬区にある都立公園で、元は飛行場が置かれていた。

広さは六〇ヘクタールで都内四位だが、六ヘクタールにも及ぶ広大な芝生広場があるため、野外の対戦試合に向いている。

人を害する妖魔を倒す陰陽師は、公益に資する存在だ。

その陰陽師を増やす国家試験であるため、国や東京都も場所を貸してくれる。

「一ヘクタールの試合会場が五つ用意されて、各会場で一〇試合ずつが行われる」

一ヘクタールは、一〇〇メートル四方、一万平方メートルの広さとなる。

何かに例えるのであれば、四〇〇メートルの陸上競技を行うトラック場や、縦横一〇八メートルの野球場のグラウンドと同程度だ。

野球場を使って一対一で戦うならば、充分な広さだろう。

対戦する両者は、白いテープの線で囲われた両端から試合を開始する。

そして一〇分以内に式神や術を飛ばしたり、武器を振るったりして、相手を攻撃する。

二次試験で作成した守護護符は、各自が三枚を残している。そのうち相手の二枚を破壊すれば、勝利となる。


「主様は、その広さで足りるのですか？」

蒼依の懸念は、五鬼童の双子と戦うことを想定したのだろう。

一〇〇位の相手と戦うのであれば不要だが、二位と三位を同時に相手取るのであれば、広さが不足するかも知れない。

「五鬼童は、飛べるらしいからなぁ」

エキシビションマッチの連絡があった後、一樹は五鬼童で検索して、戦いの動画を見て回った。

一樹と異なり、五鬼童家達は動画のアップロードなどは行っていない。

だが古くから沢山の戦いを繰り返す五鬼童家の動画は、それなりに撮影されている。知名度が高いほど再生数も増えるので、他人の手による動画の転載も行われやすい。

アップロードされていた動画には、五鬼童の術者が天狗の翼を生やし、空を駆け、急降下して妖怪を狩る姿が映っていた。

対する一樹も、空中戦が可能な八咫烏五羽を投入予定だ。

空中戦を行えば、設定されたフィールドを飛び出して行きかねない。

「一応、エキシビションマッチは、六ヘクタール全部を使って良いそうだ」

「それなら安心ですね」

一樹の勝利を確信する蒼依は、安堵の表情を浮かべた。

勿論一樹も、戦って負ける不安は持っていない。

――問題は、こいつ等が勝手に明後日の方向へ飛んでいかないかだが。

数日間もホテルに居た八咫烏達は、運動不足で、やる気が満々だ。解き放てば、どこまででも飛んで行きかねない。

一樹は一抹の不安を覚えながら、そのまま試合会場入りを果たした。


会場で受付を済ませた一樹は、キャリーバッグから出した八咫烏達に羽ばたきをさせながら、先に行われている試合を見学した。

既に試合は、『五〇位　対　五一位』、『四九位　対　五二位』で始まっていた。

一樹は最後に回されているため、九試合を待たなければならない。

試合時間が迫るまでは公園を散策しても良いが、ほかの受験生達の試合は勉強になるので見学を選んだ。

ただし、一番参考になるであろう五鬼童の試合がある時間帯には、自身の試合もある。そちらの見学は、試合時間的に難しかった。

見られたとしても、九八位や九九位との対戦は直ぐ終わるだろうが。


「持ち込むものは、何でも良いんですか」

隣に座って一緒に試合を見学する蒼依に、一樹は試合から目を離さずに言葉だけで返答した。

「持ち込むものは、法律に反しない範囲で、これから陰陽師の活動で使っていくものなら何でも良い。試合だけ高価な符を大量に持ち込むとか、誰かから借りるとか、対人用の重火器を持ち込むのは駄目だけどな」

試合は、陰陽師として活動していけるのかをみる試験だ。

試合にしか揃えられない高価な符や、一時的にしか借りられない他人の武器を持ち込んで試合に勝っても、その後に活動していけない。

また重火器で妖怪を殺したければ、陰陽師ではなく自衛隊に入るべきだ。

論外なことは禁じられており、そのほかであれば概ね許容される。

「だけど使って良い守護護符は、二次試験で作って残った三枚だけだな。三枚のうち二枚が壊されれば、負けになる」

「どうして三枚作ったのに、二枚で負けなのですか」

「受験生の安全に配慮しているからだろう。二枚壊れた時点で試合終了の合図を出せば、対戦相手が次の攻撃を止められなくて当たっても、三枚目が壊れるだけで済む。陰陽師協会は、受験生の片方を殺したい訳じゃないからな」

一枚で一〇秒保つのであれば、二枚目が壊れてから制止しても、大抵は三枚目が壊れる前に止められる。

試合終了後の意図的な攻撃は、試合ではなく、傷害や殺人未遂だ。

試合に失格となり、陰陽師の資格も与えられず、警察のお世話になる。

したがって試合終了の合図があれば、止まらない受験生は居ない。

三次試験は、D級とされるリザードマンの下くらいの戦いが暫く続いた。

四一位から五〇位と、五一位から六〇位の受験生達は、D級に入れるか否かの境目にいる。

呪力は殆ど同じで、それを如何に上手く使うかで勝敗が決する。

圧倒的な呪力差で押し潰す戦いよりも、創意工夫の余地があって、それなりに参考になった。

――体術とか、頭を使った戦いの組み立て方でも、勝敗は変わるな。

中級のD級と、下級のE級とでは、世間から受ける扱いに大きな差がある。

そのため受験生達は、敗北しそうになっても容易には諦めず、必死に相手を倒そうとした。

呪術を放ち、気で大幅に向上させた身体能力で武器を打ち合い、それなりに二次試験の順位を逆転させていく。

「D級って、これくらいなんですね」

犬の怨霊で作った式神を放った術者が居たが、蒼依は淡々と評価した。

外見は古風な大和撫子の蒼依だが、山姥の祖母との同居生活のためか、あるいは八咫烏達が小鬼を狩って来るからか、倫理観や情緒は普通の中学三年生ではない。

「この辺の受験生は、実力的にはD級下位だけど、守護護符も作れるし、それを突破できる有効な攻撃も出来る。同格の相手に勝てれば、E級上位の小鬼には負けない。だからD級になれる」

二人が見守る中、試合に決着が付いて、対戦相手が入れ替わっていった。

二一位から三〇位と、七一位から八〇位くらいになると、次第にリザードマンの中と、小鬼の上くらいの一方的な戦いに変わる。

実力差が開くと、下位者は一発逆転を狙って大技を仕掛け始める。勝つ手段があるために試合は成立しており、実際に番狂わせも発生するが、それは上位者も経験が浅くて、甘さがあるからだ。

――ここで負けるなら、E級に落ちるのは本人のためだな。

実戦で妖怪に負ければ、そこで死んでしまう。

故に「未だ修行不足だから、下級からやれ」と告げるのは、命を失わずに済む本人と、陰陽師を死なせずに済む陰陽師協会の双方にとって、大いに利に適う。

甘い陰陽師が炙り出されて、弾かれていくのを見守る内に、試合は明確にD級とE級との実力差がある一方的な戦いに変わっていった。

一一位から二〇位と、八一位から九〇位とでは、大番狂わせにも程がある。

万が一の可能性も有り得るが、確率論的には極小であり、一樹の目の前では起きなかった。

試合は順当に流れていき、やがて一樹の順番となった。

「それじゃあ、行ってくる」

「いってらっしゃいませ、主様」

一樹は後ろに五羽を引き連れて、対戦試合の選手待機所へ向かった。

◇◇◇◇◇◇

待機所に入ると、対戦相手である紋付き袴姿の青年が待ち構えていた。

彼は一樹に向かって、高らかに名乗りを上げる。

「うはははははっ、俺が安倍晴明の子孫、安倍晴也だ！」

自信溢れる表情の青年は、一樹より少し年上の高校生くらいだ。言葉やしぐさの端々からは、自信と活力が満ち溢れていた。

試合前に対戦相手に話し掛けるのは、ルール違反ではない。

敵を威圧したり、挑発したりして掻き乱すことも勝負のうちであり、怯えるような者が悪いと考えられる。なにしろ陰陽師になった後は、妖怪と殺し合いをするのだ。

だが待機所の会話は生中継されており、「わざと負けなければ家族が酷い目に遭う」などの発言は脅迫罪となる。また試合前の攻撃も、傷害罪で逮捕案件だ。

一樹は怪訝に思いながら、対戦相手に聞き返した。

「安倍晴明の子孫は、室町時代からは土御門を名乗りました。そして嫡流の土御門家は、平成六年に三六代目が亡くなって途切れました。あなたは、何処の安倍晴明さんのご子孫ですか？」

安倍晴明は一一〇〇年前に実在した人物で、土御門家は三六世代を重ねている。

一世代毎に子孫が二倍ずつ増えた場合、子孫は数百億人にもなる。

地球にはそれほど人類は存在しないが、ようするに血を引いた子孫であれば、日本中にどれだけ居てもおかしくはない。

だが安倍嫡流は土御門に姓を変え、土御門本家嫡流は断絶した。そのため安倍晴明の子孫を自称する相手に対して、一樹は違和感を覚えた次第だ。

「俺が安倍晴明の子孫である証拠を見せてやる。見ろ、これが俺の式神だっ！」

一樹の質問に対して、晴也は自らの影から、大鷹の式神を飛び立たせた。

「ピィイーッ、ピィイィーッ」

大鷹は、バサバサと翼をはためかせると、甲高い鳴き声を上げながら、晴也の肩に飛び乗った。

質問に対しての答えとばかりに大鷹を示された一樹は、晴也の肩に乗る大鷹の式神を観察した。

影から出て来るならば、肉体が存在しない霊体である。

紙や木片を用いた道教呪術系ではなく、鬼神や神霊を呪力と術で使役する陰陽道系であり、死んだ大鷹の霊を用いている。

「その子は、あなたが育てたのですか」

「いや、コイツは我が家に伝わる式神だ。見ろ、まさしく日本鷹、戦国時代の鷹狩りで使われそうな凜々しい姿。これこそが、我が家が古くから続く陰陽師家である証だ！」

晴也の堂々とした態度に反して、発言内容では安倍晴明の子孫であることを証明できていない。

一樹は、相手がわざと混乱させる精神攻撃でも行っているのかと疑った。

鷹が怨霊系ではない部分に関しては、一樹も安堵したが。

「霊体の式神は、完全破壊されなければ術者の影に戻り、時を経て復活します」

「それがどうした！」

「うちの八咫烏達には手加減させて、大鷹の霊体も浄化しないので、大鷹が負けたと思ったら、すぐに戻してください。安倍さんの身体にも、大鷹の霊体の一部を残しておくと、より安全でしょう」

一樹は生中継を見る人々に対しても、鷹の式神を殺す訳ではないと説明した。

「カラスよりも、鷹のほうが強いに決まっとるやろが。試合で思い知れや！」

「それでは試合で拝見します」

一樹の式神はカラスではなく、八咫烏である。だが相手も承知の上で、勝つために気勢を上げたのだろうと、一樹は理解した。

そして気勢を受け流し、フィールドの端に向かった。

八咫烏達は、一樹の後ろをピョンピョンと付いて来る。

そんな八咫烏達に向かって、一樹は優しく言い聞かせた。

「あー、アレを虐めちゃいけませんよ。軽く、軽く、分かりますか？」

「「「「カァッ？」」」」

八咫烏達はチョコンと首を傾げながら、頼もしからざる答えを返した。

もっとも八咫烏達は、創造神ないし主神が遣わした神鳥で、神武天皇を導いた。そして今は、一樹と式神契約をしている。使役者と式神との意思疎通は、繫がる気を介して明確に行える。

本来であれば、言うことは聞いてくれる。だが数日間、都内の狭いホテルの室内に入れられた八咫烏達は、欲求不満である。

「パパが普通に試験に合格すると、お金を稼げて、ご飯が美味しくなります。ママも、喜んでくれます。小鬼みたいに殺したら、駄目ですよ」

「「「「クワアッ！」」」」

餌と蒼依で釣ったところ、伝わったらしかった。

安堵した一樹は、作戦を説明する。

「玄武と黄竜が、安倍に水と土で、軽く攻撃してください。小鬼を引っ繰り返す程度の軽い感じです。青龍、朱雀、白虎は、大鷹と追いかけっこをしましょう。みんな、フィールドからは、絶対に出ないように」

八咫烏達が理解して、フィールドの反対側に居る晴也と大鷹に目を向けた。

晴也も最初の位置に着いており、準備完了のランプが青に灯る。

「位置に着いて、よーい、ドン！」

試合開始のブザーが鳴ったのと同時に、一樹は八咫烏達を嗾《けしか》けた。

瞬時に飛び立った玄武と黄竜は、数秒のうちに反対側へ辿り着くと、水と土を混ぜて放った。

それらは消防車が行う放水の如き勢いで、晴也に泥水を浴びせ掛けた。

「うぉおぉぉ…………ぶべらぁっ⁉」

全身に泥水を浴びせられた晴也は、身体を勢いよく押し出されて、フィールドの外へゴロゴロと転がっていった。

そして泥まみれに成りながら、転がった先でバタリと倒れて意識を失う。

試合会場の外側に控えていた救護班が、慌てて走り始めた。

他方、晴也の式神である大鷹は、青龍、朱雀、白虎の三羽に嬉々として追われて、一目散にフィールドの外へと逃げて行った。

三羽は逃げた大鷹を遠目に眺めながら、一樹に不満そうな鳴き声を向けた。

「「「カァー、カァー、カァー」」」

『戻って来ましょう。美味しいご飯が待っていますよ』

式神に逃げられた晴也は、式神の制御が甘かったらしい。

あるいは賢い鷹が、襲い掛かってくる猛禽類の危険性を察知したのか。

一樹自身は、懐から鳥用の高価な餌を取り出しつつ、自身の気を介して呼び掛け、八咫烏達を手元に引き戻していった。

程なく、試合終了を告げるランプが赤く灯されて、一樹は三次試験に合格した。

◇◇◇◇◇◇

「先程は随分と、手加減されたのですね」

エキシビションマッチの待機所に入った一樹に向かって、対戦相手の一人、双子の姉である五鬼童沙羅が声を掛けてきた。

沙羅は、一樹と同い年の中学三年生。

小柄でスリムなのは、空を飛ぶ大天狗の子孫だからだろうか。クラスが身長順に整列したら、前から五番以内に入るだろう。柔和な表情に、垂れ目で、声も優しく、一樹は穏和な印象を受けた。

沙羅の髪は左右に分けて、垂らして結んだ『おさげ』だ。

双子の妹である紫苑は、ミディアムストレートで、両者は髪型で見分けが付く。ほかには、妹の紫苑が額に眉を寄せて、気難しそうな表情を浮かべており、沙羅よりもキツい印象だった。

そんな沙羅と紫苑の双子は、簡易な山伏様の衣装を身に纏い、神木から削り出した霊験あらたかな金剛杖を手にしていた。

一樹は、話し掛けてきた沙羅に答えた。

「あれは流石に、力量差が有り過ぎた。五鬼童家は、手強いと認識している」

手加減したのを知っているのであれば、見学していたのだろう。一樹と沙羅の会場は別であり、先に一九試合が行われるのであれば、同じ時間に終わるはずもない。

隠す内容でもないと判断した一樹は、試合結果については否定しなかった。そして五鬼童に対しては、手強いと認識していると無難に述べる。

そんな一樹の回答に対して、沙羅は言動の不一致を質した。

「その割には、二対一の勝負を引き受けられましたよね」

「……引き受ければ、C級に推薦してもらえると聞いた。推薦していただく以上、C級に充分な力量は見せるつもりだ」

その様《よう》に答えておけば、一樹が活躍した際、推薦した五鬼童の期待に応えようと頑張ったのだという形になる。そして実力者を推薦した五鬼童は立派ということになり、五鬼童の顔も立つ。

慎重に答えた一樹に対して沙羅は、さり気なく尋ねた。

「賀茂一樹さんは、B級くらいの力量はお持ちですよね」

沙羅が問うのは、戦闘前に一樹の力量を推し量ろうとしているからなのか。

意図を把握しかねた一樹は、若干考えてから答えた。

「開業する予定だから答える。俺の力量は、確実にB級以上はある。そして五鬼童一族は、受験の時点でC級の力量だと聞いた。君達がB級に届いていないのであれば、今回は相手が悪かったのだと思ってくれ」

両者の会話は、生配信されている。短期的には金を稼がなくてはならず、長期的には穢れを祓うために大きな仕事をしたい一樹は、依頼人にアピールする目的で、実力を誇示した。

同世代から、「自分のほうが圧倒的に強い」と宣告されたのは初めてだったのか、沙羅は驚いた様子で聞き返した。

「C級で、グリフォンやマンティコア並ですよ。そんなに、お強いのですか？」

沙羅は戦闘前の舌戦や力量の推定ではなく、素で問うた様子だった。

純粋に聞かれた一樹は、やや気勢を削がれながらも、頷いて答えた。

「君達がC級だったのに俺が負けたら、俺は自戒の意味を込めて、陰陽師を引退するまで、毎年二人分の守護護符を作って二人に贈ると約束しよう」


実況掲示板では、大いに盛り上がっているだろう。

偉そうに宣い、随分と派手に宣伝した一樹に対して、控えていた紫苑が口を挟んだ。

「そんなに絶対に負けないと思っているなら、毎月にしなさいよ」

「良いぞ」

挑発に即答された紫苑は、神気を帯びた金剛杖で地面を突いて、怒りを露わにした。

「だったら、後悔させてやるわ。毎月くれるなんて、ありがとう！」

怒った紫苑が捨て台詞を残して、待機所から歩み去って行った。

残った沙羅は、少し困った表情を浮かべた後、一樹に一礼した。

「それでは、お言葉を試させていただきます」

「ああ、よろしく頼む」

「こちらこそ、よろしくお願いします」

双子の性格差に感心した一樹は、沙羅と頷き合って待機所を後にした。

これで負ければ目も当てられないが、相手は五鬼童一族だと分かっている。五鬼童一族は、国家試験の受験時にはC級の実力があり、二〇歳頃まではB級に昇格する。

対して八咫烏達は、D級の中鬼ですら遊び道具に出来るので、C級の力は持っている。そして一樹の気が尽きない限り、回復し続けられる。

八咫烏達と、紫苑と沙羅は、同じC級だ。五対二の戦いで、まともに戦えば勝敗が明らかだ。

そして一樹には、B級の牛鬼も控えている。

一樹は試合の開始場所に移動しながら、八咫烏二羽ないし三羽で、沙羅と紫苑を相手取れば良いと考えた。

そして移動する間、一樹は五羽に向かって、制限の解除を伝えた。

「フィールドが広くなった。フィールドから出なければ、自由に遊んで良いぞ。あの二人に、全力で沢山遊んでもらえ」

「「「「「カァアアアアッ！」」」」」

自由に遊ぶ許可を得た八咫烏達は、バサバサと翼を羽ばたかせながら、鳴き声を上げ始めた。

位置について、青いランプを確認した一樹は、虚空に印を描いた。

山姥との戦いではセーマンを使ったが、時間がある。今回は、より複雑なドーマンを描いた。

横五本縦四本の呪術図形・ドーマンは、九本の棒で構成されており、九字を表す。

元が中国の『抱朴子』に載る九字に由来し、九星九宮を表して、術を強化する印として使える。

一樹はドーマンを使い、術を強化した。

『臨兵闘者皆陣列前行。天地間在りて、万物陰陽を形成す。汝等を陰陽の陰と為し、我が気を対たる陽と為さん。然らば汝等、我が陽気を汝等の力と変え、疾く天駆け敵を征討せよ。急急如律令』

試合開始ブザーが鳴ったのと同時に、一樹は強化した八咫烏達を解き放った。

三次試験と異なるのは、式神である八咫烏達に術まで用いて、莫大な気を流し込んだことだ。

八咫烏達に送り込まれた気は、五行のエネルギーと化して、八咫烏達の身体を包み込み、大砲から放たれた弾丸のように撃ち出した。

五色に輝く巨大な光が、芝生を巻き上げながら、高速で突き進んでいった。

「嘘でしょっ⁉」

「飛んでっ」

その遥か先、強ばった表情を見せた紫苑と、引き攣った表情で指示を出した沙羅が、背中から天狗の翼を生やして空中に跳躍した。

すると砲弾は弧を描くように上昇して、空に逃げた二人を二手に分かれて追尾する。

『『鬼火！』』

飛翔した沙羅と紫苑の両手から、拳大の炎の塊が二つずつ生み出された。生み出された炎は、追尾する八咫烏達に向かって飛んでいく。

向かってきた炎を躱すために直線飛行から曲線飛行へと変わった五羽は、そのまま二手に分かれた。

沙羅を追いかけるのが、土行の黄竜と、水行の玄武。

紫苑を追いかけるのが、木行の青龍、火行の朱雀、金行の白虎だ。

「「カァー」」

一鳴きした黄竜と玄武は、陰気を土と水に変えて、晴也を攻撃したときよりも遥かに強力な高圧の土石流を沙羅に浴びせ掛けた。

空中の沙羅は、翼を羽ばたかせて攻撃を回避する。すると土水の放水は、一本の線からシャワーのように形を変えて、広範囲に撒き散らされた。撒き散らされた泥水は、流石に回避し切れない。沙羅の服に纏わり付き、重石となっていった。

一方で紫苑には、さらに苛烈な攻撃が行われていた。

「ふーざーけーるーなーっ！」

木行の青龍が木矢を作り、金行の白虎が金属の鏃を作り、火行の朱雀が炎を纏わせて、紫苑に火矢の雨を降り注がせる。

対する紫苑は、新たな鬼火を二つ生み出して、自身の周囲に展開させた。生み出された鬼火は、紫苑を守って火矢の雨の一部を防いだが、全ては防げずに紫苑に命中し、纏った気を突破して身体を打ち据えていった。

全ての火矢は避けきれないと判断した紫苑は、全身に気を纏わせてダメージの軽減を図りつつ、八咫烏に向かって飛び、呪力を籠めた金剛杖を鋭く振るった。

だが天狗の翼を生やした紫苑の飛行能力は、神鳥の八咫烏には遥かに劣る。紫苑は、素早く躱す八咫烏達を全く捉えられないまま、一方的に火矢を浴びせられた。

紫苑の気と守護護符の護りが、次第に削り取られていく。

「沙羅ぁーっ！」

紫苑が金剛杖を振り上げながら、大声を上げた。すると沙羅が紫苑のほうを向いて頷き、おさげを解いて紫苑と同じミディアムストレートの髪型になった。

そして二人は跳躍して、空中で交差する。

交差した二人は入れ替わり、互いを追う八咫烏に向かって鬼火を放ち、金剛杖を振るった。

――――同じ髪型にして、交差で入れ替わって、追っ手を混乱させたのか。

双子は背丈も格好も同じで、髪型くらいしか大きな違いがない。

近くでゆっくりと観察すれば目付きが異なるが、戦闘中の沙羅は、流石に待機所で話していたときほど穏やかな表情ではない。

髪を下ろされた後の双子は、泥水を被った沙羅と、焦がされた紫苑の服装が無ければ、一樹には見分けが付かなかった。

八咫烏達も、一瞬だけ戸惑った様子だった。

だが沙羅と紫苑には、既に八咫烏達の気が纏わり付いている。八咫烏達は攻撃を躱すと、直ぐに元の標的を追いかけ始めた。

「互角の力量ならば、二対一、あるいは三対一で戦って、勝てるわけがない」

交戦する八咫烏達と双子の強さについて、一樹は一人と一羽が、概ね互角程度だと見積もった。

くわえて八咫烏達は、一樹の気で回復している。

負けることは無いだろう、と、一樹は判断した。

交戦して不利を悟ったのか、二対一で紫苑よりは押し込まれていない沙羅が、空中から急降下して術者である一樹に直接迫った。


「俺を直接狙ってきたか。極めて常識的な判断だ」

鬼火を纏った沙羅が空中で金剛杖を振りかぶり、一樹に狙いを定める。

対する一樹は堂々と沙羅に向き合い、迎え撃つ様に式神符を出して構えた。

だがそれは、常識的な対応に見せかけて、沙羅を引き寄せる罠だった。

「すまないな。今回は、相手が非常識なパターンだ」

急降下で迫る沙羅に向かって、一樹の影から巨大な腕が伸びた。

そんな腕の次には、巨大な厳つい牛頭、鬼の巨体が現れていく。

急降下で迫っていた沙羅は、迎え撃つ巨大な鬼の手に悲鳴を上げた。

「きゃああああああっ!?」

巨大な手に身体を掴まれそうになれば、悲鳴の一つも上げるだろう。

沙羅は回避する間もなく、牛鬼の巨大な左手に鬼火ごと身体を掴まれた。

「沙羅あぁあっっ！」

紫苑が叫んだが、三倍の敵に追われていては、ほかに為す術もない。

さらに一樹は、混乱に乗じて状況を有利にすべく、捕まえた沙羅を追い回していた黄竜と玄武にも指示を出した。

『黄竜と玄武は、残った一人を追うのを手伝え。五対一だ！』

「「カァーッ」」

一樹に命じられた二羽は、翼を翻すと、先に紫苑を追っていた三羽に加わった。そして五羽で五行を使い、紫苑一人を追い回し始めた。

火矢の雨で追われていた紫苑に、土石流の追撃が追加された。

「そちらが双子なら、うちは五つ子だ」

厳密には巣が異なるが、生まれたときから同じ場所、同じ親、同じ餌で育てた。カラスは群れで暮らす生き物であり、一樹の気とも繋がっているため、連携は双子並には得意だ。

「いやあああっ！　ばかああっ、ふーざーけーるーなーっ！」

一樹が見上げる空の彼方から、悲鳴が響いてきた。

火矢の雨で焼かれていた紫苑が、攻撃を避けた先で土石流を浴びせられる。

他方、牛鬼に身体を掴まれた沙羅は逃れようと藻掻いたが、叶わなかった。

牛鬼にとっての人間は、人間にとっての女性用の薄い靴であるパンプス並の大きさだ。

牛鬼は鬼の身体を持つ神霊で、一樹の陽気で強化されている。そんな牛鬼の手に掴まれた沙羅が、掴まれた状態から脱せるはずがない。

一樹は沙羅に聞こえるように、発声して牛鬼へ指示を出した。

「牛鬼、お前の棍棒で地面を一回殴れ」

牛鬼の持つ棍棒は、人間よりも遥かに大きい。その巨大な棍棒を振り上げた牛鬼は、それを勢い良く地面に叩き付けた。

直後、鈍い衝撃音が響き、芝生が抉れて土が弾け飛んだ。

驚いて抵抗を止めた沙羅に向かって、一樹は声を掛けた。

「左手で掴んでいるB級の牛鬼が、右手の棍棒で殴れば、C級の護符を破壊するどころではない。相手がB級の大鬼であっても、棍棒で殴れば身体が陥没する」

牛鬼は人間ではなく、鬼の身体を持っている。

その力で棍棒を叩き付ければ、打ち据えられた人間は身体が陥没して、全身の骨が砕ける。

一樹は沙羅に対して、何が起こるのかを説明した。

「勿論、そんなことはしないが、これが実戦だったら決着している。だから降参しろ。俺の牛鬼は、B級の力を持っている。それも下位ではない」

身体を掴まれている沙羅は、牛鬼が保有する神気の大きさを肌で感じ取れる状態にあった。

降伏を求めた一樹に対して、沙羅は紫苑に目を向けながら答えた。

「分かりました。私は牛鬼に捕まります。ですが紫苑は頑張っているので、紫苑が降伏するのかは、紫苑に任せたいのですが」

沙羅は、牛鬼の手を塞ぐという微妙な降伏条件を付けた。

もっとも五対一では、八咫烏達が負ける可能性は皆無に近い。それに牛鬼の左手は塞がったが、右手と棍棒も空いている。

一樹は鷹揚に頷いて答えた。

「別に構わない。八咫烏達は、一羽で互角の力がある。そして五羽と牛鬼を突破できてすら、俺には勝てない。せっかく宣伝になるのだから、少しアピールしておこう……『カヤ』」

一樹は虚空から和弓を取り出すと、矢に呪力を籠めた。

山姥と戦った際、一樹は矢に五行の火行を籠めて『火行ノ祓』を射掛けた。だが籠められるのは、五行だけではない。式神の力を矢に纏わせて、放つことも出来る。

一樹は自身と気が繋がる牛鬼の力を逆流させて矢に籠めると、芝生に向かって射掛けた。

『牛鬼ノ祓』

矢は放物線を描いて飛び、芝生に突き立てられた瞬間、バアアアアンッと弾けるような爆発を引き起こした。まるで牛鬼に棍棒で殴られたかのように、芝生と地面の一部が弾け飛び、勢い良く舞い上がった。

思わず息を呑んだ沙羅に向かって、一樹は告げる。

「俺にはほかの式神も、呪術もある。この攻撃を受けながら、俺の守護護符を突破できるか」

一樹に問われた沙羅は、完敗の表情を浮かべながら答えた。

「本当に、お強いのですね」

一樹と沙羅の視線の先では、紫苑が八咫烏達に追い回されていた。

先端を加熱させ金属の火矢の雨を浴びせ、水弾の暴風雨を撒き散らす。

五羽は、『遊び相手として、獲物役になってくれている紫苑』にトドメを刺さないように、程々に手加減しながら撃っていた。

それを戦っている紫苑も理解しており、何やら怒って叫んでいるが、その声は遠すぎて一樹には届かなかった。

牛鬼が近くに寄せた沙羅と共に、戦いの様子を見守りながら、一樹は沙羅に話し掛けた。

「あっちは諦めが悪そうだな」

「紫苑は、負けず嫌いなんです」

三次試験と異なり、エキシビションマッチには時間制限が設けられていない。八咫烏達が楽しんでいる様子を見た一樹は、暫く好きにさせることにした。

一樹が八咫烏達と紫苑の戦いを見守る間、沙羅から質問が投げかけられた。

「私のトドメを刺しませんでしたけれど、悪しき妖怪なら倒しましたか」

「倒せるなら、当然倒すだろう。逃したら被害が出るんだぞ」

逃してしまった山姥を思い浮かべながら、一樹は無念そうに答えた。

蒼依の家の納屋や周囲には、鳩の式神を配置しているが、山姥が接近した形跡は無い。

大鬼並の強さを持っており、のたれ死ぬようなタイプでもないので、何処かに逃げ果せたのだと思われた。

「それでは実戦で、善き妖怪が相手だったら、どうしますか」

「その牛鬼が、善き妖怪のパターンだった。牛鬼を倒せと依頼を受けて赴くと、椿の神霊だったんだ。だから倒さずに式神化して、手伝ってもらっている」

「そうなのですね」

牛鬼の手の中で動く気配がして、一樹は沙羅に振り返った。

沙羅は牛鬼を見上げた後、一樹に向き直って尋ねた。

「八咫烏達は、親元から卵を取ってきたのですよね」

「あいつらの親は、首輪が付いた飼い犬を食べていた。子供もそうなるから、俺が育てている。子犬が可哀想だからではなく、俺の良心が咎めないからだが、あいつらを殺す気は無いぞ。怨霊系は嫌いだ」

沙羅と目を合わせた一樹が答えると、沙羅は待機所で話したときのような穏やかな表情で尋ねた。

「私に仰られたことは、全て本当ですか？」

「……八咫烏達の親は、動画を撮ってあるから渡しても良い。牛鬼は、神気を感じ取れるだろう」

エキシビションマッチの目的を察した一樹に対して、沙羅は頷き返した。

「一樹さんがどのような方か、少し分かりました。ところで一樹さん、携帯番号を教えていただけませんか。誤解やすれ違いがあれば、解けるかもしれませんし」

「了解。牛鬼、離してやれ。五鬼童家の用件は終わったらしい」

一樹に指示された牛鬼は、左手をゆっくりと降ろして、沙羅を解放した。

すると飛び降りる際に沙羅は蹌踉めいて、一樹が咄嗟に抱き留めた。

「そこまで調査するな」

「ちょっとしたお詫びという解釈で、如何でしょうか」

蹌踉めいた振りをした沙羅が、上目遣いで微笑むと、一樹は溜息を吐いた。

そして沙羅に纏わり付いた泥水に向かって、気を送る。

『還れ』

すると一樹の気から変換された泥水は、光球と化して霧散していった。

「「「「カァー、カァー、カァー」」」」

「ふーざーけんなーっ、きゃあああっ」

一樹と沙羅が抱き合う間、五羽には紫苑を追い回させて、存分に遊んでもらった。

第五話　新任陰陽師と動画配信

「アイツ嫌い。沙羅、なんであんな奴の電話番号を聞いたの」

国家試験が終わって各自が帰路に就く中、紫苑が不満も露わに訴えた。

国民が配信を見守る中、八咫烏五羽に追い回されてボコボコにされた紫苑は、一樹への不満を募らせている。

だが試合は五鬼童から提案したもので、一樹はルールに則って戦った。

故に紫苑も、一樹が卑怯なことや、理不尽なことをしたとは思っていない。

だが、追い回されたことに対する怒りは、頭で分かっていても消えたりはしない。それくらい散々な目に遭ったのだ。

「基本的には、善い人だと思うよ。それに一樹さんは、直ぐにA級になると思うから、連絡先も必要になるでしょう？」

沙羅が「基本的には」と前置きしたのは、一樹が僧侶ではなく、陰陽師だからだ。

陰陽師は、妖怪との騙し合いや殺し合いを繰り広げる。

そのため単なる善人には、務まらない。

それでも一樹と話した沙羅は、一樹が陰陽師の平均よりも善性寄りだと感じた。

善性寄りで優秀な陰陽師であるならば、交流すべきだ。

強大な妖怪が出たとき、強い陰陽師が複数で立ち向かえば、安全かつ確実に倒せる。

その際、都道府県の陰陽師協会を経由して連絡を取り合うより、直接電話を掛けた方が早い。

さらに普段から交流していれば、話もスムーズに進む。

そうやって諭す姉の沙羅に対して、妹の紫苑は膨れっ面で不満を訴えた。

「善い人は、勝ち負けが決まっているのに、追い回したりしないし」

「それは紫苑が、降伏しないからでしょう？」

沙羅の正論に対して、紫苑はムスッと押し黙った。

そんな双子の妹を適当に放置して、沙羅はショートメッセージを打ち始めた。

『一足先のC級、おめでとうございます。私達は、少し間を空けてから上がりますね。B級昇格の吉報も、お待ちしています』

そんなメッセージを何度か受け取りながら、一樹は蒼依と八咫烏達を引き連れて帰宅した。

◇◇◇◇◇◇

八月上旬は、日本中の中学校が夏休みだ。

夏休みの開始は、概ね七月の祝日である海の日が目安にされる。

終了はバラバラで、夏でも涼しい北海道のほか、山形県や長野県などは、お盆の終わる時期になる。ほかは概ね八月下旬で、全国の三分の一から四分の一ほどは八月三一日までだ。

現在の大人達にも、学生時代には夏休みがあった。

したがって現在の学生は、大手を振って、夏休みを堂々と満喫すべきである。

そんな考え方の下、一樹は山姥が残した立派な家のクーラーが効いた部屋で、大手を振って堂々と寛いでいた。

そして、自身が宣伝用に持つYouTuboの生配信で、陰陽師の資格取得を報告した。

「ご存知の方も多いと思いますが、C級陰陽師の資格を取得しました。試験中は応援、動画へのコメントや高評価、ありがとうございました。コメントは、試験後に読ませていただきました」

生配信で一樹がお礼を述べると、YouTuboのコメント欄に物凄い勢いで、拍手のアイコンが流れて行った。

試合に出る以前、八咫烏達を育てていた頃は、チャンネル登録者数が一〇〇〇人程度だった。

知名度は殆ど無くて、動物の飼育動画や、垂れ流し映像を作業用にする人達から登録されていた程度だった。

それが国家試験で凄まじい注目を浴びた。登録者数は四万二〇〇〇人という異様な数字に膨れ上がっており、現在も上昇中である。

俗に言う「バズった」理由に関しては、複数が考えられる。

・五〇トンで一分を耐え切った新記録の守護護符。
・プレス機を破壊して、試験官を脅した守護護符?
・八咫烏達と五鬼童姉妹で繰り広げられた空中戦。
・エキシビションマッチで登場した、強大な牛鬼。
・エキシビションマッチで行った、弓の爆発射撃。

これだけ派手にやれば、ネット上で注目を浴びて当然だ。

一樹が膨大な気を用いて行ったことは、全て非常識である。

また対戦相手が、空を駆ける可愛い双子であったことも、注目に一役買った。

時期も夏休みであり、学生のチャンネル登録者が爆発的に増加したと思われる。

それと同時に、魔物被害に困る大人達の関心も引き寄せた。


当事者の一樹は、人数の増加速度に驚きはしたが、直ぐに開き直った。

――金がない分は、転生させた閻魔大王の気で補償してもらわないとな。

一樹がYouTuboを利用するのは、陰陽師の活動を宣伝するコンテンツとして、動画投稿サイトが便利だからだ。一樹は、YouTuborとして活動したい訳ではない。

活動資金を稼ぎ、将来的には大きな邪を祓って穢れを浄化したいと思っている。

そのためスーパーチャットは可能にしても、メンバーシップまで行う予定は無いのだが、そんな方針を迷わせるほどに登録者数の増加は顕著だった。

今も、事前予告していなかったにもかかわらず、五〇〇人を超える視聴者が配信を見ている。


『これからどうするの？』

合格報告に対する拍手が収まると、コメント欄に質問が飛んだ。

「今は中学三年生で、高校受験が控えています。市立と私立を両方受けて、受かれば私立に行きます。それまでの間、調伏活動は少ないと思います」

質問に答えた一樹に対して、新たなコメントが次々と書き込まれていく。

『成績は良いの？』

『陰陽師として推薦を受ければ良いのに』

父が借金大王の陰陽師で、弟子という立場にあった一樹の成績は、同級生には及ぶべくもない。学業に専念したり、塾に通ったり、家庭教師を付けたりは出来なかったのだ。

蒼依の家に居候中の身としては、推薦で学費や寮費が無料だとしても、その他の出費に鑑みて、遠方には進学できない。

貧乏の原因は、父親の和則が陰陽師としてのプライドに拘り、収入を上回る支出を続けたことにある。そして高校に進学できる目処が立つのは、蒼依のおかげだ。

一樹は引き攣った笑みを浮かべて、根本的な問題に触れることを避けた。

「高校生になっても、本業の方々のように沢山の依頼は受けられません。中学生の間は、休日に大きな仕事を数個受けて、ドンと稼ぎたいです……プレス機も弁償しないといけませんので」

遠い眼差しをした一樹に向かって、コメントが押し寄せる。

『マジで弁償するんかい！』

『協会が無保険とかｗ』

『プレス機って、一台で幾らなの？』

盛り上がるコメント欄には、プレス機の値段が一台一〇〇万円を超える情報などが、次々と飛び交っていく。

それらのコメントを見ていた一樹は、胃がキリキリと痛んだ。

「運営側の偉い人からは、試験の課題は守護護符で、反撃する護符は特殊護符だと言われました。守護効果はあるから合格にはするが、弁償しろと……受験の費用も含めてですが、云百万ほど借金していいます」

一樹が試験中に言い張った守護護符だとの主張は、一部だけが通らなかった。

確かに守護護符の常識は逸脱していたかもしれないが、守護護符だと一樹は認識している。

そして配信者の一樹が言及せずとも、コメント欄の視聴者が勝手に事情を察し始めた。

『運営側の副責任者＝エキシビションマッチで戦った双子の父親』

『……あっ（察し』

八咫烏達にとって飛行できる紫苑は、犬にとっての一緒に走ってくれる人間のような相手だった。そして狭い室内から数日振りに解き放たれた八咫烏達は、そのストレスを発散するように、存分に紫苑と遊び回ったのである。


途中までは、一樹が制御していた。

だが沙羅を捕まえた後の一樹は、沙羅と話し合っていた。五鬼童家が、エキシビションマッチを行った理由などを考えていたために、八咫烏達は放任したのだ。

そのため紫苑は、八咫烏達に追い回された。

まるで犬に追い回されて顔中を嘗め回されるように、八咫烏達に五行の術を浴びせられたのだ。

八咫烏達と対峙した紫苑は、鬼火を放って金剛杖も振るった。

だが、ひと当てもできないままに五対一で泥水と火矢を浴びせられて、試合後には生まれたての子鹿のようにプルプルと震えていた。


「接待プレイ、すべきだったかなぁ」

大人の目をした中学生の一樹に対して、視聴者達が「解釈不一致ｗ」や、「どう考えても抱き寄せた娘の件だろｗ」などとコメントしていく。

さらには、笑いを表す「ｗ」を草に見立てて、「草」「大草原不可避」などと打ち込んでいった。

一樹の配信のコメント欄が、大草原に覆われて暫し後。

平坦になった大草原の中、一樹が述べた「休日に仕事を受けたい」という話に、建設的なコメントが寄せられた。

『クラウドファンディングで、数百万円の依頼を作ってみても良いかい。成立したら、必ず受けてもらう感じで』


コメントを確認した一樹は、考え込んだ。

妖怪変化は、国民の生命を奪う脅威である。

だが古来より出現しているために、天災や病など根絶できないものの一種と認識されている。

したがって、妖怪が出るたびに国家が総力を挙げて殲滅するのではなく、無差別かつ大量の殺戮を行うような妖怪にだけ、国家が対処している。

国家が動くに足らない妖怪は、個人や地域で自衛して、対応できない妖怪は陰陽師に依頼するのが通常の流れだ。

陰陽師への依頼料は、依頼を受ける陰陽師のランクや経験、対象となる妖怪変化の脅威度、想定される拘束期間など、様々な要因で幅広く変わる。

一樹の場合は、成り立てのC級陰陽師だ。

単独調伏の実績は記録されておらず、拘束期間も短い。

そのため強い妖怪を相手にしても、云百万の依頼は成立し得る。

C級以上の妖怪が相手だと割に合わないが、一樹は条件付きで賛同した。

「実績作りの初回という形で、条件付きでお引き受け可能です。難易度はB級までで、対象は陸上型、討伐数は依頼金額相応。依頼主の撮影や収益目的の配信、投稿は大丈夫です。この条件でよろしければ、お受けできます」

妖怪のランクに対して、依頼を受ける陰陽師のランクは一つ上が目安だ。

すなわちB級の妖怪が相手であれば、A級陰陽師が依頼を受ける。それは格下の妖怪が相手であれば、安全かつ確実に調伏できるからだ。

そしてA級陰陽師は、数百万円程度では仕事を引き受けない。

なぜならB級妖怪は、人間を一〇〇人くらいは軽く殺してしまう連中だ。

それを倒す場合、人間一人の命が数万円以下という算出をしなければ、報酬が数百万円以下にはならない。

それは、いくらなんでも報酬が低すぎる。

B級の調伏を数百万円で受けてしまえば、C級やD級の妖怪の依頼料はもっと安くなって、陰陽師は生計が成り立たなくなる。

したがって本来は、数百万円でB級の依頼を引き受けてはいけない。

だが一樹は、初回の実績作りという名目を立てて、内容も簡単にして、受諾を可能とした。

そして今回は、依頼人が一樹を支援する目的だ。そのため依頼者の手間賃として、収益目的の投稿も認めた。

どのような依頼を出すにせよ、依頼主の持ち出しがゼロにはならない。

これなら双方にメリットがあるだろう、と、一樹は考えたのだ。


「同じランクであれば、実績が多い陰陽師に依頼が行きます。ですから実績が低い陰陽師は、多少は条件を下げないと最初の依頼が来ません。これは初回限定ということでお願いします」

一樹は念のために、数百万円でB級の依頼を受けるのは今回限りだと念を押した。

『おっけー。同じ名前で、Twittor のフリーメールにメール入れた。準備できたら、そのメアドで連絡するのでよろしく』

「了解です」

どのような依頼が行われるかは不明瞭だが、一応の口約束は成立した。

一樹の場合、Ｂ級以下の陸上型が一体であれば、牛鬼の力押しで勝てる。

また相手がＣ級ならば、数体でも同時に調伏可能だ。

徹底的に倒し易い相手に絞っており、条件の範囲内であれば、一樹は引き受ける考えだった。

『手持ちの資金が無いなら、護符を売ったら良くない』

『護符を売るなら買うよ』

『俺も頼みたい』

コメント欄には資金確保のアドバイスが載せられたが、一般販売される呪符の作成は、六〇歳になって引退した退役陰陽師の仕事となる。

人間は歳を取ると、若い頃のようには身体が動かず、体力や気力も続かなくなる。

そのため協会は、人間の陰陽師を定年六〇歳として、現場に出なくなる者達を引退扱いとする。

有事の際には手伝っても良いが、協会は戦力の頭数としては数えない。

一般向けに霊符を卸すのは引退陰陽師の役割なので、引退しても経済的には全く困らない。

支部に名誉職を用意し、弟子育成など指導者的な役割も持たせて、自尊心にも配慮する。

現役陰陽師は、自分や仲間、身内に作る分であれば自由にして良いが、一般販売は出来ない決まりになっていた。

「作成者の気を消耗しますので、一般販売される呪符の作成は、現場に出る現役陰陽師ではなく、現場に出ない退役陰陽師の仕事になっています。陰陽師協会に所属する私は売れないです」

呪符作成は、引退した陰陽師の貴重な収入源となっている。

自身の老後を考えれば、割り込むことは憚られた。

『出た、協会の既得権益』

『プレス機で失格になっていたほうが、呪符を自由に売れて儲かっていた？』

コメント欄を鋭い指摘が飛び交ったが、一樹は目を逸らし、読み上げない自由を行使した。

◇◇◇◇◇◇

中学校は、夏休みの最中である。

試験から帰宅した一樹は、動画配信を行った後、蒼依を連れて南にある『鬼猫島』を訪れた。

これは『陰陽師国家試験に付き合わせた埋め合わせ』として、一樹が蒼依の要望を聞いた結果として行った旅行である。

八咫烏達は、一樹の父である和則に預けた。八咫烏の世話が、賀茂家の力を高めることに繋がると考える和則にとって、八咫烏達の世話は労苦ではない。

かくして八咫烏達を預けた一樹は、二人きりで泊まりがけの旅行に赴いたのである。

「わぁ、猫がいっぱいですね」

感嘆の溜息を漏らす蒼依に対して、一樹は「そういう次元か」と訝しんだ。

三〇匹を超える色取り取りの毛並みの猫達が、埠頭に着いた観光客達に迫ってくる。その奥からは、さらに多数の猫達が姿を現していた。

「上陸した時点で、既に包囲されているな」

これが敵地に潜入する作戦であれば、完全に失敗している。

猫達は、獲物ならぬ観光客の姿を見定めながら、標的を絞って寄ってくる。

もっとも一樹達は、定刻通りに運航される渡し船に乗って、島の埠頭を訪れた。猫達に包囲されるのは、当然の帰結であった。

「うちはペット禁止でした。ずっと猫を飼いたいと思っていたんです」

「猫が好きなのか」

「だって、可愛いじゃないですか」

上機嫌な蒼依が語り、一樹は聞き手役となる。

鬼猫島に上陸した蒼依は、軽やかな足取りで舗装された道を歩き始めた。

その後ろに一樹が寄り添い、そんな二人の後ろからは、十数匹の猫達が追いかけて来る。

猫達は、蒼依が隠し持っている猫用の餌を認識しているらしかった。

鬼猫島は、五平方キロメートルほどの面積を持つ南の島だ。火山噴火で誕生した島は高さもあって、常緑広葉樹林が大部分を占めている。

日本人が移住した当初は、野ネズミ被害が深刻だった。

そのため沢山の猫を放って駆除を試みたのが、一樹達を追う猫達の祖先だ。

「五〇年ほど前までは、島民も住んでいたらしいな」

かつて漁業で栄えた島には、島民が二〇〇人ほど住んでいた。

人と猫が共存していた島には、猫の水飲み場が整備されている。

南国の猫達は、常緑広葉樹林の何処かで増えるネズミ達を狩ったり、島民から魚を与えられたりして、気ままに暮らしていた。

だが鬼猫島は、四〇年前からは無人島になっている。


一〇分以上も歩いただろうか。

ほかの観光客から離れた蒼依は、神社の跡地で猫の餌を配り始めた。

すると三〇匹以上に増えていた周囲の猫達は、一直線に撒かれた餌に群がった。

大半が素直に食べているが、蒼依の足元に擦り寄って鳴いて甘えたり、餌を食べようとするほかの猫を威嚇したりする猫もいる。

「四〇年も無人なのに、人間を覚えているんだな」

「だって、観光客が沢山来ますから」

蒼依は餌を食べる猫を撫でたりはせず、優しげに見守った。

「背中くらい撫でても、大丈夫じゃないか」

「もう少し、ご飯を食べた後にしますね」

蒼依は『心ここにあらず』といった様子で、猫を無心に眺めていた。

それを一瞥した一樹は、神社の周囲を軽く歩き回って、一樹等を乗せてきた渡し船が彼方に消えていく姿を視界に捉えた。

そして、不意に脳裏を過ぎった妄想を膨らませる。

――推理小説なら、これから殺人事件の始まりだな。


鬼猫島は、本土から二〇キロメートルも離れている。

その周囲には、流れの速い海流もあって、人間は泳いで渡れない。

埠頭は一カ所で、渡し船は朝一〇時、午後二時、夕方六時の三度。

渡し船は、旅行会社がチャーターした観光船ではなく、『波が荒れるときは運航しない』条件付きで、県から委託された渡し船だ。

そのため観光客が残っていても、台風などでは欠航することがある。

島には船便の欠航に備えて、放棄された民家を改装した県の宿泊場所があって、水道や電気、水洗トイレなどが用意されている。

だが四〇年前から無人島のため、携帯電話の基地局は存在せず、携帯もメールも繋がらない。台風でも来て、閉じ込められた島で殺人事件が起きるのは、推理小説では様式美であろう。

そんなことを一樹は考えたが、実際に鬼猫島では、五〇年ほど前に連続殺人事件が起きた。

「こんな小さな島に、鬼が三度も出たら、島民は耐えられないな」

「絶海の孤島ですからね」

一樹の一人言に、夢見心地から戻ってきた蒼依が答えた。

五〇年ほど前、鬼猫島で最初の殺人事件が発生した。

島民二〇〇人中八人が、次々と嚙り殺されたのである。

遺体の傷痕から、犯人は鋭い牙を持つ鬼の仕業だと考えられて、当時の陰陽師達が捜索した。

だが鬼は、痕跡すら発見できなかった。


『島の大部分を占める常緑広葉樹林に、逃げ込んだのだろう』

捜索した陰陽師達は、そのように考えた。

八人を殺した鬼が、狭い島内に隠れ潜んでいるなど、島民にとっては想像を絶する恐怖だ。

鬼が見つからずに三ヵ月が経ち、派遣された陰陽師が引き上げた。

陰陽師達が撤収した時点で、島民の半数以上が逃げ出した。郷土愛よりも、妻や子供、孫の命が大事と判断したのだ。

残る半数は、島外での仕事や生活基盤を整えられない人々だった。

残った人々は、島で戦々恐々と暮らしていたが、それから暫くは何も起こらなかった。


『鬼は、島から出ていったんじゃないか』

楽観論が生まれた理由は、そもそも鬼が突然現れたからだ。

鬼は移動手段が無くても、絶海を渡って出現した。

それなら鬼ないし妖怪は、陸上型ではなく、水中型や飛行型かもしれない。人間という食べ物を食べて英気を養い、次の場所へ行った。あるいは陰陽師が来て、危険を感じて逃げ出した。

そのように判断されて、少しずつ島民が戻ってきた五年後、人々の行動を嘲笑うかのように、再び鬼が出て七人が殺された。

『五年も食事をせずに、島に隠れ潜んでいたなど、有り得ない』

被害を受ける島民にとって、役に立たない見解など不要だ。

今度は島民の八割ほどが逃げ出した。

そしてさらに六年間、残った二割の島民には、何も起こらなかった。

島には家や土地、漁業などの生活基盤がある。何も起こらないのであれば、島民も戻らざるを得ない。

逃げ出した島民が戻ってきて、島民が畏れたとおりに三度目の鬼が出て、また七名が殺された。

今度は陰陽師協会も、『六年間も食事をせずに云々』とは言わなかった。

だが調伏もできず、最初の鬼が出てから一一年で二一人が殺されて、島は無人島と化したのである。

「この島の殺人事件。犯人は島民に嫁いだ女で、姑の嫌がらせにキレた、リアル鬼嫁だった……とか、諸説あるらしいな」

殺人事件は、女が嫁いだ後、そして逃がした本土から島へ戻らせた後だった。そして犠牲者には、姑も含まれていた。そんな絶妙のタイミングだったために、そういう噂話も生まれている。

『意地悪な姑だけを殺さなかったのは、犯行が露見するからだ』

『無差別殺人で嫁の実家に逃げるならば、実家に帰れると思ったのだろう』

それらの噂は、インターネットが普及した後に流れた。

ようするに都市伝説だ。

最初の事件から五〇年も経ち、島が無人島と化した以上、今更言っても詮無きことである。

噂話が間違いで、鬼が島に潜んでいたとしても、流石に三九年も絶食なら餓死している。

海を渡れる妖怪であった場合は、無人島になった後には餌が無いので、ほかに移ったであろう。

それなりに妖気を感じ取れる一樹も、十数人を殺すような妖怪の強い妖気は、島では察知できなかった。


無人島になる際、猫達は鬼猫島に放置された。

それは全ての猫を捕獲するのは不可能だったからだ。

だが鬼猫島は、雪が降らない常緑の島で、餌のネズミが尽きることもなかった。そのため猫達は、しっかりと生き延びている。

人間達も取り残された猫達を哀れに思い、漁船などで立ち寄って、餌を与えることもあった。

餌を与えていた者達が襲われないまま二〇年近く経ってからは、鬼猫島を管理する県が「島は安全になった」として、渡し船も再開させた。現在の鬼猫島は猫島になっており、県は広報して観光客を呼んでいる。ただし現在も、島に定住している者は居ない。

「一体、何匹いるんだ」

神社には、六〇匹以上の猫達が集まっていた。

観光客が一日二〇人来るとして、大半が置き去りにされた猫が可哀想だからと大量の餌を持ち込めば、一体どうなるだろうか。

温暖な南の島で、外敵が存在せず、島民二〇〇人の空き家がある。県も餌を運ぶことを止めないどころか、むしろ推奨している。

そのような環境では、猫が増えるに決まっていた。

「猫達が何匹居るのか、県も知らないそうですよ」

笑いながら答える蒼依に、一樹はおののいた。

事前に情報を仕入れていた蒼依は、猫が増えても気にせず餌を撒き続ける。

そんな中、黄赤の毛並みをした茶トラの猫が、新手の猫達に混ざってフラフラと近寄ってきた。

ほかの猫達と異なる点は、それが霊体であり、尾が二又になっていることだ。

「二又の猫は、猫又という妖怪だ。猫又には、人を助けるものと、襲うものが居るが、そいつからは、害意は感じ取れないな」

猫又を一瞥して気を感じ取った一樹は、蒼依に危険性の有無を伝えた。

「主様。この子に気を与えても、大丈夫でしょうか」

「そうだな。少しずつなら、良いだろう」

「はい、それでは少しずつ……」

フラフラと近寄った猫又に蒼依が気を送り始めると、猫又は蒼依の足元に額を擦り付け始めた。

『なぁーん』

蒼依は猫又の背を撫でながら、気を送り続ける。猫又は目を閉じて、気持ちよさそうな表情を見せた。

そんな猫又の姿を見た一樹は、不意に島の妖怪について閃いた。

「この島で人間を襲った妖怪は、鬼ではなくて、旧鼠《きゅうそ》かもしれない」

「旧鼠って、何ですか」

「旧鼠とは、歳を経たネズミで、『窮鼠、猫を噛む』の諺にもなった妖怪だ。猫を殺して、人を襲うこともある。強い妖怪ではないが、寝込みを襲えば数人くらい殺せる」

江戸時代の『絵本百物語』（一八四一年）には、大型犬くらいの大きさのネズミが、子猫を咥えている姿が描かれている。

もしも島の殺人事件の犯人が旧鼠であれば、不明点の全てに説明を付けられる。

島に現れた理由は、島に元々暮らしていたネズミが妖怪化したからだ。

島で発生したのであれば、海を渡る必要が無い。同時に、餌になる人間が少ない孤島に現れた理由にも、説明が付く。

島から出なかったのも、本土まで二〇キロメートルもある海は、容易に渡れなかったからだ。海にも魔物や妖怪がいて、ネズミの妖怪程度では、喰われるリスクがある。

襲われた人間が少数であったのは、旧鼠の身体が小さくて、食べきれなかったからだ。

全ての人間を殺してしまっては、後日に食糧が無くなる。それに妖怪化したばかりであれば、力も弱かったであろう。なにしろ旧鼠は、『猫を殺して、人を襲うこともある』程度の妖怪なのだ。

島中を捜しても見つけられなかったのは、島に沢山居るネズミに紛れたからだ。

旧鼠の外見はネズミそのもので、遠目に姿が見えたところで、一心不乱に鬼を捜している人間は見逃してしまう。

餓死しなかった理由も、妖怪化する前から住んでいたネズミだからだと理解出来る。

常緑広葉樹林が生い茂る島には、ネズミの食糧があったからだ。妖怪として気を全く食べないわけにはいかないが、食い溜めしておけば数年は保つ。

飛行可能な妖怪であれば、餌となる人間が居なくなった段階で他に移動するであろう。

ネズミでなければ島民に目撃されたり、派遣された陰陽師が見つけたりしている。

従って妖怪は、旧鼠であった可能性が最も高いと考えられる。

「どうして主様は、猫又を見て、旧鼠を思い付いたのですか」

「民間伝承には、寺の住職が助けた猫が猫又になって、死闘の末に寺に住み着いた旧鼠を撃退した話もある。猫又と旧鼠は、敵同士だ」

「この子は、良い子なんですね」

蒼依がご褒美とばかりに沢山の気を送ると、猫又は神社の石畳の上で、嬉しそうにゴロゴロと転がった。

島には、猫又の霊体に充分な気を与えられる人間が居ないのだろう。

一樹は考えた末、蒼依に告げた。

「観光客の気を吸わせないためにも、連れて行ったほうが良さそうだな。俺が陣を作って補助するから、蒼依が式神契約してみるか」

猫又が蒼依に懐いた様子を見た一樹は、猫又の連れ帰りを提案した。

鬼猫島の猫達は野良猫と同じ扱いで、誰かしらに所有権は発生していない。そもそも妖怪の霊体であるため、誰の管理下にも置かれていない。

それに猫又と争ったと思われる旧鼠も、流石に生きていないだろう。

なぜなら島民が去った後、県の管理者や観光客に被害が出ていない。猫又が死んで旧鼠が生きており、餌やりの人間が戻ってきたのであれば、餓えている旧鼠が襲わないはずがない。

思いがけず提案された蒼依は、迷った様子を見せた後、猫又に尋ねた。

「うちに来る？」

『なぁーん』

猫又の霊は、蒼依の足に額を擦り付けて、付いていくと伝えた。

「それじゃあ連れ帰るか。契約して、夕方の渡し船で本土に戻って、宿で一泊してから帰宅だな。式神契約は、俺が作った陣の中で呪を唱えて契約を求めて、猫又が合意すれば成立する」

一樹が方針を示すと、蒼依は足元の猫又を抱え上げて、軽く呪力を与えた。

すると猫又は、蒼依の腕の中で大人しくなった。

それから一樹は、猫又と契約した蒼依を連れて、島の埠頭から渡し船に乗って本土に戻った。


夕方から帰るには遅いため、一晩泊まりである。

予約した宿は『猫島の宿』という名前で、鬼猫島への渡し船がある本土の港に近い立地にある。ターゲットにしている客層は、鬼猫島の観光客だ。

そのため宿には猫の絵が数多飾られており、通路の照明はハロウィンのカボチャランプならぬ、笑顔の猫が光っている。

インテリアにも多数の猫が使われており、お土産も猫に関連したものだ。

千葉県のネズミ園とタイアップするホテルには、ネズミ尽くしの部屋があるが、こちらはまさに猫好きが泊まる宿である。

猫島の宿はペットとの宿泊も可能で、客が島から連れ帰った猫と泊まることまで黙認している。

一匹につき追加料金で三〇〇〇円を支払わされるが、猫又の霊は一般人には見えなかったため、一樹と蒼依は追加料金を払わずに済んだ。

――安いのは良いことだ。

今回の宿泊旅行は、蒼依に借りて余った資金から、一樹が二人分を出している。

ややセコいことを考えながら、一樹は蒼依と一緒に猫尽くしの通路を通って、部屋へと向かった。

だが二人きりでの旅行にもかかわらず、蒼依が見ているのは、腕の中の猫又だった。

「いい子、いい子」

蒼依は猫又に対して、構いっぱなしである。猫又のほうは、相応に歳を経た大人の猫であるからか、大人しく目を瞑って気持ちよさそうに撫でられていた。

――蒼依への御礼だから、本来の目的は達成しているけどな。

中学三年生である一樹は、多少は期待していた甘い展開と異なる状況を残念に思いつつも、蒼依が非常に満足そうにしていたので、これで良しとした。

◇◇◇◇◇

「式神に猫又が増えました」

旅行から帰った一樹は、自身のYouTuboチャンネルで、鬼猫島から連れてきた猫又の紹介を行

った。

紹介を正確に行うのであれば『蒼依の式神』となるのだが、蒼依は一樹のチャンネルには登場していない。

蒼依を登場させると、次の問題が生じる。

・蒼依が山姫と露見して、生活に支障を来す恐れがあること。
・山の神を使役できる一樹の陽気を警戒されてしまうこと。
・一樹の宣伝チャンネルでありながら、メインが変わること。

とりわけ三番目に関して、一樹は確実に起きると確信している。

――男より可愛い女の子のほうが、確実に伸びる。

蒼依は未だ人を殺して喰っていない山姥、零落前の女神イザナミの分体だ。

古風な女神の外見は、着物が似合う純和風の大和撫子である。

『立てば芍薬《しゃくやく》、座れば牡丹《ぼたん》、歩く姿は百合の花』

そんな蒼依が一樹のチャンネルに登場すれば、視聴者は食い付くだろう。

一樹が蒼依に式神契約をしていると知られれば、騒ぎは免れない。

そのような騒がれ方は不本意であるため、蒼依は撮影者として裏方に徹しており、YouTubo に登場していない。

一樹が依頼人と会う際は、マネージャーの肩書きを与える予定だ。

――――霊の猫又が出る分には、問題ない。そもそもコイツ、オスだし。

猫又の大多数はメスの姿で描かれており、世間的にはメスのイメージがあるが、猫又にはオスとメスの両方が存在する。

古い記録では『和漢三才図会』（一七一二年）にも、オスの記述がある。

『おおよそ一〇年以上生きた雄猫には、化けて人に害をなすものがある。黄赤の毛色の猫は妖をなすことが多い』

現代で一〇年を生きる猫は珍しくもないが、それ以上を生きれば、猫又になることがあるのだ。

蒼依が連れてきた猫又は、和漢三才図会に記述されていたような茶トラのオスであった。

「ちなみに名前は、猫太郎です」

猫太郎の名付け親は、使役者の蒼依だ。

名前のセンスが非常に古風なのは、山姥に影響を受けたからか、それとも本人のセンスであるのか、判然としない。

だが猫太郎は、蒼依の式神だ。

使役者が式神に行う名付けは大切で、一樹は命名に一切干渉しなかった。

名は体を表す。

蒼依が猫又に求めた役割は、敵を倒す式神ではなく、猫だった。

猫太郎は、使役者から猫であることを求められた。

故に、山姫の蒼依を介した一樹の莫大な神気を得て、中魔くらいにまで強化された後も、家猫のように長閑に寛いでいる。

一樹が、経緯を省いて名前を紹介したところ、視聴者達からは否定的な意見が殺到した。

『ひ・ど・す・ぎ・るｗ』

『どうして誰も止めなかった』

『猫太郎は、主人に噛み付いて良い』

猫太郎の名前は、確かに古風だろう。

だが悪いとは思わない一樹は、蒼依のために視聴者に対して反論した。

「否定された方、全国の猫太郎さんに謝ってください」

一樹は表情を引き締めながら、カメラに向かって言い放った。

すると視聴者達は、コメントで一斉に反論した。

『そんな奴は、全国には居ないｗ』

『おい。まさか牛鬼の名前、牛太郎じゃないよな？』

牛鬼の名前を指摘された一樹は、命名の失念に気付いた。

八咫烏達は卵から孵しており、命名するのが自然だった。

猫又は野良猫を拾っており、こちらも命名は自然だった。

だが牛鬼は、椿に宿った神霊であり、逸話を考えれば生前の名前があるはずで、命名は考えていなかった。

「牛鬼には、名前を付けていませんでした」

陰陽師が使役するのであれば、使役対象の名前は有ったほうが良い。

一樹は莫大な気で牛鬼を使役しているが、さらに名前でも縛れば、制御の精度が確実に上がる。

また使役時に消費する気が減り、牛鬼自体も強化される。


「先程のコメントは、『うしたろう』でしょうか。それとも『ぎゅうたろう』でしょうか」

真面目な表情の一樹が尋ねると、コメント欄が慌てふためいた。

『強大な怪物を、ゆるキャラ化するなっ』

『うしたろう君に狩られる鬼達が、不憫すぎる』

牛鬼の名前が『うしたろう』では、威厳に乏しいかも知れない。

人間には、近い名前で『きんたろう』も居る。

前掛けを着けて、マサカリを担いで、熊の背に乗った絵姿が日本に浸透しているが、それと同種と考えれば威厳に乏しいのは明らかだ。

だが一樹は、ギリシャ神話に登場する怪力の『ヘラクレス』などは、日本の牛鬼の名前には相応しくないと思った。

日本神話から探しても、天岩戸に隠れた天照大神を引き摺り出した天手力男神《アメノタヂカラオノカミ》などは名前に逸話が付随しており、やはり牛鬼には相応しくない。

――牛太郎で良いんじゃないか。

牛太郎の名前であれば、牛に関連していることが一目瞭然だ。

万が一にも二体目以降が増えれば、牛次郎、牛三郎、牛四郎と付けていけるので、太郎も悪くない。名前を決定した一樹は、視聴者に宣言した。

「牛鬼は、うしたろうと名付けます。ありがとうございました」

『おい馬鹿、やめろっ』

『これはヒドイ』

響《どよ》めく視聴者に構わず、一樹は牛鬼の名前を牛太郎にした。


「それと猫又の件とは別に、もう一つ報告があります」

『牛鬼の件がサラリと流された件について』

未だに視聴者が反対し続けているが、一樹は話を切って捨てて、強引に先へと進めた。

配信画面に『三〇〇万円達成』というロゴを載せて、鬼猫島に赴く前に持ち掛けられていた調伏依頼が、目標額に達した旨を説明した。

「以前、配信中に視聴者の方からご提案頂いた、クラウドファンディングです。ご提案者様と一緒にTwittorなどで告知させていただきましたところ、一日くらいで目標に到達しました。調伏対象は『鉄鼠』で、ネズミの妖怪です」

一樹がネズミと口にしたところ、猫太郎が背後から忍び寄ってきた。

そして一樹の頭の上に乗り、二又の尻尾を振って、鳴き声を上げる。

「なぁーん」

「……ぐぇっ、重い」

大量の気を与えられて実体化した猫太郎は、殆ど猫と遜色ない。

そしてネズミ狩りには、意欲的であるらしかった。

だが依頼人が生配信するために、あまり目立たせたくない蒼依は、連れて行けない。したがって蒼依の式神である猫太郎も、自宅待機である。

「お前は留守番だ。そもそも鉄鼠は、ヤバいんだよ」


鉄鼠とは、平安時代に僧侶が変じた妖怪だ。

当時、后に子が生まれず世継ぎを欲した白河天皇は、三井寺《みい》の僧侶・頼豪阿闍梨《らいごうあじゃり》を呼び、后が懐妊するように祈祷を命じた。

そして成功した暁には、褒美は望むものを与えると約束した。

頼豪は一〇〇日間の祈祷を行い、やがて承保元年に敦文親王が誕生する。そして褒美に、三井寺に戒壇を建立したいと望んだ。

そのとき、当時勢いのあった延暦寺が、横やりを入れた。

そのため山門（延暦寺）と寺門（三井寺）との争いになることを憂いた白河天皇は、頼豪の望みを退けた。

約束を破られた頼豪は、白河天皇と延暦寺を恨んだ。そして「皇子を魔道の道連れにする」と口走りながら、断食の行の果てに死んだ。

程なく、皇子が死んだ。

それでも恨みの晴れなかった頼豪は、鉄の牙を持つ大鼠に変じた。

そして八万四〇〇〇匹ものネズミを従えながら、比叡山を駆け上がり、延暦寺に襲い掛かったのである。


以降、比叡山は鉄鼠の怨念に占拠されている。

比叡山からは、頼豪の怨念が溢れ出しており、周辺の京都府や滋賀県にも被害を出し続けている。

鉄鼠の強さはB級とされる。だが八万四〇〇〇匹を根絶しない限り、残った怨霊が周囲の穢れを取り込んで、鼠算式のように増えて復活してしまう。

白河天皇が仕事の正当な対価として、約束通り三井寺に戒壇を作れば済んだ。

そして延暦寺も、横やりを入れるべきでは無かった。

おかげで行政は、今でも定期的に依頼を出して、間引きを行っている。

そのような経緯があるため、陰陽師が間引きに協力すれば、周辺地域の安全性が高まる。地元からは歓迎されるだろう。

公益性が高く、クラウドファンディングを立ち上げ易くて、理解と支援者も得られ易かった。

「依頼者さんは、調伏を生配信されるそうです。クラウドファンディングの日数は未だ残っていますので、引き続き、ご支援をお願いします。金額が増えれば、調伏の量を増やしますので」

かくして一樹の初仕事は、鉄鼠の間引きとなった。

◇◇◇◇◇◇

「鉄鼠の間引きって、カボエネさんは採算が合うんですか」

一樹に対して、クラウドファンディングで鉄鼠の怨霊を間引きする依頼を出したのは、チャンネル登録者数が数万人ほどいるYouTuborの青年・カボエネだ。

カボエネとはYouTuborとしての名前で、カメラは回っていないもののカボエネと呼ぶように求められた一樹は、そちらの名前で呼んでいる。

もちろん一樹としては、依頼料を貰えれば名前の呼び方など何でも良い。芸能人も本名ではなく、芸名で呼ばれている。それと同じことだ。

生憎と中学生の一樹は、事務所を立ち上げられていない。

そのため一樹の父親が、契約書に記される請負人となる。一樹は父親の事務所に属する担当陰陽師として、派遣されて来た。

生配信用の機材や電源用バッテリーを積んだカボエネの車は、一樹を乗せて京都から比叡山へと向かっている。

依頼人が生配信するため、蒼依はお留守番だ。

せっかくのネズミ退治だが、蒼依の式神である猫太郎も、今頃は家でゴロゴロしている。

もっとも猫太郎にとっては、家でゴロゴロすることが、本懐であるのかもしれないが。

「直接的には還元されなくても、社会貢献は評価してもらえるからね。やらない善より、やる偽善って言うし」

カボエネは運転しながら、助手席に座る一樹に説明した。

行政が実施する鉄鼠の怨霊間引きは、熊を人里から離す対症療法と同様だ。

行政の予算・依頼先・実施時期は決まっており、延暦寺だけに掛かりきりにもなれない。根絶は断念せざるを得ず、被害がゼロにはならない。

そんな鉄鼠の一部でも祓って数や力を弱めれば、地元には助かる人達がいる。助かる人は感謝するし、直接助からなくても活動を評価してくれる人もいる。

クラウドファンディングの立ち上げから一樹の送迎までを行ったカボエネは、様々な労力に採算が合うのかは微妙だが、動画配信者としては株を上げられる。

「社会貢献だからか、五〇万円の大口支援も、六つありましたね」

「そうそう。大口スポンサー様のお名前は、動画に載せるって書いたら、作った枠が全部埋まって驚いたよ。将来有望な陰陽師との人脈も出来たし、イベントを企画するのも悪くないなぁ」

全国に一万人しか居ない陰陽師との人脈は、貴重で間違いない。

しかも一樹のような中級以上は、陰陽師全体の二割程度だ。

医療を医師に相談したり、法律関係を弁護士に相談したりするように、悪霊を知り合いの陰陽師に相談できれば心強いだろう。

緊急事態では近場の陰陽師に対応を求めるので、知り合いが必ずしも役に立つとは限らない。

だが依頼人が満足しているので、人脈に関して一樹は深く掘り下げなかった。

「三井寺や延暦寺は、こんなにも京都に近いんですね」


三井寺や延暦寺がある滋賀県が、京都府の東に位置するのは一樹も習った。

だが距離までは知らず、京都から両寺まで車で一時間未満と聞いて驚いた。

京都から三井寺までは、徒歩ですら数時間で行ける。

「如意越えっていう古道があってね。銀閣寺から大文字山、如意が岳、長等山を越えて大津に入るなら、一二キロメートル未満かな。女性の足でも、四時間で行けるね」

交通の不便な大昔、白河天皇が三井寺に祈祷を依頼できた所以である。

「平家物語にも登場する道だよ。昔の道は、もっと険しかっただろうけどね」

カボエネは平家物語を口にしたが、実は三井寺の頼豪と白河天皇の話自体も、平家物語に記されている。生憎と一樹は、由緒正しき道は使わずに、車で進める道路で移動したが。

かくして戦闘前の疲労を避けて延暦寺に到着した一樹は、八咫烏の足に再生機を取り付けた。

カボエネが配信準備を整えて、生配信が始まる。

「どうも皆さん、カボエネです。今日は事前告知通り、C級陰陽師の賀茂一樹君に、クラウドファンディングで延暦寺の鉄鼠を倒してもらいます。詳細は前回の投稿をご覧ください。さてと一樹君、その再生機は何かな」

向けられたカメラに再生機を見せた一樹は、再生ボタンを押した。

するとと一樹の声で、二つの音声がループ再生される。


『山門、めでたげなり』（延暦寺って、りっぱだよね！）

『寺門、侮らはし』（三井寺って、軽い扱いで良くね？）


再生機からは、頼豪が聞けば憤死するようなメッセージが流れ始めた。

視聴者の誰かがコメントで解説してくれることを期待した一樹は、どのような意味があるかの詳細な説明は省いた。

その代わりに、作戦名を口にする。

「今回は『鉄鼠ブチギレ、誘き寄せ作戦』を実行します」

再生されている言葉の意味を察した視聴者達は、一斉に反応した。

九割ほどは悪魔のような所業に恐れ戦き、一割ほどは作戦を不安視している。

鉄鼠は、尋常ではない恨みを持つ。普通に調伏するのとは比較にならないほど、鉄鼠の恨みを引き寄せるのではないかと不安を抱いたのだ。

だが鉄鼠を引き寄せることこそが、まさに一樹の狙いであった。

「それでは再生状態で、八咫烏達を比叡山の各所に飛ばします。依頼人のカポエネさんは、陰陽師の私が直接守っていますので、ご安心下さい。よし、遊んで来い」

「「「「カァアアアッ！」」」」

解き放たれた五羽の八咫烏達は、比叡山の各所を自由に飛び回った。

そして脚に取り付けられた再生機から、鉄鼠が燃やす憎しみの炎に向かって、盛大に油を撒き散らしていった。

『山門、目も及ばず』（延暦寺って、イケてるよね）

『寺門、悪しげなり』（三井寺とか、無様だわぁ）

揶揄の効果は、絶大だった。

比叡山を飛び回る八咫烏達の後ろに、八咫烏を追うネズミの怨霊が次々と生じ始めた。

怨霊の集団は群れて合体し、瞬く間に小型犬、中型犬、大型犬の大きさへと巨大化していく。

鉄鼠の怨霊は激怒しながら、悠々と飛び回る八咫烏達を追いかけていく。

それをドローンで空撮するカボエネと視聴者に向かって、一樹は解説した。

「鉄鼠に変じた頼豪は、八万四〇〇〇匹のネズミの怨霊を率いて、比叡山に攻め込みました。一匹ずつ倒すのは時間が掛かるので、まずは集めます」

まるで料理番組で行われる調理の手順であるかのような気軽さだ。

もちろん全ての怨霊が釣られているわけではない。

一部は一樹とカボエネに気付いて、駆け寄ってきた。

『カヤ』

一樹はすかさず、虚空から白木の弓を取り出す。

「国家試験でも使っていましたが、私は弓を使えます。元はカヤの木に宿った『頬撫で』という妖怪で、青白い手を伸ばすことで知られています。小分けになったネズミの霊如き、これで充分です」

あくまで妖怪の特性だと言い張った一樹は、弓の弦を掻き鳴らした。

『鳴弦』

一樹が鳴らした弦の振動が、比叡山の山肌に伝わっていった。

すると山肌に空間を軋ませる音が、人知を超えた存在のうなり声のように響き始めた。

赤い光が山肌から流れる血のように溢れ出して、地を駆ける鼠たちの身体に纏わり付く。

「ギイイイッ」

炎の血だまりから湧き出した青白い亡者の手が、ネズミの怨霊を次々と掴んで握り潰した。潰された霊は掴まれたまま、絶叫しながら地の底へと引き摺り込まれていく。

ネズミ達は混乱し、無数に湧き出す手から逃れようと走り回った。

――――お前は、本当の理不尽を知らない。

世継ぎを欲した白河天皇のために頼豪が祈祷を行ったにも拘わらず、山門と寺門との争いを憂いた白河天皇が約束を守らなかったのは不当である。

だが白河天皇が約束を守れない原因を作ったのは、他ならぬ山門と寺門自身だ。

争いを解決するために話し合うなり、解決出来ないならば別の要求をするなりすれば良かった。

それらを行わなかった頼豪は、「皇子を魔道の道連れにする」と宣言して皇子を道連れにして、祈祷の結果を無かったこととして清算している。であれば、問題は解決済みのはずだ。

後世の無関係な人間に迷惑を掛ける正当性など、全くない。

むしろ、頼豪が行っていることこそが理不尽だ。

自分が理不尽な目に遭ったと怒り続ける頼豪に対して、冤罪で大焦熱地獄に堕とされた一樹は、怒りを抱いた。

――――お前に本当の理不尽を見せてやる。

一樹は再び弦を掻き鳴らした。

すると無数の亡者の青白い手が、ネズミを掴もうと地の底から湧き出してきた。

ネズミ達は絶叫して逃げ回るが、絶叫して逃げたところで地獄からは抜け出せない。

複数の亡者の手がネズミを掴み、彼らの苦しさを力に換えて、掴んだネズミを地の底へと引き摺り込んでいく。

「地獄へようこそ」

一樹の術は、人間の枠を超えて、天の猛威と化していた。

天に向かって人間や妖怪が悲鳴を上げて抗議し、その力に抗ったところで、天が何かを思うことなどない。

そこに在る世界を受け入れようと、あるいは抗おうと、地獄に変わりはない。

地獄は変わることなど有り得ず、そのまま地獄で在り続ける。

怒れる一樹の呪力が、近寄ったネズミ達の怨霊を掴み取り、一匹残らず引き摺り込んでいった。

「鳴弦」

怨念を消した一樹は、すかさず神気を籠めて、おぞましい気を周囲から祓った。

比叡山には、先程とは打って変わり、清浄な気が満ちていく。


他方、比叡山の各地で怨霊を集めた八咫烏達は、一ヵ所に集合した。

すると怨霊も合体して、アフリカ象とまではいかないが、サイくらいの巨体と化した。

ネズミの重さは二〇グラム程度で、それが八万四〇〇〇匹集まっても、メスのアフリカ象の半分程度の重量だ。サイくらいの大きさは、概ね妥当なサイズと考えられる。

巨体となった怨霊が、比叡山を飛び回る八咫烏達を地上から追いかける。

それをドローンで観察するカボエネは、視聴者の疑問を代弁した。

「さっきの術は、大丈夫なのかい」

具体的に問われなかった一樹は、適当に誤魔化した。

「頬撫では、手を伸ばす妖怪です。霊体を捕まえ易いので使いましたが、呪力消費は小さいです。まだ呪力は残っていますので、大丈夫ですよ。牛太郎、出てこい」

一樹が呼びかけると、ゆるく名付けられた牛鬼が姿を現した。

周囲の木々すらも上回る全長八メートルの牛鬼は、巨大な棍棒を天上に振り上げると、八咫烏を追い回す鉄鼠を睨め付けて、雄叫びを上げる。

「ブォオオオオオオオオオオオオオッ！」

「行け、牛太郎。鉄鼠を叩き殺せ！」


牛鬼の雄叫びに呼応した一樹が命じると、牛鬼は勢い良く比叡山を駆け上がる。

そして鉄鼠に向かって、振りかぶった棍棒を全力で叩き付けた。

それは人間サイズの鬼が、中型犬をバットで殴り付けたのをスケールアップした光景だった。

鉄鼠の腹部に、棍棒が深くめり込んだ。明らかに肋骨を折る深さで沈み込み、次いで鉄鼠の巨体を浮き上がらせて、盛大に弾き飛ばした。

背の高い木々が、バキバキバキと薙ぎ倒されていく。鉄鼠は土煙を上げながら、比叡山の斜面を豪快に転がっていった。

それを追って、牛鬼が走り出す。直ぐに転がった鉄鼠に追い付いた牛鬼は、巨大な足で鉄鼠の身体を踏み付け、両手で棍棒を振りかぶって、全力で叩き付けた。

叩き落とされた棍棒が、鉄鼠の頭部を激しく殴打した。

棍棒が頭骨の一部を陥没させて、怨霊の霊体を揺り潰す。

「ギイイイイイッ！」

巨大ネズミの絶叫が、比叡山に響き渡った。

鉄鼠は咄嗟に逃げようと藻掻いたが、上空の八咫烏達が掴む再生機が、再び挑発した。

『山門、有識なり』（延暦寺って、優れているよね）
『寺門、めかかう』（三井寺、あっかんベー）

三井寺を揶揄された鉄鼠は、激怒しながら牛鬼の左足に噛み付いた。

すると牛鬼は痛がるそぶりを見せた後、先ほど棍棒で殴った鉄鼠の腹を、右足で蹴り飛ばした。

牛鬼は雄たけびを上げながら、棍棒で鉄鼠の背中を二度、三度と殴り付けていく。

牛鬼の左足に噛み付いた鉄鼠も意地になって、決して離さずに食らい付いた。

「BGMは、怪獣映画に出る自衛隊のテーマでお願いします」

「いやいや、どっちも怪獣だからね⁉」

怨霊の鉄鼠は、肉体の一部を削り取られる程度では、行動を鈍らせない。

上空をゆったりと飛び回る八咫烏達が、再生機で挑発を続けるので、怒れる鉄鼠は逃亡しない。

周囲から怨念を集めて回復しながら、憎き敵を噛み続けた。

対する牛鬼も、噛み付いて動きが止まった鉄鼠を殴り続けた。

攻撃を続ける牛鬼は、鉄鼠が集める怨念を削り続けていく。

牛鬼も傷付くが、その傷は一樹から流れ込む気で回復していった。

B級の力を持った、巨大な牛鬼と鉄鼠による、怪獣大決戦。

そんな動画を配信するカボエネのチャンネルは、過去最高の同時視聴者数という、盛り上がりをみせていた。

依頼と配信の成功を確信した一樹は、カボエネに尋ねた。

「このまま戦闘を継続すれば、鉄鼠が掻き集められるだけの恨みを集めてくれます。その後、八咫烏達を参戦させて鉄鼠の全身を浄化し尽くしますので、もう少しだけ、地味な戦いを続けても良いですか」

「もちろん許可するよ。地味とは思わないけれど、比叡山を解放しちゃおう！」

許可を得た一樹は、牛鬼に命じて鉄鼠を殴らせ、怨念を削り続けさせた。

そして弱ったところで八咫烏達を参戦させて、鉄鼠の全身に五行を浴びせ掛ける。

棍棒の連打と五行の浄化を浴び続けた鉄鼠は、挑発され続けて逃げるに逃げられず、やがて絶叫しながら消滅していった。

怪獣大決戦の動画は、僅か数日で、数百万回も再生された。

比叡山は完全解放された可能性があり、現在調査が行われている。

第六話　沙羅からの指名依頼

「青森県の統括陰陽師が殉職しました。状況は、極めて深刻です」

青森県の妖怪対策部長が、声高に危機を訴える。

それに対して秋田県の統括である春日弥生は、冷めた眼差しで言い返した。

「春頃に殉職したのは、存じておりますわ。そして原因が、青森県にあることも」

図星を指された妖怪対策部長は、気勢を削がれて押し黙った。対する弥生は、追及を重ねる。

「陰陽師協会が、苦労して配置しているのです。そう易々と、使い潰さないでほしいですわね」


日本陰陽師協会は、上級陰陽師の枠を七二名と定めている。

内訳は、A級陰陽師八名、B級陰陽師六四名だ。

そして協会は、七二名を『四七都道府県に最低一名ずつ』配置することを目標に掲げていた。

上級陰陽師達に、居住制限が課される訳ではない。

基本的には自発性を期待して、上級陰陽師の居ない各都道府県に住むのであれば、統括陰陽師の地位を用意する。

そのほかには、移住したくなるような後押しも行っている。その一つが、各都道府県を拠点とする陰陽師の大家のうち、当代に上級陰陽師を輩出できなかった家に迎え入れることだ。

陰陽大家は親類縁者から美男美女を見繕い、上級陰陽師が婿入りや嫁入りしてくれれば、本家を継がせるなどの条件を付けて、お見合いをさせる。

陰陽大家は地元の有力者であり、地位、財産、名誉が揃っている。

実家の陰陽大家を継がない嫡子以外や、実家が陰陽大家ではない成り上がり者の陰陽師ならば、全てが揃っている陰陽大家に迎え入れられれば欲しいものが概ね揃う。

そして受けたならば、協会や都道府県が支援し、送り出した家が困った際にも色々と優遇する。

元五鬼童家の弥生は、そのような昔ながらの互助で、秋田県の春日家に嫁いだ。

だが、それだけで全ての都道府県に上級陰陽師を揃えるのは、不可能だ。

そのため、『B級に認定する代わりに、上級が不在の地域に住む』ことを条件に、居住地に拘りのないC級陰陽師の上位者に昇格を打診するのも、昔から多用される手法の一つである。

・当事者は、上級陰陽師に認定されて名誉を得られる。
・陰陽師協会と都道府県は、上級陰陽師を配置できる。
・都道府県民は、上級陰陽師が居る安心感を得られる。

青森県のB級陰陽師は、移住条件付きで昇格した他県出身のC級陰陽師だった。

B級陰陽師が殺されたのは事実だが、妖怪の脅威度に関する評価は異なる。

「殉職した場所は、青森県内にある白神ラインの白神山地側でしたわね。青森県が開発のために、進出されたのでしょう。無理をさせたようですね」

白神山地は、青森県から秋田県にまたがる山地だ。

約一三〇〇平方キロもの広さがある自然豊かな土地であり、東京都が約二一〇〇平方キロのため、白神山地は東京都の約六割もの面積がある。

それほど広大な白神山地には、相応に妖怪も住み着いている。

だが長い歴史の中で、人間とは住み分けが出来ていた。


人間は、どこまで妖怪の住処に近付けば、襲われるのか。

逆に妖怪は、どこまで人里へ近付けば、調伏されるのか。

人と妖怪は、長い時間と相応の犠牲によって築き上げた白神ラインという境界線によって、互いに適切な距離を保ちながら暮らしてきた。

それが近代に入り、人間の科学技術が大きく発展した。

E級以下の実体を持った妖怪は、自衛隊の小銃小隊で駆逐できる。

D級妖怪は強いが、一二・七ミリ重機関銃であれば倒せる。

C級妖怪は、個人携帯対戦車弾などを撃ち込めば良い。

人と妖怪の境界線は、近年に入って何度も引き直された。

白神山地の周辺でも、やはり境界線を引き直す開発が行われていたのだ。そして妖怪に抵抗されて、青森県が白神山地に陰陽師と自衛隊を送り込んだところ、返り討ちに遭った。

「ご指摘のとおり、青森県のB級陰陽師、ならびに自衛隊の普通科連隊から一〇〇名近い犠牲者が出ました。しかも妖怪による被害は、作戦後に急拡大しています。相手は絡新婦《じょろうぐも》で、人を積極的に害します」

先に白神山地に攻め込んだのは人間だ。

あらゆる生き物は、襲われれば反撃するなり、逃亡するなり反応するのが当然だ。今回の場合、当たり前のリアクションを返されただけなのだ。

妖怪は人間を襲う。だが人との境界線も知っている。

先に不文律を破って過激化させたのは、今回に限れば人間側だ。

それを意図的に話さず、まるで妖怪側から人間を襲い始めたような青森県の妖怪対策部長の言い分に、弥生は強い不快感を覚えた。

絡新婦とは、人化能力を持った女郎蜘蛛の妖怪である。

妖気で紡いだ糸で獲物を絡め取り、蜘蛛のように捕食する。

獲物は自身の成長に応じて、昆虫、鳥類、動物、人間、妖怪と上がっていく。

子蜘蛛の頃は大した力を持たないが、獲物を沢山食べて長く生き続ければ、巨大化して内包する力も強くなっていく。

そして強くなると子蜘蛛を生み、ある程度育ててから独立させる。

「絡新婦は、子蜘蛛を害せば報復します。子育てを行う大抵の生物も同様ですが、青森県は絡新婦に恨まれたのでしょう。賢さは人間以上で、人語も解しますから、厄介ですよ」

弥生は妖怪対策部長に対して、因果関係を明確化させた。

「藪をつついて蛇を出す。新開発地域を放棄する案は、出ませんでしたか」

「出来る訳がないでしょう。既に数千億円を投じている上に、県民も移り住んでいます」

言葉を飾る無意味さを察した妖怪対策部長は、やむを得ず本当のことを話した。

日本は選挙で政治家が決まる。

数千億円を投じた新開発が失敗して、投資分の損失を丸ごと被れば、開発を決定した青森県知事と青森県議会が、県民から追及される。

県民が危機に陥ったとあれば尚更で、失敗して撤退するのは認められない。

妖怪対策部長は、引けない理由を補強した。

「それに撤退したところで、絡新婦が襲ってくれば何の意味もありません。ですから、駆除しなければなりません」

手に負えない妖怪に対しては、撤退して境界線を引き直されて終わりだ。

今回は、人間が勝てそうなため、渋々と隣県から増援を呼ぼうとしている。

問題の白神山地は、青森県と秋田県にまたがる。

そのため白神山地の妖怪が人間を襲う場合、秋田県民にも被害が及ぶ。

話を持ち込まれた春日家は、秋田県の統括陰陽師だ。被害が出れば対応せざるを得ない立場で、話の内容を無視できない。

弥生は不快そうな表情を露わにしながら、受諾の条件を突き付けた。

「原因を作ったのは青森県です。相応の条件と報酬を示していただかなければ、B級陰陽師を殺した妖怪の調伏依頼は受けられません。無論、ほかの陰陽師に依頼されても構いませんよ」

「秋田県にも関わりますし、秋田県の陰陽師に協力を要請します」

弥生は青森県の妖怪対策部長を睨め付けた。

「B級妖怪の調伏には、A級陰陽師を呼ぶのが常識で、相場は一〇億円です。今回はB級陰陽師が殺されているため、二倍の二〇億円となります。さらに自衛隊も動員していただきます」

「持ち帰って図りますが、おそらくお願いすることになります」

弥生は厳しい条件を突き付けたが、撤退できない青森県は受諾した。

そして契約が結ばれて、白神山地に陰陽師が入ることとなった。

A級　五鬼童義一郎（当主）
B級　春日弥生、五鬼童義輔（当主の弟）
春日一義（長男）、春日結月（長女）
五鬼童義友（義一郎の次男）、五鬼童風花（義一郎の長女）
C級　五鬼童沙羅（義輔の長女）、五鬼童紫苑（義輔の次女）

五鬼童本家からは嫡男のみ参加していない。

それは全滅で家が断絶しないように、同じ依頼を受けないからだ。

報酬の取り分は、最初に協会が一割を持っていく。残った一八億円は、本家が七割五分、春日家が一割五分、分家が一割とされて、陰陽師が呼び集められた。

その際、話を聞いた分家の沙羅が、父親の義輔に提案した。

「春日家がB級三人で一割五分、うちがB級一人とC級二人で一割。釣り合っていないよね」

「何を言いたい」

「私の取り分をいくらか使って、賀茂一樹さんに指名依頼を出しても良いかな」

「あいつの資格はC級だ。連れてきても、B級を用意したことにはならんぞ」

不満そうな表情を浮かべる義輔に対して、沙羅は過日に配信された、牛鬼と鉄鼠の決戦動画を見せた。

明らかにB級中位以上の力を持つ牛鬼が、B級の強さを持つ鉄鼠に棍棒を振るい、叩きのめしている。そして鉄鼠が大きく削られたところに、八咫烏達が五行の術を浴びせ掛けて、鉄鼠の全身を満遍なく削り取った。

殴打と五行の浄化を浴び続けた鉄鼠は、絶叫しながら消滅した。

動画の再生数は、僅か数日で数百万回。

比叡山は完全解放された可能性があり、陰陽師協会の調査が始まっている。

恐るべきは、B級の鉄鼠を圧倒的な力で押し潰した一樹の呪力だ。

「資格はB級じゃないけど、実態はどうかな」

一樹の呪力は、明らかに鉄鼠よりも格上だ。

そして式神達を用いれば、呪力を十全に使うことができる。

「……正式な陰陽師の沙羅が、自分の報酬でほかの陰陽師を呼ぶのは構わん」

かくして一樹は、沙羅から指名依頼を出された。

◇◇◇◇◇◇

「このたびはご指名を頂き、真に有り難うございます。沙羅お嬢様」

「書類上の依頼人は、儂だがな」

一樹が冗談めかして述べると、厳つい顔の中年が、不機嫌そうに口を挟んだ。

もっとも、実質的には沙羅だと認めており、実直な性格が窺える。

一樹に依頼を出したのは、試験後に連絡を取っていた沙羅だ。沙羅の父親である義輔は、沙羅が行う再依頼を認めた。

依頼を受けた陰陽師が増援を呼ぶことは、珍しい話ではない。そもそも今回の依頼では、春日家の弥生が五鬼童家を呼んでいる。

したがって、正式な陰陽師の沙羅が自身の不足を補うべく、ほかの陰陽師に声を掛けたのは、おかしなことではない。

沙羅は自分の取り分である一八〇〇万円から半分以上を割り振って、一〇〇〇万円の報酬でC級陰陽師の一樹を招聘した。

沙羅が提示した一〇〇〇万円の依頼料は、C級陰陽師が依頼を受ける場合には相場の金額だ。

二回目の仕事を行う一樹は、納得して受けている。

手続きの問題で義輔の名義を使っただけで、一樹の実質的な雇い主は沙羅だ。

「今回は、C級の式神使いである一樹さんへの依頼です。ですから一樹さんは、式神を使って上空からの索敵や、戦闘支援をお願いします」

絡新婦の妖怪は、B級陰陽師を殺した。

だが安全な場所から式神を飛ばして、索敵や戦闘支援をする程度であれば、危険は無い。

一樹は沙羅に向かって、丁寧に答えた。

「明日からの探索では、一羽でC級下位の強さを持つ鳩の式神を九羽出します。三羽一組の三チームで、護衛・偵察・攻撃など自由に使い潰してください。使った鳩は、合流時に補充できます」

偵察任務であれば、捕捉した敵を二羽が追尾して、一羽が報告に戻る。

攻撃や護衛を行うのであれば、鳩達は三羽で連携する。

あまり複雑なことは出来ないが、五鬼童の気を味方だと覚えさせて、自分より強い妖気を感知したら敵だと認識させる程度は可能だ。

それらを説明した一樹は、さらに守護護符を取り出して沙羅に渡した。

「試験では、五〇トンに一分以上を耐えた護符です。どうぞ、お使いください」

「報酬は増やせないですけど、大丈夫ですか？」

C級とB級の強さは一〇倍差。

C級下位の鳩が九羽であれば、ギリギリC級の仕事の範疇に収まる。

それは手抜きしたいのではなく、『五鬼童が安い報酬で、実質的にB級の陰陽師を扱き使った』ことにしないための配慮だ。五鬼童は陰陽師の大家で、社会的な立場がある。

だが一樹の護符は、明らかにC級で収まらない。

最初から上回る分に関して、一樹は適当に理由を述べた。

「先物買いをしたお客様に対する、先行特典です」

カボエネの初依頼より前から、沙羅は予約していたようなものだった。

それを先行特典と宣った一樹に対して、沙羅は微笑んで礼を述べた。

「ありがとうございます」

そして一樹に付いてきた蒼依と八咫烏達に目線を送り、依頼人として尋ねた。

「八咫烏達は、どうされるのですか？」

国家試験での八咫烏達は、一羽で沙羅や紫苑と互角だった。

そちらに関しても、一樹は適当に理由をでっち上げた。

「あいつらは子供でして、初めての場所で共同作戦を行うには不安があります。世話をする助手の蒼依と共に戦力外として傍に置いて、周辺の警戒にでも使う予定です」

「分かりました。それで大丈夫です」

一樹と沙羅の話が終わると、話し合いを見守っていた義輔が告げた。

「我々は三隊に分かれて探索する。西から順に、一ツ森峠から向白神岳、天狗峠から天狗岳、津軽峠から櫛石山。担当は春日家、五鬼童本家、そして我が分家だ。探索には、自衛隊も付く」

現在地は、西目屋村側の入り口前にあるコテージ群だ。

白神ラインの東側で、人と妖怪の境界線の人間側にあたる。

ライフラインと宿泊施設が整備されており、人間側なので比較的安全だ。

こちらで最終確認を行い、翌朝からは探索に赴く予定だ。

自衛隊からは、師団が来ている。春日家、五鬼童本家、五鬼童分家が三チームに分かれて探索するため、普通科連隊も一隊ずつが付く。

自衛隊は、事前にベースキャンプを作っていた。

アンテナを設置し、物資を運び込み、衛生部隊も揃えている。

「はい、伺っています。中央にA級陰陽師を配置して、東西のどちらにもフォローできるようにするのですよね」

一樹が返答すると、義輔は僅かに頷いた。

「C級以下の子蜘蛛達は、各自で対応する。親蜘蛛が出れば、A級で対応する。青森県が開発したので携帯電話も使えるが、敵の発見報告など、全体に伝えるときには無線機を使え」

「分かりました」

「よろしい。以上だ」

義輔は言い足りなさそうだったが、実際の一樹の雇い主が沙羅個人であるためか、必要最低限の話をすると話を終えた。

春日家と五鬼童本家に至っては、義輔の家が独自に行ったこととして、完全に不干渉である。

なお紫苑も不干渉だ。試験で追い回されたことを根に持っているのか、一樹を見ると不満顔を見せた。そして不満を伝えるべく、あからさまに顔を背けてみせた。

その件に関して一樹は、紫苑の訴えが分からないわけではないが、正規の試合でルールにも反していないため、見なかったことにした。


「それでは一樹さん、よろしくお願いします」

「畏まりました。報酬に見合う仕事は果たしますので、ご期待ください」

丁寧に述べた一樹は、去ろうとした沙羅の手を引き、無言で制した。

そして紙に文字を書いて、中身を見せた。

『絡新婦の糸が張られている。振動で会話を聞いているかもしれない。対処してくる。複数で行くと気付かれるから、俺に任せてくれ』

文字を読んだ沙羅は、目を見開いて驚きを露わにした。

「仕事は明日からでしたね。少し周辺を見てきます」

「気を付けてください」

本当に一人で行くのか、と、沙羅は瞳で問うた。

それに対して一樹は、安心させるように軽く頷いて見せた。

「蒼依は八咫烏達を連れて、割り振られたコテージに戻っていてくれ」

「分かりました。みんな、おいで」

「「「「クワッ！」」」」

一樹が連絡を取り過ぎると、気付いたことが露見しかねない。

何も知らない蒼依が八咫烏達を連れて、コテージから出ていった。

蒼依がコテージを出たのに続いて一樹も外に出ると、ブナの原生林が連なる森の中へと慎重に、分け入った。

コテージ周辺の喧騒が消えて、運動靴が土を踏みしめる音だけが聞こえる。

森の空気は、血の臭いと怨念とが混ざって最悪に淀んでおり、今にも毒蛇などが襲い掛かってきそうな殺気に満ちている。

――――これくらいなら、全然最悪ではないな。

一樹が体験した最悪は、無限と思えるほどに続く大焦熱地獄である。

それに比べれば、一度殺される程度の苦しみは、気が付かない程度の誤差にも等しい。

一樹は五分ほど、一般人にとっては吐きそうな程におぞましい森を平然と歩き続けた。

すると一樹の第六感に、爬虫類に無機質な瞳を向けられた哺乳類を想起するような、生命の危機に鳥肌が立つような感覚があった。

捕食者が獲物の動向を注視するかのような視線は、前方に高く伸びるブナの上方から向けられている。立ち止まった一樹は、懐から五枚の式神符を取り出して呪を唱え始めた。

『臨兵闘者皆陣列前行…………この者、木より流転し無の陰なれど、我が陽気を与えて生に流転せしむ。然らば汝、陰陽の理に基づいて、我が式神と成れ。急急如律令』

式神が飛び立ったのと、木々を薙ぎ払った殺人の糸が迫るのは、同時だった。

猛毒が染み込んだ糸が、一樹の身体に絡み付く。そして強烈な力で引っ張り、四肢の切断と、毒の注入を試みた。

左腕を首元に立てて咽を守った一樹は、鳩に向かって命じた。

「焼き払え！」

「「「「ポポッポー」」」」

叫んだ直後、糸に絡め取られた一樹は地面に引き倒された。

懐に隠していた守護護符が輝きを放ち、四肢の切断を防ぐ。すると凄まじい勢いで、今度は身体を引き摺られた。

その間、ブナの上に飛び上がった四羽の鳩が、妖気の持ち主に襲い掛かった。

激しい炎が二度も立て続けに噴き上がり、隠れ潜む敵の全身を灼熱で焼き払う。

「ギャアアアアッ⁉」

ブナが燃え上がり、人語の絶叫が響き渡った。

一樹が知覚する妖気は、八咫烏達の強さに匹敵するC級上位。

二羽で倒すには荷が重いが、一樹が生み出した鳩の式神は四羽だ。

火行に続いて金行の鳩二羽が、それぞれ鉄の楔と化して、妖怪の身体に左右から突き刺さっていった。

再び悲鳴が響き渡り、木の上に潜んでいた絡新婦が落ちた。

「牛太郎、叩き潰せ」

地面に転がる一樹が指示すると、影から巨大な牛鬼が現れた。

牛鬼は楔を打ち込まれた絡新婦に向かって、振り上げた棍棒を全力で振り下ろした。

ズガンと、重々しい震動が響き渡る。

地面が揺れて、転がる一樹の身体を僅かに撥ね上げた。

一樹を引き摺る糸は止まったが、蜘蛛の生命力は人間の想像の上を行く。

「そいつが死ぬまで殴り続けろ」

「ブォオオオオオオオオオオオオッ！」

牛鬼は雄叫びを上げ、動かなくなった絡新婦を棍棒で叩き始めた。

その間に絡み付いた糸を解いた一樹は、服に付いた毒を振り払い、立ち上がって服に付いた泥を払い、やがて牛鬼に命じた。

「良くやった、牛太郎。もう良いぞ」

引き摺り回された一樹は、深い溜息を吐いた。

いかに強大な呪力を持とうとも、所詮は生身の人間だ。妖怪と肉弾戦が出来るはずもない。

撲殺された絡新婦の傍に近寄る前に、充分な安全確認を行う。

それからようやく傍に寄って、印を結んだ。

『臨兵闘者皆陣列前行。天地間在りて、万物陰陽を形成す。我は陰陽の理に則り、汝を陰陽の陰とし、我が気を対たる陽として、汝を従属せしむ。然らば汝、我が理に従いて、我が式神と成れ。急急如律令』

一樹が用いたのは、気を以て強引に従える呪法だ。

呪力と術で使役する陰陽道系だが、牛鬼には合意を得たのに対して、絡新婦には力尽くで有無を言わせずに契約を求めている。

絡新婦の霊体は抵抗を示したが、一樹が持つ莫大な気が、大河のように小さな抵抗を押し流していった。

あまり好みの方法ではないが、これは人間と妖怪との生存競争だ。

そもそも絡新婦は人を喰う存在で、人間にとっては有害な存在である。

勝者が敗者を喰うのは、自然界における勝者の権利だ。ならば勝った陰陽師が妖怪を使役するのも、自然の摂理だと一樹は考える。

『お前も俺を殺そうとしたのだから、対等な戦いの結果で良いだろう』

それが最後の一押しだったのか、絡新婦は式神に降った。

疲れて肩を落としてから、一樹は自身の中に混ざった新たな式神に命じた。

「出てこい、絡新婦」

中学生くらいの少女の霊体が、音も立てずに現れた。

金髪に黒の着物姿で、黄色と黒色の女郎蜘蛛を彷彿とさせる色彩である。

——絡新婦は、喰った人間を模せるが、本来の姿から人化したほうか。

まるで蜘蛛が周囲を観察するような瞳で、一樹を観察している。

長く彷徨った霊は、生前の意思や記憶が薄らぐ。だが式神化が早かったからか、絡新婦は記憶を残しているようだった。

一樹は生前の敵だが、現在は呪法で縛られている。

式神として降ったことで、使役者が内包する莫大な気を知覚したのだろう。だから敵意は示さずに、様子を見ているのだ。

絡新婦の知能を警戒した一樹は、最初に名前を付けて束縛の強化を試みた。

「お前の名前は、水仙《すいせん》にする。水仙には黄色い花もあって、毒がある。だが水仙は、清らかさも持つ……」

牛太郎や猫太郎が集う一樹の周囲だが、流石に蜘蛛子は酷いと自重した。

女性の場合は、万葉集に記される雪月花にちなんで「雪子、月子、花子」と付ける選択肢も有り得る。だが動画配信チャンネルで「花子です」と報告すれば、非難囂々《ごうごう》だろう。

それに対して水仙は、美しい花の名前で、中国の漢名を音読みされる。

中国古典・天隠子神解章には、次のように書かれる。

『仙人は、天にあるを天仙、地にあるを地仙、水にあるを水仙』

水仙は水辺に育ち、長く清らかに在るとされている。毒もある花だが、一樹は「式神として、使役者に寄れ」と、名付けで縛った。

「……名前の由来は以上だ。それでは最初の命令を出す。元の仲間に対して、倒されていない振りをしろ」

水仙と名付けられた絡新婦の式神は、命令を受けて押し黙った。

そして一樹の身体を眺め回してから、徐ろに口を開いた。

「従うけど、どうしてボクの毒が効かなかったのかな。妖気を変換する神経毒だから、身体に触れるだけでも、多少は効果があるはずだけど」

一樹が無事だったのは、地蔵菩薩が万病熱病平癒の修法を持つからだ。

不穏なことを口走る式神に対し、一樹は『お前は清らかな水仙だ』と念じた。

◇◇◇◇◇

「主様、式神を増やされたのですか」

一樹がコテージに戻ると、蒼依が不安そうな表情を浮かべていた。

――俺を介して気が繋がるから、知覚できるか。

蒼依の立場に鑑みれば、不安になるのは無理もない。

蒼依は一樹との関係が破綻すれば、気を得るために人間を喰わざるを得ない。そうすれば醜い山姥と化して、人間としての生活は終わりを迎える。

無論、一樹はそのようなことをしない。

そもそも一樹は、蒼依に対して「一生手放さない」と言明している。

陰陽師が言葉にした約束を破れば、言霊の効力が激減して、力を大きく損なう。陰陽師の一樹なればこそ、そのように愚かな真似をするはずがない。

それに蒼依には、困っているときに受験費用を借りたり、家に住まわせてもらったりした。それが無ければ受験できず、生活も軌道に乗せられなかった。

諺には『犬は三日飼えば三年恩を忘れぬ』とあるが、一樹は犬よりも記憶力が良いつもりだ。

――――これ以上、何を言えば良いんだ。

一般的に女性は何度でも言われたがるが、男は易々とは言わないとされる。

この件に関しては一樹も多数派の一人であり、度々口にするのは憚られた。

困った表情を浮かべた一樹と、不安そうな蒼依の様子を窺った水仙は、微笑を浮かべながら二人の間に割って入った。

「あなたは、奥方様ですか」

「ふぇえっ」

一樹の妻かと問われた蒼依は、驚きの声を上げ、次いで頬を朱に染めた。

「あの、まだそうじゃないけど、一緒に暮らしているというか……」

根が正直な蒼依が動揺しながらも、真面目に答えようとする中、水仙は第二声を放った。

「ボクは、ダーリンの愛人で、水仙と申しますぅ」

水仙の言葉を聞いた蒼依は、一瞬で固まった。

そして美しき伊邪那美命ではなく、冷酷な黄泉津大神を彷彿とさせる冷めた表情を浮かべて、一樹に顔を向けて、目線で真偽を問うた。

それは、蛇に睨まれた蛙の如き様だった。

一樹は強張った表情となり、首を左右に大きく振って弁明した。

「嘘だ。そいつは、さっき戦って式神にした絡新婦だ。蒼依が望むなら、仕事が終わったら契約を解除しても良い」

焦った一樹が過激な弁明をすると、蒼依は水仙に向き直って微笑んだ。

次の瞬間、天沼矛が具現化して、煌めく矛先が水仙の首元に添えられた。

そして蒼依は、黄泉津大神の如き底冷えのする声で質す。

「もう一度、自己紹介してくれるかな」

「はじめまして、ボク、式神の水仙ですぅ！」

上下関係が、定まったらしくあった。

――――強さも異なるからな。

現在の蒼依の力はB級中位で、水仙はB級下位だ。

両者は一樹から莫大な気を与えられる同士だが、元々の種族差がある。山の女神である山姫が、絡新婦を上回るわけだ。

水仙をわからせた蒼依は、天沼矛を収めた。

張り詰めた空気が弛緩していくと、一樹は蒼依に恐る恐る報告した。

「これから五鬼童に、水仙を連れて報告しに行く。先に毒塗れの服を着替えるから、水仙はそこで待っていろ」

「ボクは着替えに一緒でも気にしない……けど、良い子で待ってまーす」

蒼依に一睨みされた水仙は、即座に表明を撤回した。

それを確認した一樹は、ようやく着替えのために部屋へと向かった。そして、すぐに着替え終わった一樹は、説明のために指揮用のコテージに移動した。

「水仙、お前のほかにコテージを監視している奴は、居ないんだな」

「うん、ここはボクの担当だよ。ボク達には、テリトリーがあるからね」

式神となった水仙からもたらされる情報について、一樹は概ね信用した。

式神使いの一樹は、式神の水仙を呪力と術で縛っている。使役者からの明確な問いかけに対して、術で縛られる式神が真逆の嘘を吐くことは出来ない。

もちろん呪力や術が不充分であれば、効果が不完全になる。

自身の呪力に見合わない妖怪を従えようとしたり、術が未熟だったりすると、式神は上手く制御できない。

だが、一樹の呪力は莫大だ。

大焦熱地獄で魂に染み込んだ穢れを充分に抑え込める陽気、そして同量となる地蔵菩薩の神気。

それらを以て、絡新婦の一匹すら縛れないなど、有り得ない話だ。

式神術も、手順と意味を理解した上で行使している。

故に一樹は、水仙を完全に従えた確信を持つ。

そしてコテージに赴き、集まった陰陽師達と自衛官の前で、水仙に説明を行わせた。

もっとも一樹の依頼人は沙羅であるため、あくまで沙羅に報告する形を取ったが。

「私の依頼人である、沙羅お嬢様に報告致します。コテージを監視していた絡新婦一体を殺し、式神化しました。術は完全に及んでおり、嘘は吐かれません。まずは情報を話させようと思いますが、よろしいでしょうか」

「それで良い」

A級陰陽師の義一郎が指示したが、一樹は一瞥のみで、沙羅の指示を待った。

一樹は言葉と態度で、自身の依頼人が沙羅であると示したのだ。それを頷いて肯定した沙羅は、義一郎の指示を追認した。

「式神化した絡新婦に、情報を話させてください」

「畏まりました。水仙、白神山地に居る絡新婦の強さと数を教えろ。地図に書き込んで良い」

一樹がテーブルに広げられた白神山地の地図を指すと、水仙はペンを取って、書き込んだ。

まずは、白神山地の西側にある十二湖側に一つ、東側にある高倉森に一つ。

合計二ヵ所に、大きな丸が書かれた。

「一番強い伯母さんが西、二番目のお母さんが東に巣を持っていて、前の陰陽師と自衛隊を倒したのも二人だよ」

次いで水仙は、青森県の鰺ヶ沢町、深浦町、西目屋村、秋田県の能代市、藤里町、三種町、八峰町に一つずつ、合計七つの丸を書いた。

「これはボクと、姉妹や従姉妹達の縄張り。今は皆、伯母さんとお母さんの所に、戻って来ているけどね」

集まった陰陽師と自衛隊員の面々が、水仙の情報に息を呑んだ。

ボスが二体いるなど、想定していなかったのだ。

そんな彼らに構わず、一樹は新たな疑問を質した。

「お前達は、協力するのか」

「うん。女郎蜘蛛って、卵から沢山生まれて、小さい頃は集団生活を送って、大きくなったら独立するでしょ。それなのに、どうして協力しないと思うの」

言われてみれば、至極尤もだ。

妖怪達の集団戦法に驚いた一樹だったが、女郎蜘蛛の生態と同じであると聞いて納得した。

「親の二人と牛鬼を比べれば、どちらが強い」

「ボクは伯母さんとも、お母さんとも戦ったことがないから断言できないけれど、二人とも牛鬼に勝てそうな気がする」

一樹の牛鬼は、B級上位の強さを持つ。そして一樹の気を介して繋がりを持った水仙は、牛鬼の正確な力を理解している。

その水仙が、「牛鬼に勝てそう」と判断した絡新婦二体は、最低でもB級上位、おそらくはA級の力を有していると思われた。

だが絡新婦は、本来はＣ級妖怪だ。

捕食する獲物は、人間や小鬼、強くてもＤ級の中鬼程度。

Ｂ級の大鬼などは、絡新婦の身体には大きすぎて、狩っても食べられない。

そのため絡新婦は、食性によってＣ級の強さに進化した。

長く生きた特殊個体であればＢ級に届くが、Ａ級の強さは生物学的に有り得ないのである。

「どうして、そんなに強いんだ」

「お爺さんが大魔だからかな」

「……大魔か」

大魔とは、Ａ級に分類される上級の悪魔・魔族だ。

魔王や魔族は日本に居ないと思われがちだが、それは誤解である。

宮城県と山形県の境にある船形山。

その伝説を記した書物『船形山手引草』によれば、神武天皇から数代後、貪多利《トンタリ》魔王なる存在が数万の悪魔邪神を率いて、日本に攻め込んだと記される。

貪多利魔王は、金剛山の金剛神を退けた。

そのほかにも、不動明王と戦った烈風魔王、毘沙門天と戦った荒ラ獅子魔王、摩利支天と戦った天竜魔王らがいる。

神仏と悪魔邪神との戦いでは、貪多利魔王を除く三体の魔王が逃げ延びた。

配下の一部も逃げており、それらと子孫が日本に土着した現在の魔王と魔族だ。

Ａ級の大魔は、Ｂ級の大鬼に勝る存在だ。不動明王や毘沙門天、摩利支天らと戦って生き延びた魔王達の配下であり、尋常の存在ではない。

その力を受け継いだ絡新婦ならば、Ａ級に届く力を有しても不思議はないと、一樹は理解した。

「連携するＢ級上位の絡新婦、捨て置けんな」

義輔は、絡新婦をＢ級上位と見積もった。

Ｂ級の絡新婦が二体いると聞いて、実質Ｃ級陰陽師と自衛隊員一〇〇名の犠牲について、納得してしまったようである。

絡新婦はＣ級で、特殊個体がＢ級になるのは常識だ。

血は薄れるため、親が大魔だからといって娘が大魔になるとは限らない。

だが今まで確認されていないからと言って、存在しないとは限らない。

根拠はないが、一樹は絡新婦の脅威度をＡ級ではないかと疑った。

そして危険性を訴えるべく、水仙を質した。

「お前達は、糸に毒を塗ったりするのだよな」

「うん。妖気を神経毒に変換して、獲物を麻痺させたり、殺したりするんだけど、ダーリンには効かなかったよね」

一樹に毒が効かなかったのは、対抗できる陽気が莫大で、万病熱病平癒の力を持つ観音菩薩の神気も持つからだ。

平安時代の今昔物語にも、地蔵菩薩による平癒は記される。

一樹の訴えは、一樹自身が無事だったことから効果に乏しかった。

「我らには、毒に対応できる天狗の仙薬がある」

あまり良くない気がした一樹は、水仙に自ら危険性を説明させた。

「水仙、絡新婦と戦う際、人間側の注意点は何だ」

すると水仙は、恐ろしいことを口走った。

「自衛隊の無線機は、傍受できるよ。前に奪ったし、それが駄目なら新しいのを奪うからね」

「何だと、なぜ使える」

水仙が口にした内容に、当の自衛隊から驚愕の声が上がった。

詰問口調に対して水仙は、使役者ではない自衛隊からの問いを無視した。

一樹が義一郎に対した態度と同じであり、一樹には責める資格がない。

代わって一樹は、沙羅と同じく重ねて問うた。

「水仙、どうして無線機を使える」

「ボク達も人間の学校に行くし、捕まえた人間に使い方を教えさせるからね」

一樹は目を見張って驚いた。

日本政府は人間に有益な一部を除き、妖怪に戸籍や住民票を発行していない。

「戸籍や住民票はどうしている」

「捕まえた娘を喰えば、人化で細部までソックリに化けられるよ。後は、親の片方を捕えて人質にして、もう片方を脅すとかね」

「それでどうするのだ」

「決まっているじゃない。紛れ込めば、露見しないように食べられるからだよ。それに途中で見つかっても、同級生を喰えば化け直せるし……かく言うボクも、弘前市で中学三年生だったんだ」

長年人間に紛れてきた絡新婦の手練手管に、獲物扱いされる人間側は言葉も無かった。

「せっかく模試の成績も凄く良くて、高校も良いところに行くはずだったのに。これって、女子中学生殺人事件にならないかな」

「犯人は、お前だ」

一樹は真犯人を指差して、自身に掛けられた疑惑を晴らした。

◇◇◇◇◇◇

「作戦と編成を変更する」

水仙から情報を得たA級陰陽師の義一郎は、討伐隊を再編成した。

最優先目標は、大魔の娘である二体の母蜘蛛となる。

これらが強い子供を生み、その子供達が人間の世界に紛れ込んで、人を喰う。さらには子孫を生んでいき、被害はネズミ算式に増えていく。

確実に元を絶たなければならない。

そのように確信した義一郎は、連絡し合う母蜘蛛を逃さないために、二体同時攻撃を決断した。

一班　五鬼童義一郎（A級一名）

二班　義一郎を除く五鬼童家と春日家（B級六名、C級二名）

水仙が一番強いと話した西側が一班、残る東側が二班。

ランクが一つ上がると、一ランク下の一〇人分と言われる。

五鬼童と春日の割り振りからは、義一郎の実力に対する評価の程が窺えた。

「無線は傍受されているようだが、青森県の開発で携帯電話が繋がる。代替に使えるだろう。もっとも、この期に及んでは殲滅するだけだが」

作戦は、大天狗の子孫である五鬼童家と春日家が、空から巣に急襲する。

地上からは自衛隊が先行して、巣を包囲して同時接敵し、逃がさず駆除する。

なお一樹は、依頼主の沙羅から、一足先に依頼達成を告げられた。

「C級陰陽師の一樹さんは、索敵と戦闘支援の依頼を達成しました」

絡新婦の住処を全て特定した一樹は、索敵を完璧に果たした。

さらには親蜘蛛二体と子蜘蛛七体のうち、子蜘蛛一体を撃破している。

一樹への依頼料は、総額二〇億円のうち一〇〇〇万円で、二〇〇分の一。

それに対して仕事の貢献度は、全体の一割には達している。

これ以上活躍されると、五鬼童が下位の陰陽師を安く酷使したことになり、風聞が悪くなる。

故に一樹の仕事は、完了したと見なされた。

「依頼人として、期待を超える成果に満足しています。また機会がありましたら、よろしくお願いします」

ほかの五鬼童一族が見守る中、沙羅は依頼完了を告げた。

――俺は、一〇〇〇万円分の仕事は、熟したかな。

仕事振りを振り返った一樹は、水仙の糸に引き摺られて泥だらけになったことを思い起こした。

C級上位、すなわち強いマンティコアやグリフォン並みの力を持つ水仙だけでも、武装した自衛隊員にそれなりの殉職者を出せる。

一樹が死ななかったのは、守護護符と万病熱病平癒の力があったからだ。

故に水仙を倒して、自衛隊の殉職者を減らした一樹の働きには、明らかに一〇〇〇万円分の価値がある。

その成果は、一樹を招き入れた沙羅の功績だ。

故に一樹は、確かに仕事を果たしたと納得した。

「ご指名を頂き、ありがとうございました。また依頼がございましたら、お得意様として優遇させていただきます」

沙羅のおかげで、一樹は高校の進学費用や、陰陽師事務所の開業資金を得られた。YouTuborもやっていたが、それでは資金が足りなかった。

事務所を建てるには未だ足りないが、山姥が住んでいた一階部分を事務所として使って良いと、一樹は蒼依から伝えられている。

一樹の陰陽師事務所は、開業の目途が立った。

――沙羅には感謝している。だから沙羅の父親は、許してやらなくもない……かもしれない。

沙羅の父親である義輔は国家試験時、閻魔大王の神気が破壊したプレス機を一樹に弁償させて、借金を負わせている。

だが今回の契約では、沙羅に名義を貸した。

故に一樹は、沙羅を除く五鬼童家に対しては恩に着たり、特別扱いをしたりする考え方は持たないが、試験の借金は水に流すこととした。

「それでは行ってきます」

「ああ、気を付けてくれ」

依頼が完了した一樹は口調を戻して、攻撃に参加する沙羅を見送った。


その後、一樹は自衛隊の現地司令部に残って、取り調べに応じた。

水仙が行った諸々は、被疑者が死亡して、絡新婦も人権を持たないために、裁判は行われない。

絡新婦は駆除の対象であり、既に駆除されているので、処分自体は終わりである。

取り調べを行うのは、主に姉妹や従姉妹の情報を得るためだ。

それらが二つの巣に潜んでいなければ、潜伏している町に陰陽師と自衛隊を派遣して、駆除しなければならない。

そして被害者を死亡扱いにする。そのために水仙の情報が必要だった。

「ボクが知っているのは、青森県を拠点にする姉妹二人だけだよ。伯母さんの所の従姉妹は、芋づる式にならないように聞かないことになっていたからね」

自衛隊員と警察官は、水仙に疑わしい眼差しを向けた。

犯人の主張を頭から信じるなど、出来るはずもない。

そのため一樹は、陰陽師として説明した。

「この絡新婦は、死して霊体化した後、C級陰陽師である私の術で縛りました。使役者の私に対して、式神は嘘を言えません」

C級陰陽師は、中の上に分類される。

B級が都道府県の統括者であり、その一つ下のため、実力で考えれば相当高い。

さらには一樹が比叡山を解放した動画が世間を賑わせていたため、自衛隊員と警察官は一先ず納得した。

「それでは先ず、二人の姉妹について、教えてもらおうか」

問われた水仙は、素直に答えた。

その結果、青森県の鰺ヶ沢町に住む中学三年生と、深浦町に住む中学二年生が、妖怪の可能性が高いと判断された。

スラスラと話す水仙の態度に、取り調べを行っていた側が訝しんだほどである。

「姉妹に対する仲間意識は無いのか」

はたして、気で繋がる使役者の一樹だけに答えた水仙の思考は、想像の斜め上を行っていた。

『ボクって、悪魔の孫でしょ。ダーリンの式神として気を貰い続ければ、受肉できるA級の大魔に届くんじゃないかな。だったら、ダーリンに付くべきだし、娘が強くなるなら、お母さんも本望だと思わない？』

気を介した水仙の意思は、一樹にしか届いていない。

質問に答えなかった水仙に対して、自衛隊と青森県警は表情を観察して推察していたが、人間に化ける絡新婦に対しては無意味だった。

『絡新婦は強さに応じて、獲物の種類が変わるでしょう。ボクも大魔になれば、妖気が大きいほかの妖怪を食べるよ。ダーリンの役にも立つから、ボクのことを捨てないでねーっ』

水仙の本心は、取り調べ官に見せる殊勝な表情とは真逆だった。

人間が期待するような反省は、皆無である。

追及の言葉を続けなかった自衛隊と青森県警に対して、一樹は騙されるなと言いたかったが、取り調べが長引く未来を想像して口を噤んだ。

水仙の行為は、犠牲になった本人や、娘を失った家族には決して許せないことだろう。

だが水仙が成長して、人を喰う大鬼を食べる大魔になれば、大鬼一体を食べるだけで数百人が助かる。数百人の家族側から見れば、水仙を大魔に成長させるのは、犠牲を防ぐ正しい行為だ。

一樹自身は、水仙に喰われた少女の家族から復讐依頼を受けていない。

自身も被害を受けておらず、熟慮の結果として見逃した。

――分かり易い前例は、生駒山地に住んで人を喰っていた前鬼・後鬼だな。

現在の五鬼童家は、人を喰っていた前鬼・後鬼の子孫だ。

修験道の開祖・役小角に使役され、その後どれほどの人間を助けたのか、もはや計り知れない。

『水仙の方向性は認めるが、俺の式神である間、絶対に人間を喰うな』

『大丈夫だよ。だってダーリンから、最上級の濃厚な気を貰えるからね』

一樹から送り込まれる気は膨大で、人間を喰うよりも遥かに力を得られる。

水仙は完全に一樹側に付いており、母や姉妹の犠牲を割り切った上で、自身が大魔に成長して受肉する最適解を選んだようだった。

類する判断は、『太平百物語』（一七三二年）にも記されている。

太平百物語では孫六という者が絡新婦を殺したが、殺された絡新婦は孫六の元に現れて、娘を嫁がせようとする。そして娘も、それを望む。

すなわち絡新婦は、自身や身内が殺された恨みよりも、生物として子孫を残すことを優先する。

水仙が恨んでも無意味で、一樹にしたがって受肉するほうが遥かに建設的だ。

そんな分かり易くて強かな水仙が、率先して情報を出していったために、取り調べはスムーズに行われた。

◇◇◇◇◇◇

太陽が高く昇り、窓から溢れる陽光が肌に熱を感じさせる頃、一樹のスマホに着信があった。

電話の相手先が沙羅と表示されるのを見た一樹は、直ぐに通話を繋いだ。

「五鬼童から連絡です………賀茂一樹だ」

一樹の報告で、自衛隊と青森県警が口を噤んだ。

急に静かになったコテージ内で、一樹の耳に沙羅の声が聞こえてきた。

『急で申し訳ないのですが、追加依頼を受けていただけませんか』

絡新婦の討伐に向かった五鬼童が、帰還を待たずに連絡している。

一樹は至急であろうと想像して、手短に答えた。

「どんな依頼だ」

『……私は右手と左足を噛み裂かれて、毒を受けました。応急処置されましたが、もう動けません。東の母蜘蛛はA級下位で、二班は負けそうです。東より強い西側の一班も、負けるかもしれません。一樹さんは、どのくらい対応できますか』

悪い予想の的中に、一樹は息を呑んだ。

一樹の式神は、最も強い牛鬼でもB級上位でしかない。

Ｂ級とＡ級を隔てる壁は高く、戦って勝てる確信はない。

『絡新婦に食べられると、魂を吸収されて、共に地獄堕ちだとも聞きます。最悪の場合、遺体の一部でも回収して供養していただけましたら、とても嬉しいです。依頼料は、こちらに来ていない五鬼童一族から出させていただきますので』

地獄に堕ちると聞かされた一樹は、電話口の沙羅に誤解されないように舌打ちを堪えながら、怒りの形相を浮かべた。

地獄がどれほどの苦しみであるのかは、同じ階層の地獄か、より下層の地獄を体験した者でなければ分からない。

分かると宣う愚か者が居れば、態度次第では頬撫でを使って、実際に片鱗を体験させてやりたいとすら一樹は思う。片鱗を体験した程度では完全には分からないが、それでも「分かる」と愚かなことを軽々しく口走る真似は、出来なくなるだろう。

そして罪を犯していないにも拘わらず、本当の地獄に堕とされて苦しむなど、そんな理不尽なことは絶対にあってはならない。

だが閻魔大王の仕事振りについて、一樹は昔からまったく信用していない。信用できないに足る冤罪の実績があるのだ。

一樹は躊躇いを振り捨てて答えた。

「今すぐ助けに行き、絡新婦を撃退して、沙羅を解毒して病院に運ぶ。依頼料は高く付くからな」

基本的に陰陽師は、自分のランクより一つ下までの依頼を受ける。

互角の相手と戦えば、半々で自分が死ぬのだから、受けられるはずがない。

そのためA級陰陽師までしか存在しない日本において、A級妖怪に対する依頼は、基本的に成立しない。入念な準備をしてから、A級下位に挑むことは有り得るが、緊急依頼の場合は誰も受けないので相場すら無い。

『助けていただけましたら、延びた命で、最大限にお支払いします』

「分かった、契約成立だ。直ぐに行く」

相場が無い以上、不当に安い価格で受けたということにはならない。

『蒼依、八咫烏達を連れて、式神符も全部持ってきてくれ』

一刻の猶予もない依頼を受けた一樹は、通話を切った後、取り調べ中だった自衛隊員と青森県警に向かって叫んだ。

「東の母蜘蛛はA級下位。西の母蜘蛛は、それ以上。私の依頼主は、右手と左足を噛み裂かれて、毒を受けています。形勢不利にて、これより式神を連れて、救出に赴きます」

宣言した後、水仙を取り調べていた青森県警に依頼する。

「青森県警の方、運転できる方と、車一台を貸してください。それで私の助手を、近くの一番大きな病院に連れて行ってください。助手の気で位置を確認して、飛行できる式神を使って、依頼主を搬送します」

式神への取り調べを行うには、使役者である一樹の協力が必要だ。

陰陽師として正式に来ている一樹が現場で妖怪に対応する以上、取り調べは続けられない。

Ａ級妖怪向けの装備を持たない警察は、取り調べの手が空いたからと言って、現場に向かったりは出来ない。

故に一樹は、手が空く青森県警に依頼した。

「取り調べの続きは、病院か日を改めてください。搬送した依頼主の家族からも、状況を聞けるでしょう。車をお願いします」

「……分かった」

取り調べをしていた青森県警は、一樹の依頼に応じた。

安堵した一樹は、忙しく動き出した現地本部から外に出て、駆け付けた蒼依と合流した。

「蒼依、こちらの警部さんと一緒に、この近くで一番大きな病院に向かってくれ。蒼依の気で居場所を確認して、負傷した依頼主を運ぶ。重症者が搬送されることも病院に伝えてくれ」

「分かりました。主様、お気を付けて」

蒼依は心配そうな表情を浮かべつつも、案内役の警察と視線を交わし合った。

それを確認した一樹は、次いで式神符が入った鞄を受け取り、中から二〇〇枚もの呪力を籠めていた式神符を取り出した。

『黄竜、玄武。試験で追いかけていた、沙羅と紫苑の気に向かって飛べ。青龍、朱雀、白虎は、西で一番大きな妖気に向かえ』

「「「「クワッ」」」」

『絶対に近寄らず、遠距離から攻撃して、鳩が尽きたら帰ってこい。水仙、気で繋がる八咫烏達に、絡新婦のイメージを送れ』

「はいはい。こんな感じだよ」

水仙から一樹を介して、背中から八本の蜘蛛足を生やした白髪の女、同じく黒髪の女、そして娘達の姿が流れ込んでいった。

白髪の女は、生気を失った男の首を掴んで、薄らと笑みを浮かべている。

黒髪の女は、口角を吊り上げながら、巣に妖糸を張り巡らせていた。

思わず鳥肌が立つ、おぞましき妖気の気質が、八咫烏達に伝えられた。

伝達が終わると、一樹は有りっ丈の式神符を手にとって、呪を唱えながら空へと撒き散らした。

『臨兵闘者皆陣列前行……木より流転し無の陰、我が陽気にて生へ流転せよ。八咫烏の導きに従いて、矢の如く飛び、我が敵を悉く征討せよ。急急如律令』

ばら撒かれた二〇〇枚の式神符が、次々と鳩に変化していく。

それらの鳩達は、力強く羽ばたいて、上空に舞い上がっていった。

八〇羽と一二〇羽の二手に分かれた集団は、先行する八咫烏達の後を追い、白神山地の上空を飛翔していった。

「主様は、どうされますか」

蒼依に尋ねられた一樹は、懐から一枚の式神符を取り出した。

「これは朱墨の代わりに、俺の生き血で作った式神符だ。これで作る大鳩に乗って飛んでいく。病院への先行を頼んだ」

宣言後、莫大な神気を持つ陰陽師の呪術により、巨大な鳩が生み出された。

◇◇◇◇◇

紫苑は翼をはためかせ、ブナの原生林を縫うように飛び回っていた。

そんな紫苑の背後から、背中に四本の蜘蛛脚を生やした銀髪の少女が迫る。

紫苑は金剛杖を握り締めると、空中で身体を回転させながら木の幹に着地する。そして木を蹴った反動で、追っ手を迎え撃った。

「死ねっ！」

怒りと共に振るわれた金剛杖が、霊気を撒き散らしながら振り抜かれた。

それを銀髪の絡新婦が、ブナの木に糸を巻き付けて自身の身体を引っ張り、空中で軌道を変えて避ける。そこを鬼火が追尾したが、それも絡新婦は容易に避けた。

糸を操って跳ね回る絡新婦の動きは、天狗の俊敏さを凌いでいた。

避けた空間に張られた蜘蛛の糸を、紫苑の金剛杖が強引に振り払う。

だが完全には振り払えず、残った蜘蛛の糸が、紫苑の肌を傷つける。その糸には、妖力を変じて作られた妖毒が染み込んでいた。

毒を受けた紫苑の表情が、苦悶に歪む。

絡新婦の毒は、気と仙薬で軽減できるが、無効化までは出来ない。

互角同士の戦いで、僅かな毒の有無は、勝敗を左右する。紫苑は痺れる身体を呪力で奮い立たせて、銀髪の絡新婦に金剛杖を構えた。


銀髪の絡新婦は、水仙の姉妹達の一体だ。

水仙と同じくC級上位で、紫苑とも互角の強さを持つ。

ほかに強い絡新婦は、B級下位が一体と、母蜘蛛であるA級下位が一体。それらは、ほかの五鬼童で対応している。

B級下位である絡新婦には、同じくB級下位の五鬼童風花。

A級下位であった母蜘蛛には、B級上位である義輔、B級中位である弥生、春日一義、五鬼童義友、B級下位である春日結月の五人。

呪力や妖力は概ね互角だが、戦闘場所が絡新婦の巣で、絡新婦は毒も持つ。

戦闘は襲撃側が、形勢不利に傾きつつあった。

巣には、ほかにもD級以下の子供達が居て、自衛隊と交戦している。

自衛隊は戦果を挙げていたが、木々の合間を縫って襲い掛かる身体能力が遥かに上の敵に対して、相応の犠牲も出していた。

自衛隊の足を引っ張るのは、巣に捕らわれていた人間達だ。

巣の周囲には沢山の人骨もあって、絡新婦の巣はこの世の地獄だった。

「しぶといね」

銀髪の絡新婦が、捕食者の赤い瞳を紫苑に向けた。

「そっちがね！」

大地を蹴った紫苑は、銀髪の絡新婦に突撃した。

時間が掛かると、沙羅が死んでしまう。なにしろ絡新婦の母蜘蛛に右腕と左足を噛み裂かれ、A級下位の妖気で作られた猛毒を注がれているのだ。

沙羅が即死しなかったのは、一樹が渡した守護護符があったが故だ。

そのおかげで応急手当は行えたが、背中を見せれば襲ってくる絡新婦を撃破しない限り、後方への搬送は行えない。

西側に向かった五鬼童当主の義一郎は、A級中位だ。

だが絡新婦も東側の母蜘蛛より強い情報があって、救援は望み薄だ。


せめて紫苑だけでも勝てれば、沙羅を連れて逃げる隙が生まれる。

そのため紫苑は攻めるが、焦って放つ鬼火と振るう金剛杖は、どちらも容易く避けられた。

沙羅の状態を気にして、麻痺で痺れる紫苑の動きは、雑になっていく。

それを紫苑も自覚していたが、双子の片割れが死にかけている状況では、理屈で分かっていても焦らずにはいられなかった。

交戦する間、紫苑の身体には、次第に糸と毒が纏わり付いていった。麻痺毒が蓄積して感覚が鈍り、それで新たな毒を受ける悪循環が続く。

気が付けば紫苑は、絡新婦の糸に捕らわれた。

「ねぇ、どこから食べてほしい？」

「うっさい。黙れ、ブス、人化した胸がわざとらしくて、キモい。蜘蛛牛」

罵声を浴びせられた銀髪の絡新婦は、苛立った顔で紫苑を睨み付けた。そして背中から生やす四本の蜘蛛脚を滑らかに動かしながら、言い返す。

「両手両足を落として、蓑虫にしてあげる。その後は、どうしようか。ねぇ、されたくないことを言ってみて。捕まえた小鬼の慰み者にするのはどうかしら。なるべく醜悪なのを選んであげる」

紫苑は金剛杖を構えながら、銀髪の絡新婦を睨み返した。

対する銀髪の絡新婦は、無機質な蜘蛛の眼差しを向けながら、舐めるようにゆっくりと紫苑に歩み寄っていく。

そして背中にある四本の蜘蛛脚が、高らかに振り上がった。

刹那、直上から乱入者が飛び込んできた。

矢のように降り注いできたのは、一〇羽の鳩だった。

咄嗟に飛び退いた銀髪の絡新婦に、避けきれなかった鳩の一部が触れた。

直後、まるで石油を浴びせられて火を付けられたように、爆発的に膨れ上がった炎が絡新婦の身体を包み込んで、激しく燃え上がった。

「グギャアアアアアァッ」

絶叫した銀髪の絡新婦は、纏わり付いた炎を振り払おうと激しく動く。

だが鳩の炎は、呪力から変じて生み出されたものだ。

物理的な炎とは異なり、浴びせられた気が消えない限り、炎も消滅しない。

燃え上がった炎が、絡新婦の身体を焼き払い、動きを鈍らせる。

その間、先程は避けられた鳩が次々と急旋回して、銀髪の絡新婦に触れては、新たな爆炎を生み出していった。

銀髪の絡新婦は膝を突き、燃え上がる身体を眺めながら、崩れ落ちていった。


鳩達が襲い掛かった絡新婦は、銀髪の個体だけではなかった。

一五羽がB級下位の個体に、五五羽がA級下位の母蜘蛛に向かう。そして西の母蜘蛛と娘達には、一二〇羽の鳩が飛んで行った。

一樹の鳩達は、母蜘蛛を殲滅できるほどの物量ではない。

C級下位の鳩とA級下位の絡新婦では、呪力量が百倍差もある。だが、五五羽で五割五分を削ったならば、五鬼童や春日と戦っていた絡新婦には大打撃となる。

さらに東の母蜘蛛に対する一樹の追撃は、鳩の式神だけに留まらなかった。

炎が降った場所の上空には、巨大な鳩が姿を現していた。

『鳴弦』

上空から弦が鳴らされて、戦場に広く響き渡った。

途端に地獄のようだった殺し合いの場に、本当の地獄が現れる。

絡新婦達の足元から亡者の青白い手が無数に湧き出して、崩れ落ちた絡新婦の死体を掴み、鳩の式神に耐えた母蜘蛛の手足や身体にも纏わり付いたのだ。

「グギャアアアアッ⁉」

焼けただれた身体を無数の亡者に掴まれた母体が、痛みと不快さから振り解こうと暴れた。

『伊邪那美ノ祓』

それは天地を貫く、天沼矛の神気を帯びた矢だった。

天空から伸びた鋭い矢が、亡者達に纏わり付かれて動けなくなった母蜘蛛の身体を鋭く貫いた。

「ギャアアアアアッ」

身体を焼かれ、押さえ付けられ、穿たれ、三重苦に藻掻き苦しむ母蜘蛛に追い打ちが掛かる。

「牛太郎、必ず殺せぇっ！」

巨大な鳩の影から棍棒を構えた牛鬼が現れて、力強い雄叫びを上げながら突進を始めた。

B級上位である牛鬼の力は、A級下位である絡新婦の母蜘蛛の四割。

だが母蜘蛛は、五鬼童や春日と交戦した後、鳩達に五割五分を削られている。

さらに地獄の亡者達が押さえ付け、蒼依の力を借りた一樹の矢が痛撃した。

もはや力関係が逆転している牛鬼の巨大な棍棒が、動けない母蜘蛛の身体を激しく打ち据えた。


他方、突入した一樹は、巨大な鳩から飛び降りて沙羅に駆け寄った。

そして噛み裂かれた右腕と左足から入った毒を見て、沙羅に告げる。

「これから地蔵菩薩の修法を用いて、毒を打ち消す。俺の気を体内に直接送るしか、助ける手段が無い。人工呼吸と思ってくれ」

意識が朦朧としている沙羅が、ほんの僅かに頷いた。

一樹は無心となって、真言を唱え始める。


『オン・カカカ・ビサンマエイ・ソワカ』

(願い奉ります、地蔵菩薩様、地蔵菩薩様、地蔵菩薩様、あなたを讃え敬い、成就を縋ります)


無心で唱え続けた一樹は、万病熱病平癒の気を練ると、口付けで沙羅に神気を送り込んだ。

「ん……ふぅ……」

一樹の神気が、毒に蝕まれた沙羅の身体に流れ込んでいく。

やがて大量の神気を送り込んだ一樹は、そっと唇を離した。

「水仙、糸で俺と沙羅の身体を結び付けろ。大鳩に乗せて、病院に運び込む」

「はいはい。それとママッ、ボクはダーリンに付いたから。ママを倒すくらい強い人だから、ママも本望だよね。だから化けて出ないでねーっ！」

暴れる牛鬼と、娘の毒を残して、一樹は焼け落ちた巣から飛び去った。

第七話　賀茂一樹陰陽師事務所

「地獄へ道連れにされなかったのは、幸いでした」

絡新婦の巣を襲撃してから、三日が経った。

大学附属病院に運ばれた沙羅は、右手の肘から先と、左足の膝から先を失ったものの、一命は取り留めた。

普通の人間であれば死んでいただろうが、沙羅は鬼神と大天狗の子孫だ。

一樹が与えた莫大な神気を取り込んで、生命力に変えられた結果として、命を繋ぐことが出来た。

「片手と片足が残っただけでも、良かったと思いたいです」

右手と左足は、A級下位の妖力を持つ絡新婦の妖毒に侵されていた。

絡新婦が妖力を変じて作る神経毒は、獲物を麻痺させたり、殺したりする効果がある。その毒は、妖力が強いほど毒の効果が高くて、獲物は呪力が低いほど抵抗できない。

A級下位の絡新婦が生み出す毒の力は、五鬼童が持ち込んだ仙薬の効果を上回り、C級上位だった沙羅の抵抗力を軽々と突破して、右手と左足を侵食した。

一樹が到着して解毒した時点で、既に切断は不可避だった。

右手と左足の欠損について、沙羅はもっと悪い状況を想像して、それよりはマシだと考えようとしていた。

両手を失うだとか、脊椎を損傷して身体が動かなくなるだとか、地獄に堕ちるだとかに比べればマシだと考えて、心を保とうとしていた。

決して割り切ったり、受け入れたりは出来ていない。

一五歳の少女にとっては、あまりに過酷な状態だろう。

一五歳未満には陰陽師の資格を与えない協会の方針について、一樹は正しさを痛感した。もう少し幼ければ、沙羅のように考えることすら出来ないだろう。

返す言葉に悩んだ一樹は、一先ず現状の沙羅を肯定した。

「身体の状態について色々考えるだろうが、それでも沙羅は俺の役に立つ。俺が作る陰陽師事務所の事務員とか、色々と考えている。俺には秘密があるから、金を積まれても絶対に裏切らない人間が欲しいと思っていた」

五鬼童は、役行者との約束を一三〇〇年以上も守り続けてきた一族だ。

そんな五鬼童家の沙羅は、『助けていただけましたら、延びた命で、最大限にお支払いします』

と、一樹に約束している。

一樹の莫大な力は、傍に居れば居るほど違和感を覚える類いだが、今の沙羅であれば死んでも口を割らないだろう。

「延びた分の命で、A級妖怪から救出した依頼料を払ってくれる話だったよな。だったら残りの人生は、俺が貰えるはずだ。高校に入れば事務所を作るから、俺を手伝ってくれ」

一樹が同情で口にしていることは、精神的に参っている沙羅にも理解できた。

五体満足であれば、延命分で納得できるだけの貢献を行えた。だが利き腕と片足を失っては、陰陽師に期待される仕事で貢献できない。

陰陽師の知識が必要な電話番などは、国家試験に落ちるレベルでも、慣れれば出来るだろう。会計などの事務仕事であれば、両手がある一般人のほうが有利なはずだ。

故に沙羅は、自身が手伝うどころか、一樹の足手纏いになる不安を抱いた。

「最大限のお支払いはしますが、一樹さんの事務所の事務仕事でA級の緊急依頼料を支払えるほど貢献できるとは思えません。ですが、ご連絡せずに勝手に死ぬことは無いとお約束します」

つまり連絡してから命を絶つことは、否定していないわけだ。

巨大な負の感情に囚われる沙羅に、一樹は思わず溜息を吐いた。

「分かった。それなら内心を二つ話す。それで納得できるか試してくれ」

「お伺いします。寝ているしか出来ないので、時間だけは有りますから」

一樹は沙羅を死なせないために、渋々と、立派ならざる言葉を口にした。

「俺は陰陽師の仕事で稼げるようになったから、身に余る大金は求めていない。それよりも、同学年の可愛い女の子が恩を返してくれることに期待している。ぜひ払ってくれ、というのが一つ」

一つ目の吐露に対して、沙羅は軽蔑も失望もせず、むしろ失った手足を残念そうに眺めてから尋ねた。

「お役に立てれば良いのですけれど。それで、二つ目は何でしょうか」

やはり根本的な解決を要する。

一樹は沙羅が命を絶たないように、可能性を示した。

「もう一つ、俺は式神使いだ。怪我を治せそうな妖怪を探して、使役する。今のうちに沙羅を先物買いして、式神で治療して、後で得をしたいと企んでいる。以上だ」

一樹が説明を終えると、言葉の意味を反芻した沙羅が、恐る恐る口を開く。

「そんな妖怪、いましたっけ」


人体の治癒は、とても難しい。

西洋では『天使ラジエルの書』に治癒護符の作り方が記されており、日本では『休息万命急急如律令』と書かれた御札などには咳止めの効果があるが、人体の再生は出来ない。

カラドリオスという神鳥は多少の病を治せるが、傷に関しては不可能だ。

だが一樹には、アテがあった。

「ダメ元で、試してみても良いだろう。失敗しても、うちの事務所で引き取る計画に変更はない。

「それで、どうだ。限定一品限りの沙羅は、俺に売ってもらえるか」

今の沙羅が五鬼童に残っても、動ける双子の紫苑を見て辛い思いをするだけだ。それならば一樹の事務所で引き取ったほうが良い。

恩義を返すという目的意識を持てるし、誰かに必要だと求められたのならば、自分の存在意義を肯定できる。

はたして沙羅は、少し間を置いてから答えた。

「今のところ商品に欠損がありますけれど、それでもよろしければ、お売りするに吝かではございません。生憎と取扱説明書が無いので、その都度ご説明になりますが、それでもよろしいでしょうか」

「それで良い。買った」

「それでは、お売りしますね。お買い上げ、ありがとうございます。父と母に説明しますので、何日かお時間を下さい。父も入院していますし、お互いに動けないですから」


今回の作戦では、沢山の死傷者が出ている。

討伐目標と定めた母蜘蛛二体と、子蜘蛛六体を討伐して、依頼には成功した。

それと引き替えに受けた陰陽師の被害は、大元の依頼受託者である春日弥生と、春日家長男の一義が、陰陽師を引退するレベルの後遺症を負っている。

沙羅の父である義輔も、ランクが下がる後遺症こそ負わなかったものの、現在も重傷で入院中だ。

そのほかは中程度以下の負傷で、参加した陰陽師は大打撃を受けている。

一樹が参戦しなければ、東側は全滅していた。

西側は義一郎だけであれば逃げ切れたが、自衛隊は壊滅していただろう。

結論として、今回の依頼は見積もり間違いで、報酬に全く見合わなかった。

依頼料を二〇億円にしたのは、春日家の大失態である。

結果から算出するのであれば、金額は一桁上にして、複数のA級陰陽師を投入すべきだった。現場で総指揮を執ったのは五鬼童当主であり、春日家だけに責を負わせる話でもないが。

「回復できる妖怪を捕まえてくる」

「はい、行ってらっしゃいませ」

一樹が受けた追加依頼は、沙羅を助けることである。

現状で「助けた」と称すには微妙であり、一樹は仕事の完遂を目指した。

◇◇◇◇◇

「鎌鼬《かまいたち》なら、怪我を治せるはずだ」

仕事の完遂として沙羅を治すべく一樹が選んだ妖怪は、鎌鼬だった。

鎌鼬とは、日本のほかに中国でも翼の生えた虎の姿で現れる妖怪である。

凶悪性は千差万別で、一番恐ろしいのは中国で四凶に数えられる窮奇《きゅうき》、次いで狂暴なのは新潟県の弥彦山と国上山の境にある黒坂の鎌鼬だろう。

関東、東海、関西、四国などでも鎌鼬の伝承は様々にあって、いずれも人を襲う存在である。

だが美濃や飛騨の山間部では、一風変わった鎌鼬が出る。

岐阜県に出る鎌鼬は、三柱の神だとされている。


日本には八百万の神が居て、物にまで付喪神が宿る。

力は千差万別で、日本の鎌鼬は、神と讃える程の戦闘力は持たない神だと考えられている。ただし鎌鼬は、戦闘力ではなく特性に、特筆すべき点がある。

岐阜県の鎌鼬は、一柱目が相手を転ばせ、二柱目が相手を斬り付け、三柱目が傷を治癒する。その中でも三柱目の治癒は非常に強く、二柱目の傷を癒やして痛みを消し、血も止める。

治癒できる鎌鼬が欲しかった一樹は、岐阜県で確認された鎌鼬の発生場所をインターネットで調べて、丹生川ダム上流の天端まで赴いた。


「そろそろかな」

インターネットが無い時代であれば、地道に探し歩くしか無かった。

だが現代では、ネットを使える数千万人が調査員のようなものだ。

一樹は情報が集中する地点で、鎌鼬が出るまで、幾度も右岸と左岸を往復し続けた。そして習性を把握されているとは知らない鎌鼬は、ノコノコとやってきた獲物に対して、簡単に釣られた。

「どわぁっ!?」

一樹は突然足を打たれて、声を上げて転ばされた……振りをした。

さらに転んだところを斬り裂かれて、左上腕から真っ赤な鮮血が噴き出す。

痛みに顔を歪ませた一樹は、三神目の鎌鼬が薬を塗ろうと近付いたところを、絡新婦の妖糸が纏わりついた右手で手掴みした。

「おまえだっ！」

三柱目の鎌鼬は神薬をぶちまけながら、一樹に捕まって暴れはじめた。

すると一樹を転ばせた上の兄神と、斬った下の弟神が怒り、戻って威嚇した。

「「キッキッキッ！」」

何を言っているのか全く分からないが、おそらくは離せと訴えているのだろう。

もちろん離す気など無い一樹は、威嚇する兄神と弟神に向かって、あからさまな挑発を行った。

「鎌鼬、めかかう」（かまいたち、あっかんべー）

舌を出した一樹は、さらに白目を剥いて馬鹿っぽい表情を作った。

舌を出すのと同時に首も動かして、舌をベロベロと振って見せる。さらに妹神を右手で掴みながら、軽くステップして、その場で小躍りした。

「めっかっかー、めっかっかー」

一樹は謎の呪文を唱えながら、妹神を掴んで不思議な踊りを始めた。

すると虚仮《こけ》にされた二柱は憤慨して、一樹に向かって襲い掛かってきた。

「「キュキュキュキュキュッ！」」

頭に血が上った鎌鼬達は、再び一樹を転ばせて、斬り付けようとした。

そして一樹に肉薄した刹那、足元の影から投げ付けられた妖糸の網に、突っ込んだ身体が絡め取られた。

鎌鼬に絡み付いていく妖糸には、一樹から莫大な呪力が送られている。

一樹が抱え込んだ妹神を含めた三柱は、止め処なく生み出される妖糸に、絡み取られていった。

「はいはい、ごめんね」

妖糸を投げ付けたのは、一樹が使役する水仙だ。水仙の力はB級下位で、鎌鼬は一柱がC級上位だ。三柱では水仙を上回るが、水仙は一樹から莫大な気を送られている。

雁字搦めにされた三柱を引き寄せた一樹は、伏せていた陣を起こして、使役を試みた。

『臨兵闘者皆陣列前行。天地間在りて、万物陰陽を形成す。我は陰陽の理に則り、神たる汝ら三体を陰陽の陰と為し、我が気を対の陽とする契約を結ばん。然らば汝ら、この理に従いて我が式神と成れ。急急如律令』

陰陽道系の式神術は、鬼神・神霊を呪力と術で使役する。

すなわち神たる鎌鼬は、式神術によって使役できる対象となる。

普通の人間であれば呪力が足りないが、一樹には莫大な陽気と、地蔵菩薩の神気がある。そして神たる鎌鼬に神気を与えられるのだから、神性を損なわずに使役できる。

一樹は神気を送りながら、手元の鎌鼬に呼び掛け続けた。

『お前達が捕まったのは、いきなり殴り付けて、斬り付けたからだ。攻撃すれば、反撃されるのは当然だ。世の理、自然の摂理に従い、我に降れ』

妹神だけは、全く悪くない。

不良な兄神達の後ろを付いて行き、兄神達が怪我をさせた相手の手当てをして回っているだけだ。人語を話せれば、謝罪の言葉すら口にしたに違いない。

だが一樹は、その点を意図的に無視した。

一樹と縛られた鎌鼬三柱との攻防は、およそ一刻も続けられた。

最初に諦めたのは、三柱で唯一悪くない妹神だった。妹神が一樹に降ったことで、一樹には鎌鼬の言葉が伝わってきた。

『だから悪いことをしたら駄目だって、言っていたでしょう。いつも、いつも、いつも、あたしが傷を治して来たけれど、今日こそは、本当に怒ったんだから。これ以上は、絶対に付き合えないから、早く式神に降って！』

妹神は、兄神達に対する説得に加わっているらしかった。

『力を試したかった。反省はしていないが、負けたからには従ってやろう』

『鎌が有れば、使うだろう。俺も悪くない。使役させてやるから斬らせろ』

『いいから、早く、こっちに来て！』

二柱の容疑者達は、警察が発表出来なさそうな、反省が皆無の主張を述べた。その後、妹神に厳しい口調で指示されて、渋々と一樹の影に入って来た。

それを見届けた妹神は、兄神達に呆れた眼差しを向けた後、二柱を追いかけて一樹の影に入っていった。


鎌鼬は一柱目が転ばせて、二柱目が斬って、三柱目が治す。

一樹は使役によってB級下位に上がった三柱に神気を継ぎ足し、神転《しんてん》、神斬《しんざん》、神治《しんち》と、役割に応じた名前も付けて、神気と命名によって効果上昇を図った。

その後は八咫烏達に小鬼を捕まえて来させ、水仙に切断させて、鎌鼬に治癒させる実験を何度も繰り返した。

これは決して遊びではなく、沙羅を確実に治療するために不可避の行為だった。鬼を使ったのは、沙羅が鬼神の血も引くからである。

その後は、一樹自身の身体を使って実験した。

神である鎌鼬を使役して再生する人間などおらず、小鬼で試したから斬り落として再生させると言っても、沙羅は恐怖を感じるだろう。

一樹も自身のことであれば構わないと考えても、蒼依に行うと聞かされれば、頭から信じたりは出来ない。であれば一樹と同様に、五鬼童家も受け入れがたいに違いない。

だが治療すると言っている人間が、自分の身体を斬って再生してみせればどうだろうか。

術者が、絶対に成功する確信を以て行っている証明になる。

一樹自身、成功すると確信しなければやる気はないし、であれば自分で実験するのは不可避だ。大焦熱地獄を経験している一樹は、痛みに対する感情など振り切れている。それに水仙が麻痺毒を使えるために、痛みを消すことも出来る。だが痛くなくても、失敗して手が無くなっては活動に困るため、最初は小指の腹だけを斬らせて神治に再生させた。

「……キュイ」

神治は心配そうな顔をしながら、丁寧に指を治してくれた。

指の肉は、しっかりと再生した。

「大丈夫そうだな。次は骨を含めて試すが……水仙、俺の肉を食ってみろ」

斬り落とされた身体の一部を指し示した一樹に対して、水仙は怪訝な表情を浮かべた。

「別に良いけど、どうしてかな」

意図を問う水仙に対して、一樹は説明せずに目線で行動を促す。

水仙は渋々と一樹の肉を口にした。

そして身体に生じた変化に対して、驚愕に目を見開いた。

「………何、コレ」

一樹の知覚では、肉を食べた水仙の力が多少上がった。

修行していても、少しずつ上がる力の上昇を知覚したりはしない。それが一樹の肉を食べただけで、僅かなりとも上がったことが明確に感じられたのだ。

「俺の肉を食べれば妖怪が強くなるのは、事実だったらしいな」

一樹は、輪廻転生前に閻魔大王から告げられた『お前に染みついた穢れは、魔性の存在や妖怪変化を強大化させるが故に、穢れに気付いた者達からは狙われる』との言葉について、これまで注意して生きてきた。

穢れは陽気で抑えられているが、妖怪には一口も喰われないように立ち回っていた。

そして絶対服従の式神を得て、A級に至ってもほかの妖怪を食べると約した水仙を使い、本当に強化されるのかを試したのだ。

「水仙、お前がしっかりと働いて、俺を守り切れば、いつかお前をA級に至らせてやる。理想は、お前が前鬼・後鬼のような存在になることだ。役小角も、賀茂の一族だったしな」

一樹が告げると、水仙は捕食者の瞳を向けながら一樹に答えた。

「働きを求めるなら、報酬が必要だよ。ボクは、報酬に釣り合う分の仕事はしても良いよ」

「良いだろう。お前が釣り合うと思う仕事をしろ」

「交渉成立だね。ボクのご主人様」

納得した水仙は、一樹に対して巫山戯《ふざけ》た口調のダーリンではなく、明確に主人と呼んだ。

◇◇◇◇◇◇

一樹が沙羅の入院する病院を再訪問したのは、鎌鼬達の使役から一週間後だった。

一樹は五鬼童当主の義一郎に依頼して、病院の敷地外にトラックを駐車させ、そこに沙羅を車椅子で運び込んでもらった。

立会人は、義一郎と沙羅の両親である。

「失敗したらどうなる」

自らも重傷を負う義輔が、同じく車椅子から質した。

手足を失って自殺を選びかねなかった娘に対して、さらに手足を斬るのだから、一樹が失敗した場合を懸念するのは当然だ。

予想していた質問に対して、一樹は自らの左手を義輔に見せて答えた。

「水仙、俺の小指を斬れ。鎌鼬、その後に治せ」

「はいはい、麻痺毒を塗りまーす。抵抗を弱めてね」

一樹が強張った表情で指示すると、一樹の影から現れた水仙が小指に触れて麻痺毒を塗り、その後に妖糸を巻き付けて、一樹の指を中節骨から切断した。

歯医者で、麻酔を打たれた後に歯を削られたような痛みが響く。神気によって、一樹は麻痺の効きが悪かったのだ。それを殆ど顔に出さずに耐えた直後、三柱の鎌鼬が現れた。

そして直ぐさま一樹を倒し、斬られた左手の小指をさらに深い基節骨から斬り落として、莫大な神気を変換して生み出した神薬を塗りつけた。すると一樹の斬られた左小指が、鎌鼬に送られる神気と神薬で再生した。

溜息を吐くと、一樹は斬られた小指を回収した水仙に告げた。

「しっかりやれよ」

「もちろんボクの最善を尽くすよ」

小指を飲み込む水仙を見届けた一樹は、義輔に説明した。

「このように、自分の身を使って証明するくらいには、治せる確信があります。ですが治療を先送りすると、気の巡りが右手と左足の欠損で定着して、治せなくなります。そして私と沙羅さんは、治療内容で合意しています」

一樹から言外に「邪魔するな」と告げられた義輔は、沙羅の瞳に宿る意思を確認した後、念を押した。

「失敗したとき、お前が一生の責任を取るならやれ」

これで「失敗するかも知れない」と不安を見せるのであれば、改めて質さなければならない。険しい表情を浮かべた義輔に対して、一樹はハッキリと言い返した。

「分かりました。それでは治療しますので、以降は口出し無用に願います」

五鬼童一族が注視する中、一樹は水仙に指示を出して、沙羅の右手と左足に麻痺毒を塗り始めた。

次いで一樹は、三人の大人に依頼する。

「治療で回復するには、大量の特別な気が必要になります。これから沙羅さんに俺の気を送るのですが、その間だけ、後ろを向いてもらえませんか」

「なぜだ」

僅かに逡巡した一樹は、ハッキリと口にした。

「人工呼吸みたいなことをしますので」

車椅子に乗る義輔が、思わず呻った。すると沙羅と、沙羅の母親が、同時に義輔を睨み返した。

さらに義一郎も加勢して、義輔の肩に手を置いて押さえ込む。

「治療として明確な必要があり、お前は責任を取るならやれと言い、彼も応じた。ならばお前は、黙って後ろを向いていろ」

眉を吊り上げ、眉間に皺を寄せる義輔は、苛立ちながらも押し黙った。

大人達が後ろを向いたのを確認した一樹は、沙羅に顔を近づける。

沙羅は一樹に微笑み、静かに目を瞑った。

◇◇◇◇◇

夏に大金を稼いだ一樹は、陰陽師としての活動を休止した。

中学三年生の二学期に入り、受験が差し迫ってきたためである。

『式神使いが式神を使うのは、自身が持つ力の内だ』

その様に一樹が考えたのは、式神化した絡新婦の霊体である水仙の学力が、想像以上に高かったからだ。

水仙に学力テストを受けさせたところ、全教科の平均が九九点を超えた。

『英語九八点、数学一〇〇点、国語九八点、理科一〇〇点、社会一〇〇点』

普段の平均点から掛け離れた一樹は、もちろんカンニングを疑われた。

だが一樹だけが個別に受けさせられた再テストで、やはり同等の点数を取った結果、無罪放免となっている。

死んで霊体化している水仙は、呪力を用いて顕現しなければ姿が現れない。

教師には見えない水仙を使役する一樹は、自身の成績が水仙の学力と連動するようになった。

日本の法律では、式神が何らかの損害を出せば、術者が賠償責任を負う。

式神使いが式神を使う場合、式神が起こす事象の全てが、式神使いの力とみなされる。故に式神の水仙に試験問題を解かせても、式神使いである一樹の力で解いたことになる。

一樹は強引に、水仙に試験問題を解かせるのは自分の力とした。


なぜ絡新婦の知能は、人間よりも高いのか。

それは愚かな絡新婦が、自然淘汰されてきたからだと考えられる。

人化して人間社会に紛れ込み、捕食と繁殖を続けてきた絡新婦達は、人より賢くなければ発見されて、殺されてきた。

人が見分けられないほど優れた人化の術と、人間社会に溶け込む知能を持った個体のみが子孫を残してきた結果として、絡新婦は人間よりも賢くなったのだ。

優れた血統と知能を持つ水仙は、かつて自称したとおり成績が良かった。一樹が教科書や問題集を渡して勉強させたところ、学力はさらに向上した。

そして式神の水仙を引き連れた一樹は、花咲高校の受験に臨んだ。

『問六の答えは、三番だよ』

霊体の水仙が問題を解いて、呪力の繋がる一樹に答えを教えた。

マークシート式の答案用紙が丁寧に埋められる間、さらに次の問題を解いた水仙が、新たな解答を告げる。

『問七の答えは、二番』

自身の学力で受験したほうが、その後の高校生活は楽だろう。

だが成績の良い蒼依は、式神であるが故に、一樹と同じ高校に進学する。蒼依に不利益を与えないために、一樹は水仙を用いる決断を下したのだ。

受験した花咲学園高等学校は、「枯れ木に花を咲かせましょう」で有名な『花咲か爺さん』の子孫である旧花咲財閥の経営者が、社会貢献目的で建てた高校だ。

花咲家は代々の犬神使いで、現当主はA級陰陽師でもある。

豊富な資金力で作られた花咲学園には、大学もある。高校と大学が同じ敷地内に併設されており、施設や活動の一部は共有される。

大学の施設を使えるため、高校生に与えられる教育環境は、国内最高峰。

花咲大学への内部進学も可能であるため、近隣の偏差値が高い中学生には、私立の花咲高校と公立高校とを併願して、受かれば花咲高校に入学する者も多い。

『問八の答えは、一番』

水仙の伝達は、同じく式神で、一樹と呪力で繋がる蒼依にも届いている。

花咲高校は、成績順でクラスが分かれてしまう。そのため蒼依と同じクラスになるべく、一樹は成績を揃えようと考えた。

一樹は『式神使いが式神を使うのは、自身が持つ力の内だ』と開き直った。

そして水仙に問題を解かせて、同じく式神の蒼依にも伝えさせ、高校受験を乗り切った。

◇◇◇◇◇◇

「一樹さん、蒼依さん、合格おめでとうございます」

二月中旬、ウェブサイトで合格発表があり、一樹と蒼依は花咲高校に受かった。

第一志望であったため、公立高校の出願は行わずに高校受験は終了となる。卒業式以外では中学校に行かなくて良いため、一樹は一足早い春休みに突入した。

そしてTwittorで高校合格と、陰陽師の活動再開の報告を載せて、賀茂一樹陰陽師事務所の立ち上げも報告したところ、翌日には沙羅が来た。

蒼依の家は、一階部分を一樹が事務所として借り受けている。

蒼依の家は二世帯住宅で、二階には蒼依と両親が住み、一階には蒼依の両親を殺した祖母の山姥が住んでいた。

一階は嫌いだが、二階には両親との思い出があるため、家は捨てられない。

そのため祖母から解放してくれて、人間としての道も示してくれた一樹が一階を塗り替えてくれるのであれば、蒼依にとっては歓迎する話だった。

蒼依は一樹に対して、一階は自由に変えてほしいと伝えた。そして蒼依の心情に鑑みた一樹も、施工業者に依頼して、敢えて大きく改装した。

そんな事務所の応接間に沙羅を通したところ、蒼依に菓子折を渡した沙羅は、花咲高校の受験番号を見せて報告した。

「私も花咲高校の進学コースに受かりましたので、高校からはご一緒できます。事務所をお手伝いしますので、よろしくお願いします」

椅子から立ち上がった沙羅は、一樹と蒼依に向かって深くお辞儀をした。

沙羅に受験先や受験番号を伝えたのは、一樹自身だ。

高校に入ったら事務所を開所して、沙羅に手伝ってもらうと告げていたため、予定を伝えたのだ。

すると沙羅も当然のように、花咲高校を受験した。

事務所に人を雇うことについて、蒼依は特に反対していない。

沙羅は国家資格を持つ陰陽師で、知識もコネもある。天狗の翼で空も飛べる。

いざというとき、一樹を抱えて飛んで逃げられる可能性があるのだ。

一樹が女性を雇うことに、蒼依は嫉妬が皆無なわけではない。

だが危険な仕事をする一樹は、沙羅が居なくて命を落とす可能性もある。そんなことになれば生きていられないため、蒼依は沙羅を受け入れた。

「こちらこそ、よろしく頼む。成績順でクラスが分かれるそうだが、沙羅なら、水仙を使った俺と同じクラスになりそうだな」

一三〇〇年以上も続く陰陽大家の五鬼童家は、少なからぬ資産を持つ。

B級陰陽師に対するC級妖怪の調伏は、相場が一億円にもなる。

先だっては失敗したが、普段の五鬼童は分家でも億単位を楽に稼げるため、教科ごとの家庭教師を雇うのは造作もない話だ。花咲高校は田舎で、ほかの都道府県から高成績者が押し寄せるわけでもない。沙羅にとって花咲高校の受験は、難関では無かった。

高校で同じクラスになる光景を想像した沙羅は、はにかんだ。

「それで蒼依さんにご相談なのですが、家賃をお支払いしますので、一樹さんが事務所として使う一階の客室の一つに、所員の私を住み込みさせていただけませんでしょうか」

「どうして、そうなるのですか?」

沙羅に請われた蒼依は固まり、間を置いて質した。

両親を殺した山姥の住処であった一階は、一樹の事務所として、本当に好きにしてくれて良いと考えていた。

一樹が一階で蕎麦屋を始めるのであれば、蒼依は苦笑しながらも、従業員として接客を手伝うだろう。だが沙羅が住み込みをする話には、蒼依は頷けなかった。

「恩義を返すために、なるべくお側に居たいと思いまして」

「助けられた五鬼童家全体で、依頼料を支払えば良いのではありませんか」

家主の蒼依は許可を出さず、五鬼童家で報酬を支払う対案を提示した。

それに対して沙羅は、勿論引き下がらない。

「依頼人は私個人でしたから、五鬼童家は関係ありません。近くに賃貸マンションでもあれば良いのですが、山と民家ばかりで……事務所に住み込みをさせていただけたら助かります」

沙羅が主張するとおり、追加依頼を行ったのは沙羅個人で間違いない。

ほかの五鬼童家や春日家とは契約を結んでおらず、一樹が報酬を要求する権利は無い。契約していないのに料金を取るのは、おかしな話だ。

もちろん沙羅が要求すれば、五鬼童と春日は直ぐに報酬を払うだろう。

援護が無くとも逃げられた義一郎は別として、東側を攻めた沙羅を除く七名は、沙羅の追加依頼で命を救われている。

そんな沙羅であればこそ、一族に対して無理を押し通せる。

沙羅が五鬼童の陰陽師でありながら、一樹のところへ来られた所以だ。

頷かない蒼依に対して、沙羅は思い切った提案を行った。

「住み込みで恩義を返せないのでしたら、不足分は別の返し方にしましょうか」

「別の返し方って、何ですか」

条件付きで引いて見せた沙羅に対して、蒼依は訝しみながら尋ねた。

「一樹さんは、『俺は身に余る大金は求めていない。それよりも、同学年の可愛い女の子が恩を返してくれることに期待している。ぜひ払ってくれ』と仰られました。私は、そちらでも大丈夫ですよ」

沙羅が上目遣いで微笑み、襟元に右手を添える。

すると蒼依は椅子から立ち上がり、山姥を彷彿とさせる般若の笑顔で答えた。

「人助けで励ますために、所員として誘ったって聞きました。沙羅さんは、一階の客室にどうぞ。事務所で沢山働いて、恩を返してください。わたしと主様は、二人で二階に住みます。二階は立ち入り禁止ですっ！」

「はい、ありがとうございます」

上下関係は、水仙のときとは異なり、明確には定まらなかった。

蒼依に笑み返した沙羅の足元で、猫太郎が大きなあくびをする。

かくして賀茂一樹陰陽師事務所は、従業員二名と共に始動したのであった。

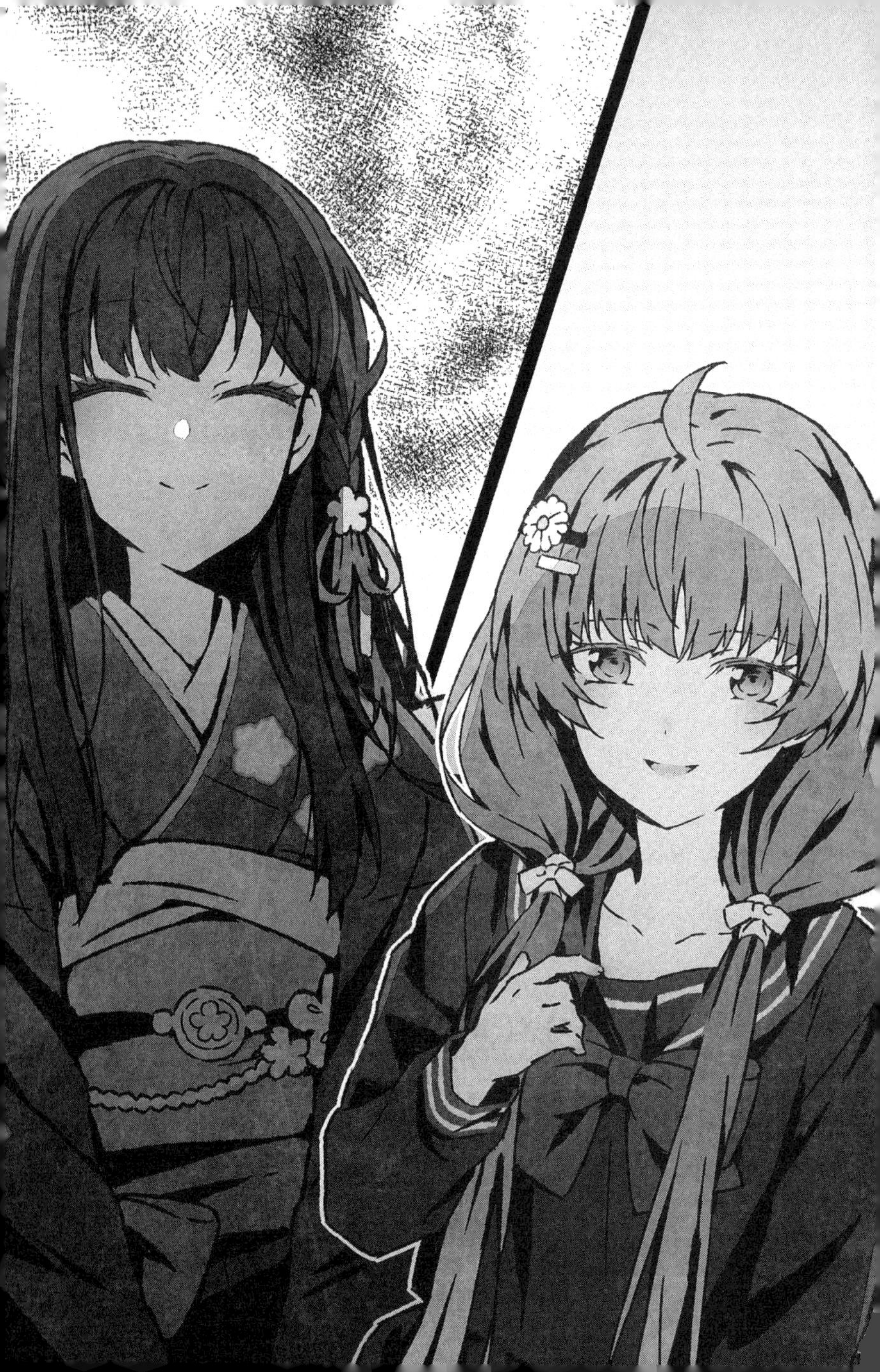

書き下ろし番外編

借屍還魂

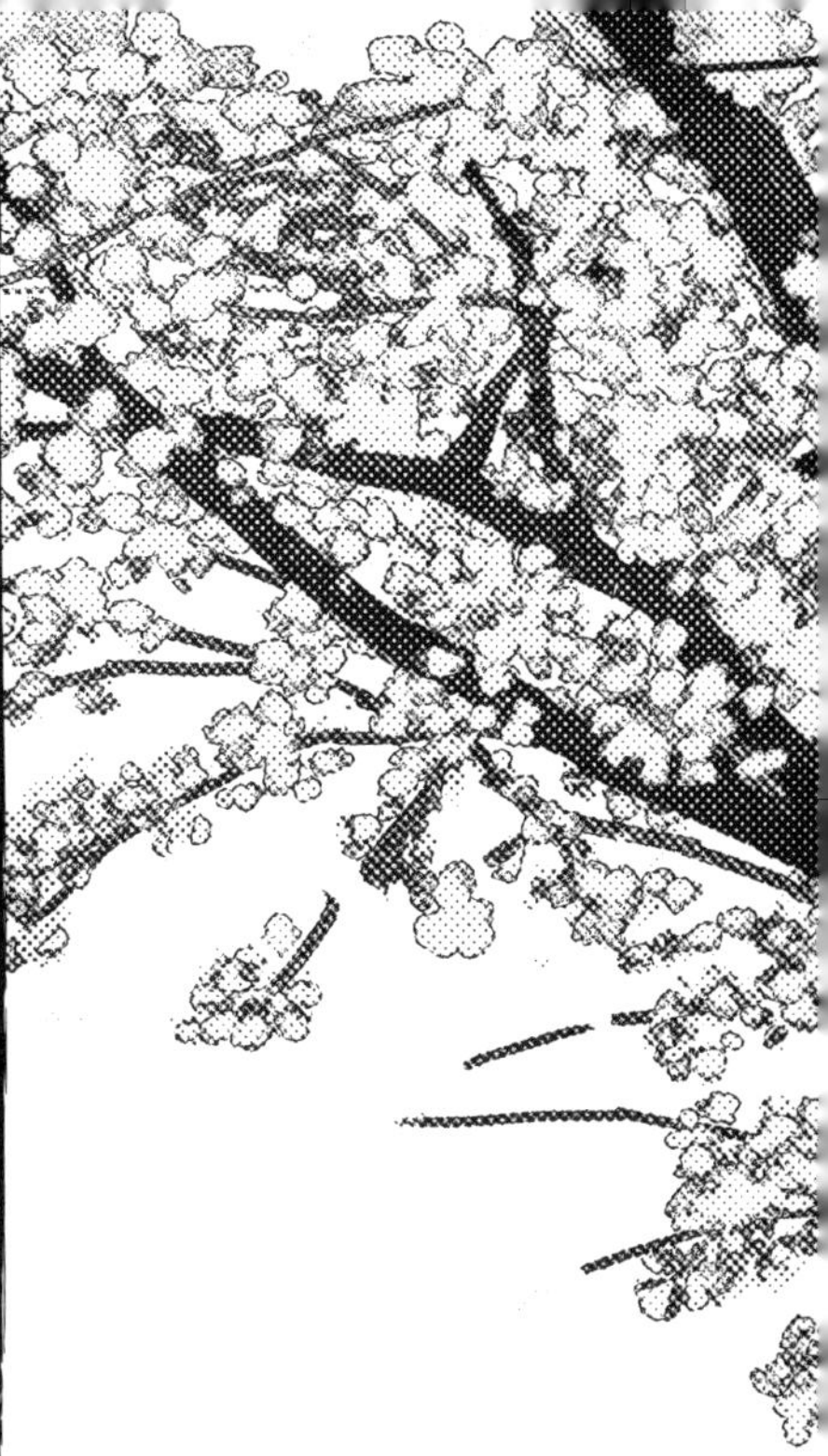

てんせいおんみょうじ・
かもいつき

『Ｂ級昇格、おめでとうございます！』

絡新婦の妖怪調伏から三ヵ月後、一樹はＢ級陰陽師に昇格した。陰陽師協会から連絡があった日に沙羅からも祝福のメールが届いて、ようやく一樹は昇格を確信した。

県内外の自治体の首長、様々な団体の代表からも、協会経由で沢山の祝電が届き、世間の上級陰陽師に対する扱いも知れた。

Ｂ級の定数は六四人で、都道府県の統括者が四七人、残る一七人は大半が未来の統括者だ。

Ｂ級は不足しており、現在の統括者には、実力がＣ級上位も少なからず混ざっている。

残る一七人はＢ級の実力者だが、単純計算すれば、四七都道府県に一七人しか後継者が居ない。

一人は五鬼童本家の長男で、Ａ級候補であるため、全員が未来の統括者に成るわけでもない。

県内の最大戦力がＢ級とＣ級とでは、Ｂ級の大鬼やＣ級の中魔が出た際の対応は全く異なる。

自衛隊などと協力、あるいは単独で早期に対応できそうなのがＢ級陰陽師で、県民を逃がしつつ他県に助けを求めなければならないのがＣ級陰陽師だ。

しかも他県から応援に来る陰陽師は、自身の安全を最優先して、無理はしない。

なぜなら統括陰陽師が責任を負うのは、自身が統括する地域だからだ。他県を助けるために無理をして、自身の統括地域が危険に晒されては本末転倒である。

そのため隣接する複数の都道府県からＢ級が集まって、ようやく対応に入ることなどザラである。場合によっては、わざと遅れて来ることもあるだろう。

なにしろB級が居ない地域は、自身の統括地域に大鬼が出たときに、増援を出してくれない。より正確には増援を出せないのだが、返されないと分かっている貸しは、小さくて十分なのだ。

すると被害は拡大するし、複数の上級陰陽師を緊急で呼べば、依頼料も高く付く。

それでいて助けられた県は、遅いと文句も言えない。そんなことを口にすれば、次は来てもらえないかもしれないのだから、頭を下げ続けるしかない。

B級を抱える県と、C級しか居ない県とでは、それほどの差がある。


現在はB級が居る県も、いつ殉職されるか分からない。

そのため将来の統括地域が未確定のB級陰陽師は、ぜひ懇意になりたい人材だ。

本人が所属してくれれば最高だが、懇意になって手を貸してくれるだけでも有り難い。

B級陰陽師が一人居るだけで、隣県に増援すれば恩に着せられるし、隣県と派遣し合えば安全なうえに貸し借りも無しに出来る。

それに遺伝要因と環境要因の双方から、B級陰陽師の子供はB級陰陽師に成り易い。現在のB級陰陽師の大半は、親も上級陰陽師だった。B級陰陽師に強いコネがあれば、複数の子供がB級になったときに、招ける可能性が上がる。

祝電一つの手間で、B級陰陽師を招聘できる可能性が高まるのだから、各都道府県から祝電が殺到するのも道理だった。

「見なかったことにしよう」

沢山の祝電が届いたとの文面を一読した一樹は、協会からのメールをそっと閉じた。

すると程なく、スマホにもショートメッセージが届いた。

それに対して一樹は、流石に眉を顰める。

「スマホへの連絡は、緊急だけにしてくれ」

父親や蒼依、普段から連絡してくる沙羅ならば構わないが、そのほかが祝電を送る程度であれば、現状では多すぎて迷惑だ。それでも緊急かも知れないので、一樹は仕方が無く確認した。

『困っているから助けて』

緊急性は不明だったが、今度の一樹はメールを閉じられなかった。

メールの発信者は、一樹の実妹だった。


一樹の両親が離婚したのは、一樹が小学三年生、妹が小学一年生のときだ。

長年の困窮を招いた父親の見栄や、物事の優先順位の間違いが、主たる離婚理由だと一樹は認識している。食事が給食だけの日を経験していれば「パパ、ママ、喧嘩しないで」と言ったところで、無意味なのは明白だ。

それでは呪力の高かった一樹が、父親の代わりに鬼退治をして稼げば良かったのか。

いかに呪力があろうとも、まともな式神符を作れない段階で戦場に赴けば、単なる餌であろう。

そうなれば妖怪に魂を吸収されて、共に地獄墜ちとなる。

二度の地獄墜ちは絶対に避けたかった一樹の結論は、「どうしようも無かった」となる。

離婚の際、母親は一樹と妹を同時に引き取ろうとした。

だが輪廻転生の経緯から、陰陽術を覚える必要があった一樹は、父親に付いていった。

小学三年生の子供が、母親ではなく父親に付いていくのは、世間的に見て異常事態だ。

そのため離婚理由には、母親側の問題もあったのだろうと見なされてしまい、息子から拒絶されたうえに謂われない非難まで浴びたと感じた母親は、一樹のことも嫌いになった。

この件に関しても、一樹の結論は「どうしようも無かった」である。

一樹には大焦熱地獄で魂に染み込んだ穢れがあって、浄化しなければならない。母親のために放置すれば、死後に苦しむこととなる。そして死後のほうが、途方もなく長いのだ。

一樹がB級陰陽師に昇格した今になって再婚すれば、母親が間違っていたことになる。

金を稼いでも、両親の再婚が無理そうだと考えるのには、そのような事情があった。


だが妹の綾華は、一樹を嫌いにはならなかった。

精神年齢が高かった一樹は、妹の世話をして、よく遊んであげて、両親の喧嘩から庇った。子供を巻き込んで喧嘩する両親と、庇って遊んでくれる兄とでは、誰に懐くのかは明白だ。

離婚の段階で綾華が一樹に最も懐いていたことも、母親は気に食わなかっただろう。

母親には味方が必要だったのだろうが、一樹に言わせれば小学一年生の妹こそ味方が必要だった。

そのため一樹は、両親が離婚した後も母親に露見しないように、式神のハトで妹の登下校を見守らせたり、ハトで妹と遊んであげたり、父親の仕事で近場に行けるタイミングでは密かに会いに行ったりもしていた。

会っているのは内緒だと言い含め、母親が気付く証拠も渡さなかった。綾華も嘘が上手くなっていき、一樹が教えた電話番号も、クラスメイトの女子の名前で登録している。

そんな妹にとって『お兄ちゃん』であり続ける一樹は、連絡に応じて綾華に会いに行った。

◇◇◇◇◇◇

今は母親の旧姓・伏原を名乗る綾華は、母親の実家がある京都府京都市に住んでいる。

古都である京都市は、鉄鼠が暴れていた比叡山に近いが、それと同時に巨大な観光地でもある。

母親と母方の祖父は、安定した収入を得られる観光産業に従事している。

母親から好かれていない一樹は、家に寄るようなことはせずに、市内の鴨川沿いのベンチで綾華と待ち合わせた。綾華と共に鴨川沿いのベンチに座った一樹は、緩やかに流れる一一月の鴨川を眺めながら語り掛けた。

「綾華、久しぶりだな。元気にしているか」

綾華はセミロングで、平均的な身長、かつ細身の女子だ。

整った容姿で、一樹は兄のひいき目もあり、蒼依を除くクラスの女子と比べても可愛いと考える。

離れて暮らすので学力は不明だが、少なくとも会話している限りにおいて、知能は低くない。

性格に関しては、ほかの誰かに対するときは分からないが、一樹に対しては甘える妹である。

それは「親に甘えられない」という養育環境に問題があったためで、仕方がないというよりは、むしろ一樹に甘えるのが正常な行動だ。

綾華はいつも通り、甘える妹となった。

「うん、元気。でも困っちゃって」

綾華は大げさに溜息を吐くように、肩を上げながら息を吸って、吐いて見せた。

その様子を見た一樹は、一先ず元気そうだと安心してから告げた。

「金以外なら相談に乗るぞ……と、前なら言っていたが、困っているなら言って良いぞ。B級になったから、もう金には困らない」

鉄鼠の調伏で借金を返し、沙羅からの依頼料で稼ぎ、YouTuboではスーパーチャットも送られるようになった一樹は、国内の旅費には困らなくなった。

まだ事務所は立ち上げておらず、父親の事務所に所属しているが、依頼料を父親と折半する形であれば、B級陰陽師向けの高額な依頼も受けられる。

一億円が必要な状況であっても、今の一樹であれば一ヵ月もあれば用立てられる。

その場合、母親から綾華を引き取るくらいは考えなければならないし、蒼依の家に居候の状態を再考しなければならなくなるが。

「おめでとう。B級に上がるのは分かっていたけれど、ちょっとだけ早かったね」

綾華は小学一年生の頃から、一樹の式神を見てきた。

県を跨いで送られる鳩の移動速度、術の持続性、伝達の精度などが上がっていく様を六年間も見ていれば、実力も分かっている。綾華に言わせれば、一樹がB級に至るのは当たり前だ。

それでも少し早いと思ったのは、昇格はD級からB級に成るような飛ばし方はせず、順番に上がるものだからだ。

「現役のA級から推薦があったんだ。B級も何人か、推薦人に名を連ねていたな」

「そうなんだ。それじゃあ次はA級だね。三年以内かな」

断言した綾華は、国家試験のエキシビションマッチや、鉄鼠退治の動画も見ていた。

一樹は呪力がB級どころではなく、B級の牛鬼を式神に持っており、誰も解決できなかった比叡山の鉄鼠も祓って、B級でも一番の実力者だと世間にも示した。

現在のA級八名は、七位と八位がB級の実力なのだと知られている。定数八名に合わせるため、B級上位で定年が近い功労者を繰り上げている。

だが本来のA級陰陽師とは、B級妖怪を倒す者の席である。A級の実力者が現れれば、B級は席を譲るのが当然だ。そのため綾華は、A級昇格は時間の問題だと確信した。

「ははっ」

一樹は軽く笑ったが、自身でもA級に至ることは確信しており、否定はしなかった。

どれだけ早く一樹が昇格するかで、陰陽師協会が体面を取るか、実を取るかが分かる。実力者を評価しなければ、一樹は大義名分を以て堂々と、評価相応の働きをすれば良いことになる。

だが陰陽師協会には、所属する陰陽師達の生死が懸かる状況で、体面を選ぶ余裕は無い。

遅くとも三年以内。すなわち一樹が未成年の間にA級に上げて、協会が実力者を正当に評価している姿勢を示すであろうことは、概ね予想できた。

その分だけ貢献も期待されてしまうが、魂に染み込んだ穢れを祓うためには必要なことである。

「それで、困ったことって何だったんだ」

近況報告を終えた一樹が尋ねると、綾華は自分の背中に目配せしながら訴えた。

「あたしの背中で、背後霊にみたいになっていた陽鞠、居なくなっているよね」

「……ああ、居ないな」

綾華が話した陽鞠とは、小学五年生のときに、鉄鼠の怨霊に殺されたクラスメイトだ。

京都市は比叡山に近く、八万四〇〇〇匹からなる鉄鼠の怨霊が不定期に溢れ出していた。

B級中位だった鉄鼠は、八万四〇〇〇分の一であればF級下位の二割ほど。

F級の力は、小鬼やゴブリン、チンパンジーなどと見なされており、握力は成人男性の六倍。女子小学生にとっては一匹でも充分に脅威で、数匹も群れて襲ってくれば、簡単に殺されてしまう。

定期的な間引きをしていても、そのような事故は無くならない。だからこそ一樹が行った鉄鼠退治は、世間から高く評価されているのだ。

妖怪に殺された陽鞠は、無念から霊体化した。

そして綾華には、クラスメイトに与えられるだけの呪力があった。

綾華は賀茂家の娘であり、高呪力の一樹と同じ母親の胎から生まれ、一樹の呪力に触れて育った。

まともには修行していないが、保有する呪力はC級くらいあるだろうと一樹は想像している。

その呪力を送って、綾華はクラスメイトだった霊体の陽鞠を維持してきた。

それを行った理由は、「クラスメイトが死んで消えそうだったから手を差し伸べた」で、深い思考の結果ではない。一樹が一緒に居たのは小学一年生までだが、綾華も呪力を送る程度は出来た。

一樹が綾華に会いに行ったとき、陽鞠が居たことは何度もある。陽鞠は陽気な性格の少女で、綾華に対する害意は無く、一樹も綾華の話し相手になるのであればと見逃していた。

「俺が鉄鼠を調伏したから、成仏したのか」

自分を殺した原因である鉄鼠が祓われたのであれば、無念も晴れる。それで成仏したのであろうかと考えた一輝に対して、綾華は首を横に振って否定した。

「ううん。お兄ちゃんが鉄鼠を倒した動画は、陽鞠も見ていたけれど、普通に凄く喜んだだけで、成仏はしていなかったよ」

「成仏しなかったのか」

綾華が力を与えすぎたので、消えなかったのかもしれない。そのように想像した一樹は、成仏しなくなってしまった霊の存在に、眉を顰めた。

もっとも、当事者の姿は見当たらなかったが。

「それで陽鞠は、どうなったんだ」

「……困っちゃって」

綾華は口をへの字にしながら訴えた。

「もし何か問題があったなら、陽鞠を見逃していた俺も同罪だろう。そもそも霊を発見したら駆除しろという法律なんて無い。それで、どうなったんだ」

一樹が改めて問うと、綾華は渋々と答えた。

「クラスの子が、枕返しの妖怪に遭って死んじゃったんだけど、その子の身体に入っちゃったの」

綾華の話は、情報量としては多くなかった。

だが事の重大性に、一樹は目眩がした。

◇◇◇◇◇◇

Ｂ級陰陽師とは、都道府県の医師会や弁護士会の会長くらいの社会的立場を持つ。

最低でも、都道府県の妖怪に関する全般を統括しているか、将来は統括する立場であって、その先のＡ級になれば全国規模に及ぶ。

綾華が一樹を連れて来た当初、乗り移った娘の両親と、乗り移られた娘の両親は、どちらも拒否的な反応を示した。

乗り移られた北川楓という少女の両親からすれば、自分達の娘が死んだと思ったところで甦り、心から安堵して喜んだところで、魂が別人だと告白されてしまった。

『娘は蘇った。おかしなことを言っているが、混乱しているのだろう。そうであってほしい。それ以外であってほしくない』

北川家の両親は、そのような感情を抱いている。

乗り移った南原陽鞠の両親からすれば、死んだと思った自分達の娘の魂が現世に留まっており、肉体を得て蘇った。

『娘は成仏しておらず、肉体を得て蘇った。死んだ娘さんの身体に乗り移ったことについては、自分達も一度は娘を失っており、饒舌に尽くしがたい。だがその娘は、わたし達の娘なのだ』

　南原家の両親は、そのような感情を抱いている。


　身体は北川家の娘で、魂は南原家の娘。

　法律的には、北川楓という少女が死亡を取り消されているが、少女の記憶は南原陽鞠のものだ。

　両家は自分達の娘だと主張して、譲れなくなっている。

　第三者の介入に拒否的だったのは、どちらの家も、「自分達が引き取る」ほかの結論は、受け入れられなかったからだ。

　そして楓の身体を持つ陽鞠も、「自分は南原家の娘の記憶を持つから、身体を貰って出ていきます」とは流石に言えない。有り体に言って、収拾が付かなくなっていた。

　だが陽鞠と楓の友達で中立的立場である綾華が、都道府県の医師会や弁護士会の会長に匹敵するB級陰陽師の一樹を連れて来たことで、ようやく北川家で話し合いの場が設けられた。


「……まずは、自己紹介します。私は賀茂一樹、B級陰陽師で、娘さんの友達である伏原綾華の兄です。両親が離婚して苗字は異なりますが、このように足を運ぶくらい兄妹仲は良好です。綾華達の傍に、陽鞠さんの霊が居ることは、私も知っていました」

　その様に切り出した一樹は、死んだ陽鞠が霊体として綾華と共に居たことや、それは綾華の呪力が高いために実現したのだとも説明した。

「陽鞠さんは、死後に本来は消えるところを、高い呪力を持つ綾華に取り憑いて保っていた状態に近いです。私は悪霊ではないと判断して、妹の友達を祓うことは避けて見逃していました」

楓との関係の補足があって、事件が発生する前の状態を全員が共有した。

「陽鞠ちゃんは、楓の友達だった。生前には、何度かうちに来たこともある。それで、どうしてこんなことになったのか」

口を開いたのは、陽鞠が乗り移った楓の父親だ。

それに対して一樹は、事実関係を確認した。

「……綾華からは、枕返しの妖怪が出たと聞きました」

枕返しとは、寝ている人の枕を頭から離れた場所に置いてしまう妖怪だ。

鳥山石燕の『画図百鬼夜行』（一七七六年）では、小さな仁王のような姿で描かれている。

枕を返すと、現実の世界と夢の世界が逆転してしまい、夢から帰って来られなくなる。和歌山県の龍神村では、檜を切り倒した七人の木こりが枕を返されてしまい、全員死んだと伝えられる。

枕返しも妖怪であり、人間を殺して気を吸い、糧としている。寝ているところを襲うのは、無抵抗で殺し易いからだ。

「枕返しの場合、身体は残ったまま、魂だけ連れ去られて死亡します。魂が無くなれば、二度と目が覚めず、すぐに身体も死んでしまいます。近くに居た陽鞠さんが、死んでしまう楓さんを生かそうと乗り移ったのでしょう」

そのように陽鞠の行為をフォローして南原家の顔を立てつつ、楓が死ななかったと説明して北川家の感情にも配慮する。一樹の解釈について、両家は一先ず否定しなかった。

状況に理解を得た一樹は、結論の前に大前提を話した。

「陽鞠さんを責め立てれば、陽鞠さんが楓さんの身体から抜けて、娘さんが死ぬかも知れません。私は北川家でも、南原家でもなく、妹から依頼を受けて、妹の友達であるご両家の娘さんの味方をしに来た上級陰陽師という立場で対応させていただきます」

娘がどちらだとは言わずに、娘の味方をすると説明する。

一樹は気を使いながら、慎重に両家から理解を得ていった。

「こんな事件って、前例があるのかしら」

一樹に尋ねたのは南原家の母親だった。

死者の身体に別人の魂が宿った前例は、一樹が知るだけで四〇件はある。

「一度死んだ人が、ほかの人の身体で蘇る前例は、色々とあります」

一樹は様々な前例から、状況が似ており、真っ当に解決している例として、一四世紀から一七世紀にかけての中国の明王朝で王同軌が書いた『耳談』に載る借屍還魂を挙げた。

安徽の桐城県という場所で、東門と西門にそれぞれ娘を持つ家があった。

どちらも一〇歳を超えたばかりだったが、疱瘡で死んでしまった。

そして東家の娘が閻魔大王庁で、「寿命いまだ尽きず」と判断されて、現世に還された。

だが東家は娘を火葬してしまっており、少女の魂は西家の娘の身体に乗り移って蘇る。

――閻魔大王、またお前か。


死者は没した後、七日ごとに計七回の審理を受ける。

秦広王、初江王、宋帝王、五官王、閻魔王、変成王、泰山王の順番で、五回目の閻魔大王が審理を行うときには死後三五日が経っている。

死後三五日も経てば、現世に戻しても、死体が処分されているのは明らかだ。

すると、ほかの身体に乗り移るしかないので、トラブルになるのは必至である。

閻魔大王にとってアリの如き矮小な存在である人間に対して、適切なフォローが為されていない先例に、一樹は内心で怒りを露わにしながら話を続けた。


西家は、娘が蘇ったと大喜びした。

それは北川楓が生き返ったときに、北川家が大喜びしたのと同じ様な状態である。

だが復活した娘の記憶は、東家の娘だ。自分は東家の娘だと言って、家に帰してほしいと願う。

その話はたちまち噂になって、東家にも伝わった。

東家の両親が迎えに行くと、西家の娘は直ぐに気付いて、喜んで両親を呼んだ。

だが東家の両親にとっては、自分達の娘とは姿も声も違う。それでも娘は帰りたいと言い、東家の両親も「それならうちで引き取ろう」と言うのだが、西家にとってはたまったものではない。

『せっかく生き返った娘を取られてなるものか』

両家の争いは収拾が付かず、官が両家や近隣住民の話まで聞き集めた。


「それで、どうなったのですか」

北川家の母親が、不安げに問うた。

「官の判決は、『身体は西家、魂は東家。よって両家とも、彼女を娘と扱うべし』でした。少女は両家に半分ずつ住み、両家から娘として扱われ、嫁入りでは両家が競って嫁入り道具を揃えました。そして彼女の夫は、両家から婿殿と呼ばれたそうです」

陽鞠の実家である南原家にとっては、二年前に死んだと思っていた娘が蘇って、幸せに生きてくれるのだから、想像だにしなかった喜びだろう。

楓の実家である北川家にとっては、やはり死んだ娘が蘇って、生きた証である子供……自分達の孫を残してくれるのだから、死んでしまうよりは良いだろう。

一樹は陰陽師として、前例を提示しながら訴えかけた。

「このような結論で、如何でしょうか。当事者の陽鞠で楓はどうだ」

両家に訴えかけた一樹は、最後に大人しそうにしている、本来は陽気な少女に尋ねた。

「うん、綾華のお兄ちゃんが言ったとおりにしたいかも」

陽鞠は口調を楓に寄せており、北川家にも配慮する様子が窺えた。

大変そうだと思った一樹は、助け船を出した。

「過ごし難かったら、『パパ、ママ、お嫁入りします』と言って逃げてしまえば良い。ゴールが見えているんだから頑張れよ。困ったら、綾華経由で連絡してくれれば良い」

「……霊体だったし、何か困るかも知れないから、直接連絡先を教えてほしいかも」

陽鞠は大人しそうな楓の顔で、照れながら訴えた。対する一樹は、両家の両親に視線を送った後、この一押しが両家の結論に繋がるだろうかと考え、自分の連絡先を教えることにした。

「分かった」

一樹が娘に連絡先を教える中、両家の両親は無言で視線を交わし合っていた。

「お兄ちゃん、知らないよ」

「……俺は陰陽師として、霊障事件の被害者に緊急の連絡先を教えただけだ」

呆れた眼差しの綾華に対して、一樹は無罪を訴えた。

書き下ろし番外編

相川家の食材調達

てんせいおんみょうじ・
かもいつき

「主様、玄武が昨日から帰って来ないのですが」

一樹が蒼依から報告を受けたのは、七月に入った頃だった。

八咫烏達は卵から孵って一ヵ月ほど経ち、多少は飛べるようになってきた。

カラスの巣立ちは六月から八月で、既に巣立ちの準備も始めている。もっとも一樹の式神である五羽の八咫烏達は、本宅から相川家の納屋に移ろうとしているだけなのだが。

式神である八咫烏達は、使役者の一樹や、同じ式神の蒼依に呼ばれれば応じて働く。

そのほかは、近郊を飛び回って遊んでいる。食事は自分達でも獲ることが出来るようになってきて、一樹達が用意したものを食べたり、外で食べたりと、時々で異なってきた。

だが夜遊びして日を跨いだことは、これまでに無かった。

母親代わりの蒼依は心配していたが、一樹は太鼓判を押した。

「八咫烏達とは、気が繋がっている。弱っていたら分かるし、一羽がピンチなら、ほかの四羽も応援に駆け付ける。大丈夫だと思うぞ」


一樹が信頼するのは、八咫烏が神気を注いで育てた神鳥であり、式神として呪力も与えており、曲がりなりにも巣立ちの時期に入ったからだ。

すなわち種族的に強く、活動エネルギーの供給が十全で、繋がる気で帰還場所も分かっており、単体行動できるだけの成長もしている。

賢さは人間の二歳児くらいだが、二歳児はそれなりに賢い。二歳児向けに話した言葉は理解できるし、自分一人でも遊べて、多少は自分からも話し掛けられる。

八咫烏達も、一樹や蒼依の指示は理解するし、自分で遊び回り、食事などの要求も行える。

人間よりも成長が早いのは鳥類だからで、一樹や蒼依の指示を正確に理解できるのは、気が繋がっているので言語のみならず、イメージも送られるからだ。


家が何処かも理解しており、初めて見る妖怪には警戒し、各々の属性である五行の術も使える。

『過保護に囲い続けるのは、成長を阻害するのではないか』

山には危険もあるし、絶対に大丈夫だという保証は無い。

山姥が復讐に来れば、周辺に配している鳩の式神が自動で迎撃するが、そのほかの妖怪に関しては対策をしていない。そのため最悪の場合は、一羽から二羽が死んでしまうこともあるかもしれないが、そのために一樹は最初から複数を飼っている。

野生動物も大抵が多産で、一匹から二匹が生き残れば、子育ては成功なのだ。

手痛い経験は、生き残った八咫烏達の成長に繋がる。それに死んだ八咫烏も霊体として使役するので、失われるわけではない。

だが、そのような陰陽師としての考えは、八咫烏達の母親代わりである蒼依には共感できないのだろう。

蒼依は一樹に対して常になく、一羽の犠牲も認めないという断固たる眼差しを向けてきた。

「分かった。迎えに行こうか」

「はい。直ぐに行きましょう」

一樹が応じると、蒼依は一樹を促すように玄関の扉を開けた。

「さて、どこまで遊びに行っているのやら」

ナタを手にした一樹は、蒼依に連れられる形で、八咫烏が居る方向へと歩み出した。

蒼依の家が所有する山々は、妖怪の領域に属しており、昔から人間が辛うじて住んでいたと認識されている。

人間と妖怪の領域は、条約を結んで国境線が引かれているわけではない。

昔から人と妖怪のどちらも住んできて、互いに犠牲を出しながら、現状に至っている。

そのため妖怪の領域内にポツンと村や家があったり、逆に人間が領域としている地域に、妖怪が住んでいる場所が残っていたりする。

蒼依の家も、妖怪の領域内に人間が橋頭堡を築いている類いなのだと認識されてきた。

実際には山姥の領域だったのだが、蒼依の父親は人間で、そのような者達が一時的にでも所属するために、人間側も判別できなかった。

賀茂親子が居る現在では、名実ともに人間の領域となっているが。

川幅が狭くなっている場所から川を渡り、一樹は山奥へと進んでいく。

「そういえば相川の苗字って、この川から名付けられたのか」

「そうかもしれません。うちは昔から、この山に住んでいますし」

平安時代頃、日本人は庶民も苗字を持っていた。

だが一八〇一年、江戸幕府によって『苗字帯刀の禁令』が出され、苗字・帯刀は武士の特権とされてごく普通の庶民が公称することは出来なくなった。

それ以前から禁止されていたが、制度として禁じられたのである。

かくして取り上げられた苗字だが、一八七五年に明治政府によって『平民苗字必称義務令』が発せられて、平民は苗字を名乗ることが義務付けられた。

その際、苗字を持たなかった家や、かつての苗字を喪失した家は、住んでいる場所の特徴で名前を届け出ることもあり、あるいは命名されることもあった。

杉山に住んでいれば杉山。

山の上に住んでいれば山上。

そのような命名方法によらず名付けられた苗字もあるので、絶対だとは限らないが、苗字を聞けば先祖が何をしていたのか察することが出来る場合もある。

相川家は、山姥と牛鬼が川を挟んで相対していた川から名乗ったのか、それとも人里のほうで合流する川を以て名乗ったのかは不明瞭だが、苗字にある川の由来が相川家の近くを流れる川であろうことは想像できた。

その川を越えて、人間の領域から、妖怪の領域へと入っていく。

川を挟んだ相川家側は山姥の領域で、杉林で食料も豊かではないので、鬼や動物は近寄らない。

だが反対側は、人間が踏み入らないので、鬼や野生動物の領域と化していた。

「この獣道って、獣じゃなくて小鬼の通り道じゃないか」

一樹と蒼依が進むのは、人間の子供サイズである小鬼が通り抜けられそうな細道だった。

中学三年生の一樹と蒼依が歩いて進むことは可能だが、時折は枝葉を払わなければならない。

「そうかもしれません。人間は来ませんので」

蒼依の家は、山姥の家だった。

人間は山に入る前に喰われていたであろうから、山に入れるはずもなかった。

「タケノコとか、取り放題だろうな」

「山にあるものは、色々と採れますよ。春にはワラビ、たらの芽、ゼンマイなどが採れて、買うよりも美味しいです。今はヤマモモも採れますし、どこで採れるのか場所も分かっています」

「それは便利だな」

山単位で土地があれば、一家で消費する程度の食材には困らないだろう。

一樹はふと思い付いて、蒼依に尋ねた。

「畑とかは、作っていなかったのか。ジャガイモを育てるのは簡単だと聞くし、ほかにも何でも育てられそうだけど」

山は広くて、相川家の土地だとされている。

色々なものを作れそうだと考えた一樹だったが、蒼依は否定した。

「畑を作ると、小鬼が餌にして増えてしまいます。荒らされて何も残りませんし、増えると川を挟んだうちのほうまで来てしまうので、畑は作れないんです」

「なるほど。あいつ等の餌になるだけか」


妖怪の世界において、小鬼の力は最下層に分類される。

知能が低いので大きな集団は維持できず、分裂して小集団で互いに争い、自然界から得られる餌の量の範囲内で総数を維持している。

増えられるだけ増えて、より強い妖怪の餌にされているのが小鬼だ。

小鬼の分布は世界全土に及び、西洋ではゴブリンと呼ばれて同様に繁栄している。

小鬼とゴブリンは、生物学的には近縁種であって、同一種ではない。

分類体系の属までは同一だが、途中で枝分かれしている。種族的な関係性を人類で表すならば、ヒト属で一〇〇万年ほど前に分化した原人達に相当する。近縁種なのは、中鬼とホブゴブリン、大鬼とオーガも同様だ。

弱い代わりに増えるのが得意な小鬼は、畑を作れば作物を食べ尽くしたうえで、総数を増やしてしまう。それでは畑など作れないと、一樹も納得せざるを得なかった。

妖怪の領域には、様々な妖怪が姿を見せていた。

小鬼などは姿を現さなかったが、それは山姥並の力を持つ蒼依が一緒に居て、小鬼側が勝てないと分かっていたからだろう。

それでも蒼依の手が届かない空では、赤い鳥の妖怪が優雅に飛んでいた。

「あれは、斑猫喰《はんみょうくい》だな」

「毒が有る鳥ですよね」

一樹が鳥を見て呟くと、蒼依が確認した。

「そうだ。毒蛇や毒虫を食べる鳥の妖怪で、毒を持っている。人間にとっては益鳥だが」

斑猫喰は、人見蕉雨の黒甜瑣語《こくてんさご》（一八九六年）に記される妖怪で、山鳥ほどの大きさをした赤い鳥だとされる。

福島県の伊達市で古池に身を浮かべていたところを侍が矢で射て捕まえようとしたところ、池に足を踏み入れると死んでしまった。

その侍の骸を回収しようとした者達も、次々と死んでしまった。

生息域は広く、中国では毒鳥の鴆《ちん》として知られ、ニューギニア島でもピトフーイの名で呼ばれる。

古来では、その毒が暗殺に使われることもあった。

毒の種類は、神経毒ステロイド系アルカロイドのホモバトラコトキシン。

コロンビアのモウドクフキヤガエルなどが持つ毒と同じで、一グラムの毒で一万五〇〇〇人を殺すことが出来る。中国では駆除のために、皇帝が山ごと焼き払い、ヒナを都に持ち帰った男をヒナごと処刑した記録もある。

人を殺すときには役立つだろうが、殺した人間を食べると毒を接種してしまうので、山姥も使えなかっただろう。

「……アレが居ることは、内緒にしたほうが良いと思うぞ」

一樹は自然豊かすぎる山の生態系の情報について、蒼依に注意喚起した。


豊かすぎる山を歩き続けると、やがて一〇〇メートルほど先に玄武の姿が見えてきた。

玄武は木の枝に留まっており、そこから前方の藪をジッと観察している。

玄武に関しては気が繋がるので気付けた一樹だが、玄武が何を見ているのか迄は分からない。

すると蒼依が、直ぐに状況を理解した。

「藪の中に、イノシシが居ますね」

「イノシシが居るのか」

イノシシは概ね一二月から二月に発情し、四ヵ月間の妊娠期間を経て、四月から六月に出産する。

一度に出産する数は四頭から五頭ほどで、授乳期間は六週間から八週間。七月の今は授乳期間か、それが終わった頃だ。

子供は一年ほどで独立するが、メスは母親と共に小さなグループを形成する場合もある。

一頭のメスが一年で四頭から五頭も生み、雑食で九割方は植物を食べるために、日本中で増え続けている。生息域は広く、南は九州から、北は青森県にまで分布している。農作物を荒らす害獣として知られ、妖怪の餌にもなっている。

数多の妖怪が生息する世界において、限られた人間の農地を荒らし、妖怪まで増やしてしまうイノシシは、明らかな害獣だ。

そのため野生のイノシシは、動物愛護法の愛護動物に指定されておらず、殺しても罰則は無い。

だがイノシシは足が速く、警戒心も強いために、人間は猟銃でもなければ倒せない。

相川家の土地にもイノシシは生息しており、蒼依が稀に狩るが、駆除は追い付いていなかった。

「狩りでもしているのか」

巣立ちしたばかりの八咫烏達は、飛ぶのが上手いとは言えず、あまり大きな獲物は運べない。

子供のうり坊を狙って、子供を庇う母親に邪魔されて睨み合っているのだろうと予想した一樹は、八咫烏が帰ってこなかった事情を理解した。

「朱雀なら、火行の術で藪を焼いて、追い立てただろうな。だけど玄武は水行だから、水に濡れても平気なイノシシは、追い立てられなかったのかな」

「玄武は性格も、のんびりしていますからね」


八咫烏達は、木行が青龍、火行が朱雀、金行が白虎、水行が玄武、土行が黄竜の命名だ。

一樹が姿をイメージしながら呪力を送り続けた結果として、五羽の性格も、命名の由来となった五獣に似通っている。

玄武は、亀に蛇が巻き付いた姿で描かれることが多い。

五行では冬を司り、静と動では、明らかに静に属する。

飛び回る朱雀とは対極に、玄武は何日でも構え続けるだろう。

怪我やトラブルではなく、単に狩りをしていただけだと安堵した一樹は、せっかくの狩りを中断するように指示を出すか否かを迷った。

心情的には好きに狩りを続けさせてやりたいが、一晩も戻って来ないのは流石に遅い。呪力を送っているとは言え、生身なので食事も必要だろう。それにまだ生まれて間もない。

悩む一樹を他所に、蒼依は足元から、小さな掌で握れる程度の大きさの石を拾い上げた。

そして一樹を介して、気が繋がる八咫烏達に呼び掛ける。

『青龍、朱雀、白虎、黄竜、こっちにおいで』

『『『『クワッ！』』』』

蒼依の指示を受けた四羽の八咫烏達が、即座に応えた。

各地から蒼依に向かって、飛行を始めたイメージが伝わってくる。

「……何をするんだ」

「イノシシを捕まえて、早く帰ろうと思いまして」

一樹の疑問に答えた蒼依は、一樹を介して八咫烏達にイメージを送った。

それは蒼依が投石で藪からイノシシを追い出して、八咫烏達が術で倒す狩りの光景だった。

――式神同士で、そんなイメージを送れるのか。

数秒の映像は、言葉を尽くして説明するよりも圧倒的に情報量が多くて、相手にも伝わる。

蒼依による藪への投石、イノシシ達が逃げ出す光景、それを五羽が連携しながら術で攻撃する手順などが八咫烏に伝達されて、八咫烏達からも理解した旨の意思が返ってきた。

「……マジか」

一樹が固唾を呑んで見守る中、八咫烏達は続々と集結して、上空を旋回し始めた。

やがて準備が出来たのだろう。

五羽から藪の中を見たイメージが返ってきて、蒼依は手にしていた石を振りかぶり、一〇〇メートル手前から藪に向かって投げ付けた。

投げられたのは単なる石だが、投げたのは女神イザナミの分体にして、大鬼と同じB級中位の力を持つ蒼依だった。

最新のピッチングマシーンから硬球を打ち出すよりも遥かに速く、火山が噴火して岩石が飛んだかのように、硬球よりは小さな石が藪に向かって突き進んでいった。

ズガンと空気を掻き分けて進んだ石は、一〇〇メートル先の藪の中に突っ込んだ。

途端に茂みの中から四匹のうり坊が飛び出して、四方に逃げ出していく。

『『『『クワアッ！』』』』

逃げるのを待ち構えていた四羽の八咫烏が、各々が受け持っていた場所に逃げ込んだイノシシ達を五行の術で攻撃した。

呪力を変じた木矢が乱れ飛び、炎が山肌を炙り、鉄屑が上空から叩き付けられ、土塊が土煙を上げていく。

そして玄武は水弾を藪の中に飛ばして、蒼依の投石が倒していた母イノシシを押し出した。

――――まさか、投石で倒していたのか。

一〇〇メートル先のイノシシを投石で倒すなど、一樹にとっては目を疑う事態だ。

驚愕する一樹に対して、蒼依は笑顔で答えた。

「主様、イノシシが捕れました」

「……ああ、今夜は猪鍋かな」

若干の間を置いて、一樹は自然に近い笑顔を浮かべて答えた。

一樹が蒼依の狩りを見たのは今回が初めてだったが、まさかこんな強引な狩り方をしているとは、想像だにしなかった。イメージしていたのは、罠を仕掛けて獲る方法だったのだ。

だがイノシシの調理に関しては、見たことがある。

山姥の家には、イノシシを煮られるくらいに大きな鍋がある。イノシシを熱湯で煮ると、皮が削ぎやすくなって、解体がし易いのだ。熱した後に、包丁で皮を削ぎ落としていた。

一樹は蒼依がイノシシの頭を落とす光景や、腹を切り開いて股関節を割り、豪快に解体する光景も見ている。解体して業務用の冷凍庫に入れて、料理に使っていた。

猪鍋は、猪肉と骨、大根を入れて圧力鍋で煮る。

料理は上手いのだが、食材の調達は豪快である。

「それでは早く持って帰りましょう。この場で血抜きをすると、蝿が寄ってきますから」

母イノシシの傍に寄った蒼依は、自分の体重よりも重そうなイノシシの足を掴んで背負い込んだ。

そしてブラブラと揺れるイノシシを背に帰路へ就く。

『みんな、帰るよ』

『『『『クワアッ！』』』』

蒼依から狩りの終了と帰宅を指示された八咫烏達が、次々と翼を翻した。そして一樹と蒼依の頭上を旋回しながら、ゆっくりと付いてくる。

その中には玄武の姿もあって、集団で大きな獲物を狩れたことから、うり坊を逃がしたことは、割り切ったらしくあった。

「術は、試験までに要練習だな。動きが遅い小鬼でも狩らせるか」

猪を狩るのが初めてだった八咫烏達は、高速で逃げる小さな標的に向かって、上空から術を当てるのは難しかったのだろう。

蒼依の豪快な狩りから目を背けつつ、一樹は八咫烏達の教育方針を考えた。

あとがき

はじめに、お買い上げ下さったあなたに御礼申し上げます。

本作を刊行させて頂けるのは、他の誰でもなく、お買い上げ下さったあなたのおかげです。

数多ある作品の中から、本作を手にとって下さり、ありがとうございました。

本作は、小説投稿サイト『小説家になろう』に投稿した作品を読者の皆さまが応援して下さり、ランキングに載せて頂いた後、書籍化のお話しを頂戴しました。続きを読みたいと思って下さり、ウェブ上で応援して下さった皆さまにも、改めて御礼申し上げます。


さて、私は小学生の頃から、獅子舞をやっておりました。

小天狗、大天狗、獅子、笛、太鼓、団長を経験しまして、痛感したことがございます。

『草鞋と足袋は、雨で濡れると重いし、小石を踏むと痛いし、戦闘には向かない』

いつか自分が小説を書くときには、主人公には運動靴を履かせてあげよう……等と思っていた訳ではございませんが、機会を頂けましたので、複数のご無理を申し上げました。

イラストレーターのhakusai先生は、無理難題を完璧に落とし込み、数多のアレンジを加えて素晴らしい形にして下さいました。ひたすら感謝しております。誠にありがとうございました。

また漫画版を描いて下さっている漫画家の芳井りょう先生にも御礼申し上げます。

元々、芳井先生はオリジナルの漫画を描いておられました。そちらが大変素晴らしく、ぜひ本作を描いて頂けませんかと、お願い申し上げました。漫画版には、小説版では出てこない描写がいくつもあり、芳井先生に描いて頂けたことに感謝しております。

出版社のＴＯブックスで、本作に関わって下さる関係者の方々にも御礼申し上げます。

本作のウェブ投稿は、二〇二二年七月一四日でしたが、副編集長様がお読み下さり、お声掛けを下さったのは、七月二二日でした。僅か八日で見定められたことに、私は畏怖しました。

そしてご担当下さる編集様。副編集長様と共にウェブ版での粗や描写不足をご指摘下さり、ブラッシュアップしてくださいました。書籍版で良くなった部分は、大半がお二方のおかげです。

二巻は、高校生となって活動範囲の広がった一樹が依頼を受けて、東北、九州、近畿、瀬戸内海、関東などを巡ります。一巻と同様、ウェブ版からは、様々な部分が変わる予定です。

そして二巻までは出させて頂ける予定ですが、その先は、売れ行き次第です。

書籍版、漫画版に、引き続きの応援を賜れますよう、何卒よろしくお願い申し上げます。

赤野用介

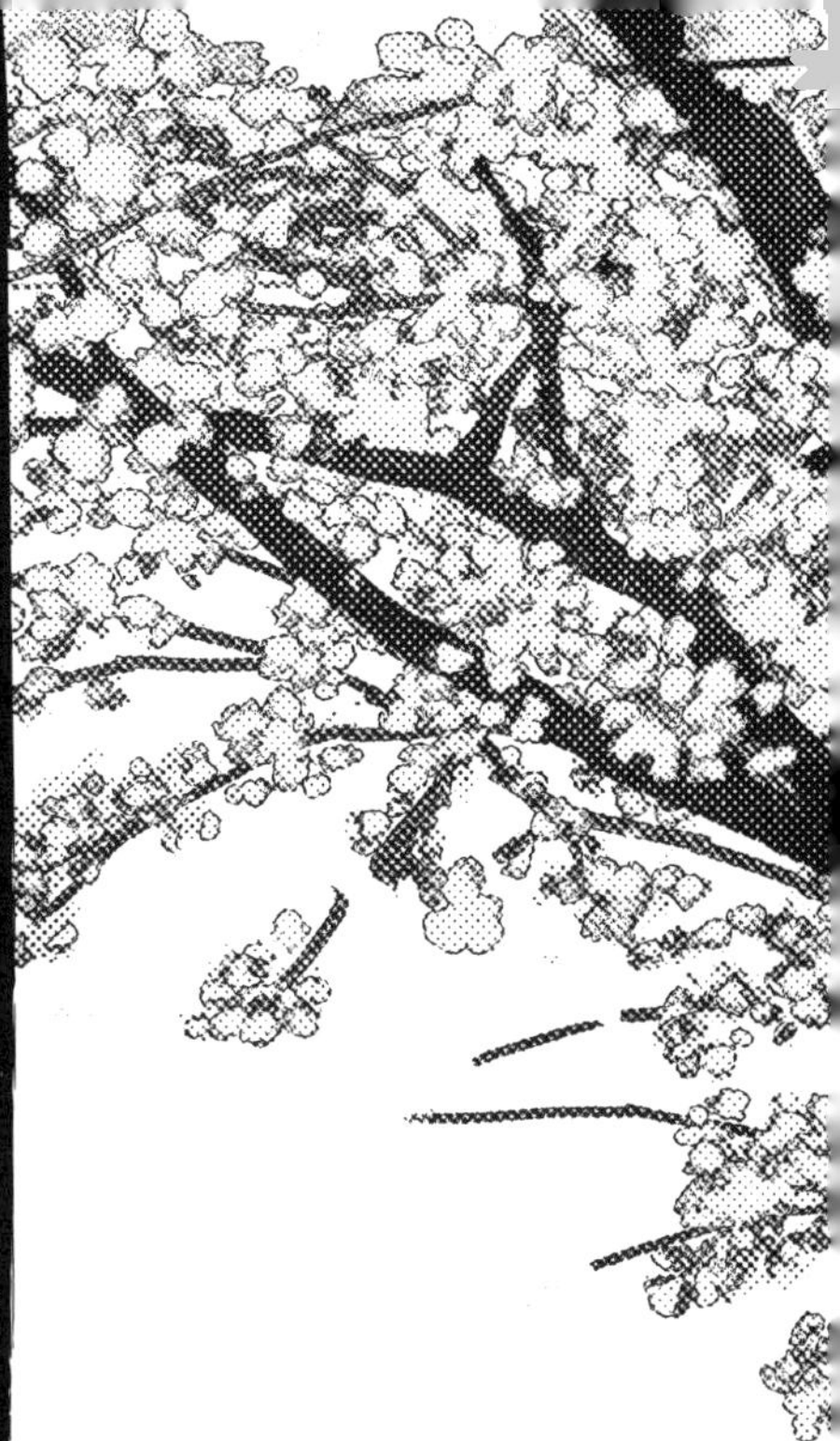

コミカライズ第1話　試し読み

漫画　芳井りょう
原作　赤野用介
キャラクター原案　hakusai

てんせいおんみょうじ・
かもいつき

あの閻魔大王め!!
一樹
何か言ったか？
なんでもないよ
父さん
ピリ…
今月のこんだて
式神符をしたためる紙すら買えなくて学校のプリントを再利用……
この世にウチより惨めな陰陽師事務所はないだろうな
ぐううう…
昨日の給食のハンバーグおいしかったな
牛肉なんて給食じゃないと食べられないもんな……

それより父さん
また新しい呪具《ガラクタ》
買ったの？
がっ……
ガラクタとはなんだ！
これは○○家に
円はたいて
譲ってもらった
シロモノ！
賀茂家再興の
切り札に
違いないのだ！
キュキュ
キュキュキュ
俺は閻魔大王の
手違いによって
地獄に送られた
はぁ…
あげく
そのままの魂じゃ
天国にもいけないから
転生して
善行を積め——と
勝手を言われた
ここは
前世とさほど
変わらない現代だ
陰陽師が
活躍している
こと以外は……
しゅ
しゅっ…

4枚目
終わり……と
何？
父さん
いや……
プイ
5枚目…
ああ
腹が減った
……
ながら作業に
あんなボロ道具で
式神符を作れる
とは……
やはり
一樹は天才！
賀茂家の血を
受け継いで
いるのだ！
キュ
キュ
キュ
キュ
キュ
キュ
父さん
またひとりで
突っ走ってる……
詫びのつもりか
俺は人と比べて
桁外れの『気』……
要はチカラを
授かったらしい
逆に言えば
この『気』を
存分に使わないと
浄化できないほど
魂の穢《けが》れが
ひどいってこと——
俺は何も
していないのに
そう
俺は何も
してないのに!!

それに何もこんなボロアパートのボンクラおやじの元に転生させることないだろ！
キュキュキュ
バキッ
ア――折れた!?
父さん……準備できたよ
父さんってば！
ポイ
よーしでは行くぞ一樹！
人々は賀茂和則陰陽師事務所の助けを求めているのだっ！

[redacted]

そこの川を挟んだ
向かい側で
確かに見たんじゃ……
恐ろしい
『牛鬼』を——
岩のような巨体で
怒り狂い暴れ回って
村のジイさんもバアさんも
若いのもみんな喰われた！
お婆ちゃん
…
うちの孫娘
——
蒼依にも
何かあったらと
思うと！

もう村には私とお婆ちゃんしか残っていません
陰陽師さま……どうかお助けください
お任せください！我々が必ずその牛鬼を調伏《ちょうぶく》してみせます！
ほれ一樹っ
わかってるよ父さん！
臨兵闘者皆陣
天地間在りて万物陰陽を形成す
生は死 有は無に帰すものなり
ならば死は生
無は有に流転するもまた理なり
この者木より流転し無の陰なれど我が陽気を与えて生に流転せしむ
然らば汝陰陽の理に基づいて我が式神と成れ
急急如律令！
牛鬼を探せ！

ほお……お子さんも陰陽師なんですか
さ左様です！我が賀茂家は非常に古い系譜でして！
遡ること平安時代末期の今昔物語集なる書物にですな――
…
牛鬼……牛の頭に鬼の体を持つ『名おそろしきもの』
川岸や海辺に現れ人を喰う存在だと伝えられているが――
見つけた！けどこれは――
妖気ではない？
ふむ……
…牛鬼が見つかりました
何っもうかい!?
は…早くなんとかしておくれ！
川を渡り少し歩いた先です行きましょう！

ツバキの樹——？
これが牛鬼の化けた姿か！
よぉし！ではさっそく我ら賀茂家一族の力を……
父さんは下がってて！
あー下がっててじゃなくて……
依頼人のお婆さんと孫娘さんを護って
牛鬼は俺が調伏してみる
思ったより厄介そうで……正直俺でも勝てるかどうかわからない
もしものことがあったら父さんたちだけでも山を離れるんだ
おお……流石は我が息子
泣くのはあとにして！

それでは調伏します
臨兵闘者皆陣列前行
天地間在りて
万物陰陽を形成す
我は
陰陽の理に則り
霊たる汝を
陰陽の陰と為し
生者たる我が気を
対の陽とする
契約を結ばん
然らば汝
この理に従いて
我が式神と成り
顕現して
我に力を貸せ
急急如律令！

おおっ
なんと強大な……
なるほどな
やっぱり
こいつは……
ボロ…
オォオオ…

お終わったのか
一樹?
うん
たしかに
これは牛鬼だった
でも――
これは
ツバキに宿った
神霊
穢れを持たぬ
山の護り神だ
つまり……
決して お前の
言うような
悪い奴じゃ
ない
!?
おい一樹
依頼人に向かって
なんちゅー……

敵対する妖怪を
弱らせるために
人間の陰陽師をぶつけて
漁夫の利を狙った——
そんなトコだろ？
老獪《ろうかい》な奴だ……
お前山姥だな？

続きは連載開始をお楽しみに！

転生陰陽師・賀茂一樹

～二度と地獄はご免なので、閻魔大王の神気で無双します～

二

赤野用介

Illustration hakusai

幽霊《海上》船退治《デート》、行きませんか？
この船、式神にしてもいいか？
仲間《妖怪》を従え、瀬戸内海の
大規模怨霊を調伏せよ！
とある陰陽師が
地獄から返り咲く
無双萬屋、第二弾！
2023年発売！
コミカライズも2023年夏連載開始予定！

転生陰陽師・賀茂一樹
～二度と地獄はご免なので、閻魔大王の神気で無双します～

2023年6月1日　第1刷発行

著　者　**赤野用介**

発行者　**本田武市**

発行所　**TOブックス**
〒150-0002
東京都渋谷区渋谷三丁目1番1号　PMO渋谷Ⅱ　11階
TEL 0120-933-772(営業フリーダイヤル)
FAX 050-3156-0508

印刷・製本　中央精版印刷株式会社

ISBN978-4-86699-840-4